Initiation amoureuse

J'AI LU

ELIZABETH LOWELL

Poker menteuse	*J'ai lu* 3726/**5**
Aventure dans les rocheuses	*J'ai lu* 3988/**4**
Mise à l'épreuve	*J'ai lu* 4128/**4**
L'insoumise	*J'ai lu* 4196/**5**
L'amant du Nevada	*J'ai lu* 4549/**4**
Initiation amoureuse	*J'ai lu* 4668/**4**

Elisabeth Lowell

Initiation Amoureuse

Traduit de l'américain
par Perrine Dulac

Éditions J'ai lu

Titre original :

WINTER FIRE
Avon Books, New York

1

Hiver 1868, territoire de l'Utah

— Ne bougez pas. Ne respirez pas.

Sara Kennedy était pétrifiée.

D'ailleurs, comment aurait-elle pu bouger ou respirer ? L'homme lui semblait gigantesque, plus qu'impressionnant. Et il la maintenait de tout son poids plaquée contre la paroi rocheuse.

Pas une seconde, Sara n'avait soupçonné qu'elle n'était pas seule sous le surplomb de la grotte.

Le corps de l'inconnu était aussi dur que la pierre qui lui écrasait les seins et lui meurtrissait les hanches malgré l'épaisseur de ses vêtements. La main droite gantée de l'homme lui bâillonnait la bouche d'une poigne implacable.

Il était inutile de se débattre, elle le savait. Elle l'avait appris à ses dépens. Un mariage malheureux lui avait fait comprendre que, même jeune et solide, une femme n'avait guère de chances face à un vieil homme de la même taille et du même poids.

Or, celui qui l'immobilisait n'était pas vieux, et il était bien plus grand et plus lourd qu'elle.

Pis encore : sa main gauche tenait un revolver qui avait manifestement déjà beaucoup servi.

L'agresseur de Sara dut comprendre qu'elle ne se débattrait pas et il relâcha lentement sa prise pour la laisser respirer.

Mais pas assez pour qu'elle pût crier !

— Je ne vous ferai pas de mal, lui murmura-t-il à l'oreille.

Elle déglutit pour refouler sa peur et son envie de vomir.

— Doucement, petite, fit l'homme. Je ne maltraite ni les femmes, ni les chevaux, ni les chiens.

Depuis la mort de son père, elle n'avait plus entendu ce genre de propos. Elle eut une bouffée d'espoir.

— Mais si ces Culpepper qui se rassemblent au pied de l'escarpement vous mettent la main dessus, poursuivit l'inconnu, vous êtes fichue.

Elle fut parcourue d'un frisson qui n'avait strictement rien à voir avec la fraîcheur de la nuit hivernale.

— Faites un signe de tête, si vous me comprenez, dit l'homme.

Malgré son accent qui dénotait une certaine éducation, il avait un ton rude et impitoyable.

Elle s'exécuta.

— Maintenant, faites un signe de tête si vous me croyez, ajouta-t-il.

Elle fut prise d'une absurde envie de rire mais, de nouveau, elle s'exécuta.

— J'espère que vous ne me mentez pas.

Elle secoua vigoureusement la tête.

— Bien, murmura-t-il. Parce que si vous criez, nous nous transformerons en véritables cibles. Ils n'auront aucun mal à nous repérer.

Une nouvelle fois, Sara éprouva une folle envie de rire qu'elle réussit à contrôler.

Tout juste.

Lentement, l'homme lui libéra la bouche.

Sara prit une profonde inspiration. L'inconnu sentait le cuir et une odeur bizarre. Une odeur de pomme... Peut-être venait-il d'en manger une ?

Elle se détendit un peu.

C'était quand il avait bu que son mari exigeait de coucher avec elle, pas quand il avait mangé.

Chose rassurante : il n'y avait pas de trace d'alcool dans l'haleine de l'inconnu. Pas plus que sur sa peau ou ses vêtements. Il sentait le savon, le cuir et... la pomme !

Il n'était peut-être pas si méchant que ça ! Elle se détendit vraiment.

— C'est mieux, lui souffla-t-il. Je vais vous soulager d'une partie de mon poids. Mais ne bougez pas. Pas d'un poil. Vous m'entendez ?

Sara acquiesça d'un signe de tête.

Avec une étourdissante rapidité, l'homme bascula sur le côté.

Elle n'était plus complètement écrasée contre la roche. Elle prit à nouveau une profonde inspiration.

— Ça va ? demanda-t-il.

Elle hocha affirmativement la tête.

Avait-il compris son signe, à présent qu'il n'était plus assez proche pour sentir le moindre battement de son cœur ? Sous le surplomb rocheux, il faisait noir comme dans un four.

— Brave fille, murmura-t-il.

Elle aurait aimé s'envoler, fuir, disparaître comme un oiseau. Comme les faucons qu'elle aimait tant.

— Ne me mettez pas de bâtons dans les

roues, chuchota-t-il. Nous ne sommes pas sortis du pétrin.

Mais de quel pétrin pouvait-il donc parler ? Avant qu'il n'arrivât, tout allait bien pour Sara. Pas de danger, pas de menace, pas d'inconnu...

Des voix d'hommes, des grincements de cuir, un hennissement leur parvinrent. Dans le silence de la nuit, les bruits portaient très loin.

A nouveau, cette impression de péril... Et toujours cette odeur de pomme !

Sara essaya de refouler un sourire.

En vain.

Il n'échappa pas à Case Maxwell, qui se demanda ce qui, dans une telle circonstance, pouvait bien faire sourire cette fille.

Car, malgré l'obscurité et l'épaisseur de ses vêtements, il n'y avait pas de doute : c'était bien une femme. Elle était douce, mince et sentait la rose. Ce ne pouvait être que Sara Kennedy ou la Grande Lola. C'étaient les seules Blanches à des kilomètres à la ronde.

Mais on racontait que la Grande Lola avait la taille d'un homme et la dureté d'une prostituée.

La gracieuse jeune fille qui essayait de ne pas sourire n'avait rien d'une prostituée.

Sara Kennedy, donc.

Son cerveau retrouva son agilité et rassembla toutes les informations qu'il avait pu glaner à son sujet :

Veuve. Jeune. Evite les hommes, silencieuse comme un chat, et excellente au lasso.

Vit dans le ranch du canyon de la Rivière Perdue avec un jeune frère nommé Conner, un vieil hors-la-loi, Ute, et la Grande Lola.

Mais personne ne lui avait parlé de son parfum de rose et de son sourire...

Au fait, pourquoi diable souriait-elle ?

Il allait lui poser la question, lorsqu'il entendit des chevaux approcher. Les cavaliers se dirigeaient vers le pied de l'escarpement, à quelques dizaines de mètres à peine de la grotte où il avait choisi de se cacher pour espionner les difficiles négociations entre les Culpepper et la bande à Moody.

Il était étonnant d'y avoir trouvé cette fille en tenue masculine et au parfum de rose...

Drôle d'endroit pour une fille, un point c'est tout.

Il avait la tête à quelques centimètres de l'à-pic de la falaise, les pieds à trois mètres à peine du fond de la grotte.

Un minuscule filet d'eau serpentait à travers la plate-forme légèrement en pente avant de plonger dans le vide.

Il pensa que le bruit ténu de ce suintement ne couvrirait pas un soupir. Mais Sara était aussi courageuse qu'elle le paraissait. Elle avait au moins eu le bon sens de ne pas crier. Avec un peu de chance, ils s'en tireraient sains et saufs.

Toutefois, la guerre de Sécession et les horreurs de l'après-guerre lui avaient appris à ne rien attendre de la vie. Sauf la mort.

Très lentement, il leva la main droite et posa l'index sur les lèvres de Sara pour lui signifier de garder le silence.

Elle tressaillit et baissa la tête pour montrer qu'elle avait compris.

Le frôlement de la bouche de Sara contre son gant le troubla. Même à travers le cuir il avait senti la chaleur de son haleine.

C'était comme du feu.

Il fut traversé par une pulsion qui l'indigna. Ce n'était évidemment ni le moment ni le lieu !

La voix qui lui parvenait d'en bas lui fit oublier sa réaction inattendue.

— ... merde, quoi, j'en ai rien à foutre et tu le sais foutrement bien, merde, quoi.

— C'est Joe Moody, souffla Case à l'oreille de Sara. Ses hommes l'appellent « Merde, Quoi », mais pas en face !

Elle sourit de nouveau.

— Trop laid à regarder ? demanda-t-elle tout bas.

Sa voix légèrement enrouée était comme un alcool fort. Case aspira lentement, profondément. Il sentit son cœur battre plus fort. Il sentit le parfum de la jeune fille l'envelopper tout entier.

— Merde quoi, ce vieux busard a trouvé de l'argent ! disait Moody.

— Alors pourquoi sa veuve vit pas mieux qu'une Injun ? demanda un autre.

Au son de cette voix, Case tressaillit, ce qui n'échappa pas à Sara.

Comme ne lui avait pas échappé son trouble.

— Ab Culpepper, lui souffla-t-il.

Elle fut parcourue d'un frisson. Il avait de nouveau cette même voix impassible que lorsqu'il l'avait plaquée contre la paroi rocheuse. Celle d'un homme pour qui rien ne comptait. Ni la chaleur, ni le froid, ni la douleur, ni le plaisir. Pas même la mort.

— Merde, quoi, comment je peux savoir pourquoi cette femme vit dans une telle misère avec tout cet argent ? demanda Moody.

— Même le diable sait pas ce qu'une femme a dans la tête, reconnut Ab. Toutes des salopes !

Sans s'en rendre compte, Sara émit une exclamation de protestation. Cet homme lui rappelait son mari. Ivre. Irascible. Insensé. Détestant les femmes, sauf quand le désir le prenait.

Case la sentit se raidir.

— Chut ! fit-il.

Elle ne remua même pas la tête, mais il savait qu'elle avait compris. Elle ne fit plus aucun bruit.

— Merde, quoi, elle doit être assise sur son tas d'argent comme une poule sur ses œufs, dit Moody.

— Pas avec Ute et la Grande Lola, rétorqua Ab. Parnell raconte que le tandem dévalisait les banques. C'est pas un bout de fille qui empêcherait Ute de s'emparer d'un tas d'argent espagnol.

— P't-être qu'y sait pas, merde, quoi !

Un cheval s'agita. Ou une mule.

Sara n'aurait su le dire. Elle savait seulement que les Culpepper montaient de grandes mules plus rapides que l'éclair et plus efflanquées encore que des mustangs.

— Moody, s'impatienta Ab, l'argent, ça se mange pas.

— Merde, quoi, on est pas affamés. Mes gars...

— ... volent trop près du camp, l'interrompit Ab. Les bœufs que deux de tes gars viennent d'égorger sont des bêtes du Cercle A.

— Et alors ?

— C'est seulement à deux jours à cheval du canyon des Sources. Je t'avais dit trois jours, pas moins.

— C'était à trois jours, merde, quoi !

— Qu'est-ce que vous montez, tous ? demanda une troisième voix. Des opossums à deux pattes ?

Les Culpepper et la bande à Moody se mirent

à échanger des jurons et des propos acerbes sur la vitesse des chevaux comparée à celle des mules.

Case écoutait avec attention, essayant d'identifier les voix.

Celle, fluette et grinçante, de Parnell Culpepper était facilement reconnaissable. Son cousin Quincy avait une voix plus ample, mais pas plus agréable à l'oreille. Reginald Culpepper, qui, par des alliances contre nature, était à la fois le cousin et le frère des deux autres, ne disait presque rien.

Kester Culpepper n'était guère plus bavard, sauf lorsqu'il était ivre ! Mais il sombrait alors très vite dans l'inconscience et on ne l'entendait plus pendant des heures, parfois des jours entiers.

Case avait plus de mal à reconnaître les hommes de Moody. Celui qui s'appelait Crip avait le bras gauche atrophié, mais compensait cette infirmité par l'extraordinaire force de son bras droit et un fusil à canon scié et à levier d'armement.

Un autre s'appelait Whisky Jim. Il buvait. Sobre, il était un véritable expert en dynamite, ce qui était souvent d'une grande utilité.

La bande comptait encore au moins cinq membres, mais Case n'avait pas encore réussi à tous les repérer.

Cette fois, il s'assurerait qu'aucun d'entre eux ne lui échappât. La longue histoire des Culpepper, faite de pillages, de viols et d'assassinats, finirait ici, dans ce désert de pierre rouge.

Il était temps d'arrêter le désastre. Bientôt, il n'y aurait plus aucun ranch pillé, plus aucune femme torturée et tuée, plus d'enfant brisé.

Il y veillerait.

Ce n'était cependant pas le goût de la vengeance qui l'animait. La guerre avait anéanti en lui toute sensibilité, et les seuls sentiments qu'il pouvait encore éprouver étaient réservés à son frère aîné, Hunter. Le reste de la vie le laissait impassible. Son passé l'avait foudroyé.

Après la guerre, rentrés au Texas dans l'idée d'y mener une existence meilleure, les deux frères n'avaient trouvé sur leur chemin que les sinistres traces du passage des Culpepper.

Si Case éprouva encore quelque chose après cela, ce fut seulement dans des rêves, qu'il se hâtait d'oublier.

Il n'était désormais mû que par un sens aigu de la justice. D'après lui, Dieu avait été trop occupé pour veiller sur les siens, et le diable avait eu la part belle !

Case comptait rééquilibrer la balance.

— Taisez-vous, tous, autant que vous êtes !

La voix froide de Ab mit brutalement un terme au chahut. Le silence s'épaissit.

Sara lutta contre une forte envie de fuir. Ab lui rappelait Hal dans ses pires moments. Elle n'avait alors trouvé d'apaisement que dans l'observation des oiseaux de proie.

Elle en avait aussi tiré les leçons qui leur avaient permis, à Conner et à elle-même, de survivre aux périodes sombres où la boisson rendait son mari violent.

Si elle s'enfuyait maintenant, elle se ferait tuer, songeait-elle. Qui s'occuperait alors de Conner ? Ni Ute ni même Lola ne le ferait.

Conner serait abandonné à lui-même.

Comme elle l'avait été après la mort de ses parents, lors de l'inondation. C'est ce qui l'avait poussée à quatorze ans à épouser un homme de trois fois son âge. Grâce au ciel, Hal était mort maintenant.

Ce n'était pas la première fois qu'elle s'en félicitait. Au début, elle s'était reproché de s'en réjouir. Au début, seulement. A présent, elle remerciait le ciel d'avoir, avec son frère, survécu à Hal Kennedy.

— Nous sommes tombés d'accord pour ne pas faire de razzia près du canyon des Sources, rappela Ab d'une voix forte. Tu te le rappelles, Moody ?

— Merde, quoi, je...

— Tu te le rappelles, oui ou non ?

Case devina un mouvement, comme si les membres de la bande à Moody se préparaient à se battre contre les Culpepper. Ce qui en définitive l'arrangerait.

Moody allait peut-être tous les tuer, et lui éviter ainsi de le faire. Il pourrait alors enfin s'occuper de ses propres affaires. Trouver un endroit où se construire un ranch. Une terre où s'arrêter...

Mais Case n'y croyait pas vraiment. Ab Culpepper était trop malin pour se faire tuer par des individus de l'espèce de Moody.

— Merde, quoi ! lança ce dernier.

— Le Cercle A est trop près, dit Ab. Si tu veux du bœuf, tu vas plus loin. Si tu veux du gibier, tu chasses où tu veux. Pigé ?

— Merde, quoi, je pense toujours...

— Tu penses rien. Ça, c'est mon boulot. Si tu avais quelque chose dans le crâne, tu serais pas sans le sou en plein hiver à tourner en rond dans ce désert rouge.

— Tu fais pareil, merde, quoi !

— J'ai vingt dollars yankees, des sacoches pleines de balles et je tourne pas en rond.

— Merde, quoi ! On va se trimbaler jusqu'au Nouveau-Mexique pour trouver du bœuf et on aura même pas le temps de chercher le trésor espagnol, merde !

— Tu peux chercher, fais comme tu veux.

— Et les femmes, merde, quoi ?

— Les femmes quoi, merde, quoi ? parodia Ab.

— Un homme peut pas passer tout l'hiver sans femme pour lui réchauffer ses jeans et lui cuire ses haricots.

— Si t'en trouves pas, prends-toi une Injun.

— Mer...

— Assure-toi avant que c'est pas la femme ou la fille d'un chef, pigé ? Quand on les excite, certains Indiens peuvent être dangereux.

Si Case avait été d'humeur désinvolte, de telles paroles l'auraient fait sourire. Il savait pourquoi Ab était si chatouilleux sur le sujet.

Dans les montagnes Ruby du Nevada, Ab et certains membres de sa famille avaient eu affaire à des Indiens à cause d'une fille volée. Ab et Kester étaient les seuls Culpepper survivants. Ils avaient pris la fuite après un combat qui avait mal tourné et étaient allés rejoindre ce qui leur restait de famille dans le territoire de l'Utah.

— Et les deux Blanches du canyon de la Rivière Perdue ? demanda une autre voix. Elles sont pas loin. Et elles n'ont pour les garder qu'un gosse et un vieil Indien.

— Cette fille doit pas être mal, merde, quoi, dit Moody.

D'autres hommes y allèrent de leurs commentaires grossiers sur la fille qu'ils avaient fréquemment observée grâce à leurs longues-vues.

Sara en était tout ébranlée.

— La ferme ! jeta Ab. Rentrez-vous bien ça dans vos caboches : pas de pillages près du camp.

— Mais...

— La ferme !

On n'entendit pendant un moment que le bruit ténu du filet d'eau se perdant dans la nuit.

— Y a rien qui agace plus l'armée que le viol d'une femme blanche par des métis, dit Ab. Si je décide qu'il faut s'occuper de la veuve Kennedy, j'le f'rai personnellement et légalement. Je l'épouserai.

Moody et ses hommes grommelèrent, mais se gardèrent de protester. Lors de leur première rencontre, l'un d'entre eux avait tenté de se rebiffer mais il était mort avant même d'avoir dégainé.

Les hommes de la bande à Moody n'avaient jamais vu quelqu'un tirer aussi vite que Ab, et pourtant ils croyaient toujours avoir tout vu !

— Ce serait plus facile de passer l'hiver au ranch de la Rivière Perdue, merde, quoi, dit Moody.

— La facilité n'est pas forcément ce qu'y a de mieux. Il est temps que tu le saches. On fera ce qu'on a prévu.

— L'hiver dans le canyon des Sources ? demanda une autre voix. Mais le vent y est glacé...

— Si vous aviez pas des culs de plomb, dit Ab, on serait aussi bien dans le camp qu'une tique dans l'oreille d'un chien.

Quelqu'un jura, mais personne ne rétorqua.

— Le premier que je prends à voler un bœuf du Cercle A est un homme mort ! dit Ab.

Pas de commentaire.

— La même chose pour celui qui touche aux femmes blanches, ajouta-t-il.

— Même la Grande Lola ? demanda Moody.

— Elle fait plus la prostituée, à ce que j'ai entendu.

— P't-être, mais merde, quoi, c'est jamais qu'une vieille putain !

— Laisse-la. On va faire comme les Apaches. Vivre tranquillement chez nous et piller plus loin. Dans un an, on aura un millier de têtes de bétail et assez de femmes pour remplir le palais d'un sultan. Vous avez quelque chose à redire à ça ?

Silence.

— Bon. Retournez au camp. Kester et moi on va remonter la piste pour voir s'il vient à des gars du Cercle A l'idée de nous rendre visite. Si vous avez des questions, adressez-vous à Parnell.

Des sabots ferrés claquèrent sur les pierres. Les sabots sans fer des mustangs montés par les hommes de Moody étaient plus silencieux.

Une odeur de poussière s'éleva jusqu'à la grotte, où Case et Sara se tenaient immobiles.

Après quelques minutes de silence, Sara voulut se lever, mais Case la plaqua au sol et la bâillonna de nouveau.

— Ab, souffla-t-il.

Il n'en dit pas plus. Elle s'immobilisa complètement.

De longues minutes s'écoulèrent.

— J'te l'avais dit, fit Kester.

— J'te dis qu'y a quelqu'un, dit Ab.

— Un fantôme.

— Un fantôme ! Ça existe pas, les fantômes.

Combien de fois faut que j'te l'répète ? Et si tu en as vu, c'est au fond d'une bouteille.

— Non, répéta Kester.

— Fais chier ! Tu vas bientôt me dire que t'as vu les foutus salopards qui nous suivent ?

— Les ai pas vus.

— Fais chier.

Sur ces mots, Ab fit faire volte-face à sa mule et s'éloigna au trot, suivi de Kester.

Case ne bougea pas.

Sara non plus, pour la simple raison qu'il la maintenait toujours prisonnière.

Il la libéra enfin, mais avant même qu'elle ne fît mine de se lever, il lui signifia de rester immobile.

Ensemble, ils écoutèrent l'immense silence de la nuit.

Elle avait passé tant d'années, silencieuse, à observer les animaux sauvages ou à les chasser pour nourrir son petit frère et son chercheur de trésor de mari. Elle avait l'habitude. Elle ne broncha pas.

Sa patience impressionna Case autant que son calme absolu. Aucune femme de sa connaissance et bien peu d'hommes étaient capables de rester aussi longtemps sans bouger. Tôt ou tard, ils remuaient.

Tôt ou tard, ils mouraient.

A nouveau, il sentit son parfum. Il respira profondément, pour chasser son désir. La fille était douce, mais pas molle. Souple et vivante, comme un bouton de rose.

Maudissant ses pensées et ses pulsions, Case leva la main du dos de Sara.

— Parlez bas, murmura-t-il. Le bruit porte loin, dans cette rocaille.

— Je sais.
— Vous avez un cheval ?
— Non.
Elle ne précisa pas qu'un cheval aurait fait trop de bruit et signalé à Conner qu'elle s'en allait seule dans la nuit. Poussée par une nervosité inexplicable, elle partait de plus en plus souvent chercher la paix dans cette nature silencieuse baignée par la lune.
— Vous savez monter à cheval, madame Kennedy ? demanda-t-il.
— Oui.
— Je vais vous ramener chez vous.
— C'est inutile, monsieur... euh...
— Appelez-moi Case. Mon cheval est au sud, dans un ravin herbeux, dit-il. Vous connaissez l'endroit ?
— Oui.
— Bon. Je vous suis.
Sara voulut discuter, mais se ravisa et tourna les talons. S'il avait décidé de la raccompagner, il le ferait de toute façon.
S'il la suivait vraiment, il ne faisait aucun bruit. Après quelques minutes, vaincue par la curiosité, elle s'arrêta et se retourna.
Il était juste là, à quelques centimètres d'elle, aussi silencieux qu'un chat.
L'exclamation de surprise qu'elle poussa provoqua chez lui une réaction plus surprenante encore. Un six-coups apparut dans sa main, armé et prêt à faire feu.
Case fit un pas, puis un autre, ne s'arrêtant que lorsqu'il fut assez près pour lui souffler à l'oreille :
— Qu'y a-t-il ?
— Ne vous entendant pas, je me suis retour-

née et j'ai été surprise de vous trouver sur mes talons, murmura-t-elle. C'est tout.

L'arme disparut dans son étui aussi vite qu'elle en était sortie.

— Rien de tel pour se faire tuer que de faire du bruit.

Sara tourna les talons et reprit sa marche.

Le cheval de Case broutait au fond du ravin. Lorsqu'il perçut leur présence, l'animal leva la tête et dressa les oreilles.

Ce n'était pas un cheval ordinaire. Les lignes nettes, les naseaux droits et les yeux écartés prouvaient de toute évidence ses origines.

— N'approchez pas, dit Case. Gentil, Grillon. Ce n'est que moi.

Lorsqu'il passa devant elle, Sara comprit pourquoi il marchait sans bruit. Au lieu des bottes chères aux Blancs, il portait des mocassins à franges qui lui montaient jusqu'aux genoux.

Avec des gestes doux et efficaces, il resserra la sangle, prit les rênes et lui amena Grillon.

Le cheval était immense.

— Le plus grand grillon que j'aie jamais vu ! marmonna-t-elle.

— Quand je lui ai donné ce nom, il avait tout juste la taille d'un grillon. Laissez-le vous sentir. N'ayez pas peur. C'est un étalon, mais un gentleman lorsque je suis à côté de lui.

— Peur d'un cheval ? Jamais.

Elle prit alors une voix apaisante, presque chantante, aussi claire et rassurante que le murmure d'un ruisseau.

Grillon était aussi séduit que Case par la musique. Il renifla le chapeau de Sara, lécha ses longues tresses et souffla sur sa veste. Puis il baissa la tête et lui poussa la poitrine pour l'inviter à le caresser.

Le rire cristallin de Sara était une torture pour Case. Il la regarda enlever ses gants et frotter la tête et les oreilles de l'étalon, puis glisser les doigts sous la bride.

Grillon soupira d'aise, et à nouveau il appuya sa tête contre la poitrine de Sara.

Case eut soudain envie des mains de Sara dans ses cheveux et sur son corps.

— Vous voulez que je vous aide à monter ? demanda-t-il sèchement.

— C'est votre cheval. Je peux ?

Case fut si rapide qu'avant même de comprendre ce qui lui arrivait, Sara se retrouva en selle, avec le souvenir d'avoir été soulevée comme une plume.

L'instant d'après il était derrière elle, l'entourant de ses bras. Reprise par sa vieille terreur, elle se raidit.

Percevant sa peur, Grillon s'effaroucha.

— Du calme, lui dit son maître d'une voix douce. Je vous croyais une cavalière confirmée, ajouta-t-il d'une voix moins suave.

— Je le suis, répondit-elle entre ses dents.

— Alors détendez-vous, vous rendez Grillon nerveux.

Comprenant que c'était les rênes, et non elle, qu'il saisissait, elle poussa un soupir de soulagement.

— Vous êtes du genre brusque, marmonna-t-elle.

— C'est ce qu'on dit.

Il fit faire demi-tour à son étalon et sortit du ravin.

Peu à peu, elle se détendit. Grillon avait une allure cadencée et un train rapide.

— Bon cheval, dit-elle au bout d'un moment. Vraiment bon.

— Grillon et Clairon sont les derniers.

— Les derniers de quoi ?

— Des chevaux que mon frère et moi avons élevés. La guerre et les pillards ont eu raison des autres, sans parler de tout le reste de la famille.

Sa voix était calme, impassible, comme s'il évoquait des événements survenus à un étranger.

— Il vous restait au moins quelque chose, dit Sara. Moi, je n'avais qu'une robe en haillons, un petit frère, et nous avions faim.

— La guerre ?

— Un ouragan. Il y a six ans.

Case essaya de trouver une position plus confortable.

Le parfum, la chaleur et la proximité de Sara Kennedy le mettaient à la torture.

— En Louisiane ? demanda-t-il d'une voix qu'il voulait neutre.

— Texas oriental.

— Six ans ? Vous étiez une enfant.

— Treize ans, presque quatorze. Assez vieille.

— Pour quoi ?

— Le mariage.

Son ton n'incita pas Case à poser d'autres questions. Et c'était mieux ainsi, car la voix légèrement voilée de la jeune femme ne contribuait pas à apaiser sa tension.

Grillon ne mit pas longtemps à parcourir les quelques kilomètres qui les séparaient de chez Sara. Elle n'indiqua pas le chemin, et Case ne le demanda pas. Il savait parfaitement où aller. Elle n'était pas effrayée, mais intriguée qu'un inconnu sût exactement où elle demeurait. Et elle se demandait aussi ce qu'il faisait dans la région.

Seuls des hors-la-loi, des Indiens, des prospecteurs, des cow-boys ou des artistes fous s'aventuraient dans ce désert de pierre.

Grillon n'étant pas un cheval de travail ordinaire, il ne devait pas être un cow-boy. Il n'avait pas non plus d'attirail de prospecteur derrière la selle. Il n'avait pas davantage l'air d'un Indien. Restaient hors-la-loi ou artiste fou. Pourtant il ne semblait pas fou...

En haut de la piste menant à la large vallée bordée de cotonniers du canyon de la Rivière Perdue, il ramena son cheval au pas. La lune brillait entre les nuages, et Case se garda prudemment de sortir de l'ombre.

A une centaine de mètres au-dessous du rebord du plateau brillait une lanterne. Puis Case distingua une cabane. Un corral entouré de piquets et un abri en branches de saules entrelacées tenaient lieu d'écurie. Il y avait un potager entretenu avec soin, des arbres fruitiers aux branches dénudées et une meule de foin derrière l'abri. Une hutte d'Indiens et une autre cabane, plus petite, se dressaient à l'écart.

— Qui est de garde ? demanda Case.

— Personne.

Il plissa les yeux, sachant qu'elle ne mentait pas et que pourtant quelqu'un les surveillait. D'un mouvement rapide il mit pied à terre, prenant soin de laisser Grillon entre lui et le petit ranch.

— Inutile d'alerter vos hommes, dit-il. J'attendrai ici que vous soyez en sécurité chez vous.

Sara ne fut pas étonnée d'être soulevée dans les airs, puis posée à terre. Ce qui l'étonna davantage, c'était de prendre goût à la force de Case autant qu'à son haleine parfumée à la pomme. Elle se demandait à quoi il pouvait bien ressembler.

Son visage était à demi caché par son chapeau à large bord. Il avait, semblait-il, les yeux clairs et les cheveux noirs. Il ne s'était pas rasé depuis plusieurs jours, mais il était propre.

Puis de folles pensées traversèrent son esprit et la bouleversèrent plus que tout ce qui s'était passé cette nuit. Sa respiration haletante n'échappa pas à Case. Il remarqua également ses yeux écarquillés. Il savait avec certitude quel feu la consumait.

— Ne sortez plus seule, dit-il, la prochaine fois, je ne serai peut-être pas là pour vous tirer d'un mauvais pas.

— Je n'étais pas dans un mauvais pas avant que vous ne me plaquiez au sol comme un misérable insecte...

— Je suis désolé. Je voulais simplement vous protéger.

— Pas grave ! C'est juste que vous êtes... un drôle de morceau !

De nouveau, le timbre voilé de sa voix fit à Case l'effet d'une brûlure.

— Cessez de me regarder comme ça, dit-il.

— Comme quoi ?

— Comme une fille qui a des idées amoureuses derrière la tête. Il n'y a plus d'amour en moi. Tout ce que j'ai, c'est ça.

Il se pencha et approcha sa bouche de la sienne, dans l'intention de lui donner un baiser dur et rapide pour lui signifier de ne pas nourrir de rêves à son endroit.

Mais en se baissant, il fut envahi par l'odeur de

rose. Il ne pouvait pas forcer sa bouche. On ne déchire pas un bouton de rose, on ne brise pas une fleur. Le bout de sa langue glissa sur les lèvres de Sara en une tendre et brûlante caresse.

Aussitôt après, Case avait disparu, la laissant seule dans la nuit avec un goût de pomme dans la bouche.

2

Le lendemain matin, Case se réveilla bien avant l'aube. La nuit avait été froide, mais cela n'expliquait pas tout. En fait, il avait eu un sommeil agité, s'endormant avec le goût de Sara sur les lèvres et se réveillant en sursaut, pour ne se rendormir que très longtemps après.

Voilà pourquoi, assis sur ses talons, il parlait à son cheval.

— Eh bien, Grillon, j'avais raison. Elle a un goût de fleur.

Sans s'arrêter de brouter, le grand étalon dressa une oreille.

— Et je suis un fichu imbécile d'y avoir même goûté !

Grillon s'ébroua, balança la tête et se remit à brouter.

— Pas besoin d'insister.

Le cheval l'ignora. Mais au bout d'un moment, il devint nerveux, leva la tête, dressa les oreilles et regarda au-delà de Case. Celui-ci bondit immédiatement sur ses pieds, prêt à tirer, une arme dans la main gauche. Puis il attendit tranquillement, silencieux et aux aguets.

De la crête du ravin se fit entendre le hurlement d'un coyote. Grillon écouta, attendit un long moment et, enfin, se remit à brouter.

— Ce n'est qu'un chien de prairie, hein ?

Case rengaina et se réinstalla sur ses talons. Comme il n'avait pas l'intention, pour le moment, de jouer les pisteurs, il portait des bottes au lieu des habituels mocassins.

Pas de feu pour réchauffer l'aube glacée. Son petit déjeuner était léger : des biscuits et de l'eau provenant de l'endroit où il avait surpris Sara.

Tout en mangeant sa maigre pitance, il pensa que Ab connaissait, hélas ! l'existence de la jeune femme. Il savait aussi où elle vivait. Et elle n'avait pour la défendre qu'un vieil Indien, une putain et un gamin !

— Peut-être devrais-je cesser de suivre Ab et attendre l'occasion d'avoir tous les Culpepper en même temps, dit-il à Grillon.

Pour toute réponse, ce dernier arracha une touffe d'herbe.

— Je devrais peut-être traîner dans ce petit campement près de la rivière. C'est là que les gars se défoulent. Qu'est-ce que tu en penses, Grillon ?

L'étalon continua de brouter.

— Il y a une autre carte à jouer. Tôt ou tard un des Culpepper me fera signe... Comme Ichabod l'a fait près de la Plaine Espagnole.

Il ne précisa pas qu'Ichabod avait dégainé presque aussi vite que lui, et que, cette nuit-là, Case avait failli mourir.

Ce qui ne l'avait guère affecté.

Maintenant, ça l'ennuierait un peu. Pas pour lui-même ; la guerre l'avait guéri de cette peur. Mais il se sentait responsable de Sara.

Il savait combien Ab pouvait être cruel avec les femmes. Du Texas au Nevada, il avait vu son travail et celui de sa famille.

Même les enfants n'étaient pas à l'abri. Ted et Em, ses neveux, en étaient morts.

Aucune passion dans ses pensées, seulement de la résignation. Il avait arraché Hunter à sa famille, laissant ses jeunes enfants à leur mère, qui avait été incapable de les élever.

Personne n'était là, quand les Culpepper avaient enlevé Ted et la petite Emilie.

— Plus tôt je commencerai, plus tôt j'aurai fini, dit-il à haute voix. Quand j'aurai cessé d'enterrer ces ordures, je pourrai m'attaquer à la seule chose importante : me trouver un endroit où établir un ranch.

Il vida sa tasse d'eau, l'accrocha à sa ceinture et se leva.

L'aube silencieuse recouvrait le paysage d'un voile doré. Les roches autour de lui émergeaient doucement, dans toutes les nuances de rouge et d'ombre. Le vent se leva avec le jour. Un air pur et froid enveloppa Case, ébouriffant ses cheveux noirs et caressant son visage. L'atmosphère tout entière était imprégnée d'infini et d'éternité. Les pierres immémoriales évoquaient d'antiques levers de soleil.

Le coyote hurla de nouveau.

Le vent seul lui répondit.

— Je bâtirai mon ranch dans un endroit comme celui-ci. Ces remparts de pierre étaient là bien avant Adam. Ils seront toujours là bien après la fin du dernier homme.

Quelques instants encore, il regarda le paysage surgir de la nuit. Son expression tendue s'adoucit.

— La terre demeure, dit-il. Si fous et insensés que soient les hommes, la terre renaît, chaque jour, dans sa pureté.

Le coyote fit de nouveau entendre son appel.

— Amen, frère. Amen.

Sa décision prise, Case se détourna de l'obsédante beauté de l'aube. Il roula son couchage dans une bâche, le ficela et le mit de côté.

La selle était posée à l'envers sur un rocher pour qu'elle pût sécher pendant la nuit. De même la peau de mouton qui, par temps glacial, lui servait de couverture.

Le voyant prendre la selle, Grillon se mit à brouter de plus belle. Il savait qu'ils ne tarderaient pas à partir et que l'herbe était rare dans le désert de pierre.

Il ne s'arrêta pas de manger même lorsque son maître le pansa, lui nettoya les sabots et le sangla.

Comme à son habitude, Case vérifia sa carabine à répétition et son fusil avant de se mettre en selle, puis il les glissa dans leurs fourreaux respectifs.

Inutile de vérifier son six-coups. C'était la première chose qu'il avait faite en se réveillant.

Case attacha les sacoches et le matériel de couchage, prit la bride de Grillon et regarda autour de lui pour s'assurer qu'il n'avait rien oublié.

Bride en main, il approcha du cheval, qui arracha une nouvelle touffe d'herbe, la mâcha et l'avala, avant de lever la tête pour recevoir le mors.

— Tu ris de moi, je le sais, démon !

Case le brida avec des gestes doux, car il avait appris à respecter les bons chevaux comme les belles armes. Prenez-en soin, et ils prendront soin de vous ! Puis il sauta en selle.

— Viens, Grillon. Allons jeter un coup d'œil à ce misérable saloon. On verra si ce *padre* borgne a fait des progrès pour marquer les cartes.

L'après-midi était déjà avancé lorsque Case arriva au lieu dit, par dérision, l'« Eglise espagnole ».

C'était au temps où un ivrogne avait vu une église espagnole dans l'énorme formation rocheuse servant de mur du fond au bâtiment. Le premier propriétaire du saloon s'appelait Pader Gunther. Pader fut rapidement transformé en « padre », et depuis on appelait tous les propriétaires *padre.*

Le village du même nom se résumait à quelques huttes éparpillées le long de la rivière. La plupart du temps, celle-ci n'était qu'un maigre cours d'eau, qui avait cependant l'avantage de couler toute l'année, ce qui était rare dans cette région aride de l'Ouest.

L'Eglise espagnole n'avait ni véritable rue, ni bâtiment digne de ce nom, ni écurie. La mare boueuse qui servait d'abreuvoir tenait également lieu de point d'eau aux humains dont la soif n'avait pas été étanchée par le tord-boyaux local.

Case observa l'Eglise espagnole à travers sa lunette d'approche. Il compta environ huit montures attachées ou entravées le long du ruisseau, dont deux mules.

Mais malgré son observation attentive il ne put deviner quels Culpepper se trouvaient dans la bâtisse de toile et de branchages.

— Heureusement que tu as passé la plus grande

partie de la nuit à te remplir la panse, dit-il à Grillon. Il n'y a pas grand-chose à grignoter, ici.

Trop d'animaux étaient occupés à fouiller les berges du cours d'eau, pendant que leurs maîtres buvaient jusqu'à épuisement de leur argent ou de leurs forces.

Peut-être est-ce Ab ? Je n'aurai alors qu'à couper la tête du serpent et à laisser le corps se tortiller jusqu'à ce que mort s'ensuive, pensa-t-il durement.

Il hésita quelques minutes encore à entrer dans le village.

Si Ab s'y trouvait, Case serait immédiatement reconnu. Mais ce n'était pas très gênant. Ab ne le connaissait pas sous sa véritable identité.

Pendant longtemps, Case avait mené une vie aventureuse. Et un double jeu, afin de coincer Ab. Il avait même appartenu à la bande des pillards. Et leur chef ne verrait en lui qu'un bandit engagé par le défunt Gaylord Culpepper dans les montagnes Ruby du Nevada. Ils avaient été alors à deux doigts de s'approprier le Bar B et le Ladder S. Mais tout cela était du passé, et Case ignorait s'ils avaient finalement compris qu'il n'était pas de leur côté.

Si Ab le savait, il le descendrait immédiatement.

Le seul moyen d'en avoir le cœur net, décida-t-il, était de l'affronter.

Case sortit distraitement son six-coups, fit tourner le barillet pour en vérifier une fois de plus le chargement, rengaina et protégea le revolver avec une bande de peau. Il sortit un second barillet de la poche de sa veste, vérifia qu'il était chargé et le remit à sa place.

Il regretta soudain que Hunter ne fût pas avec lui.

Puis il songea à Elissa, la nouvelle femme de Hunter, qui aimait celui-ci comme peu de femmes aiment un homme.

Il valait mieux qu'il restât à ses côtés dans les Ruby. S'il ne revenait pas, lui, cela n'avait pas d'importance. Il n'y aurait pas de femme en deuil ni d'enfants affamés.

Il monta en selle avec la souplesse d'un félin.

Comme à son habitude, il étudia le territoire ennemi de près, après l'avoir observé de loin, puis choisit un sentier abrupt qui descendait vers le village tout en le contournant.

Case ne s'attendait pas à trouver des guetteurs ou une embuscade sur son chemin, mais cela ne l'aurait pas non plus vraiment étonné. Les enfants de chœur ne se bousculaient pas à l'Eglise espagnole !

Le premier homme qu'il vit gisait face contre terre près d'un énorme buisson. Il était ivre mort ou mort. Difficile à dire, de là où il se trouvait, et il n'avait pas l'intention d'approcher pour vérifier.

Grillon dressa une oreille en direction de l'homme, s'ébroua et fit un détour pour l'éviter.

— Je te comprends, mon garçon, dit Case. Ce salaud dégage une véritable puanteur.

Avant d'entrer dans le saloon, il fit le tour des bêtes au pâturage pour vérifier leurs marques.

Cercle A et Rocking M.

Deux marques provenant de ranchs voisins de celui de Sara Kennedy. Voisins, mais pas proches.

Les propriétaires du Cercle A et du Rocking M s'étaient installés dans le haut pays, riche en eau, à deux jours à cheval du désert de pierre où le vieux Kennedy s'était établi autrefois.

Les autres chevaux portaient des marques illisibles ou falsifiées.

Les mules des Culpepper n'étaient pas marquées.

Il y avait trois autres chevaux, dans un ravin ombragé, qui chassaient les mouches en agitant leurs longues queues. L'un d'entre eux était sellé, les autres portaient des ballots de provisions arrimés par des filets.

C'étaient des mustangs avec de bonnes jambes, des poitrines larges et des croupes musclées. Bien que très soignées, ces bêtes n'étaient pas ferrées. Apparemment, il y avait dans les parages quelqu'un qui s'y connaissait.

S'approchant, Case vit qu'ils portaient tous les trois la même marque : S.K. Sara Kennedy ! Savait-elle au moins que trois de ses chevaux se trouvaient dans ce nid de hors-la-loi ?

En s'approchant des animaux, Case remarqua un écoulement d'eau au fond du ravin. Les pluies d'automne et du début de l'hiver avaient été suffisamment abondantes pour maintenir leur débit, malgré la sécheresse de l'été.

Bien qu'il distinguât des traces de sabots dans la terre rouge humide, l'eau semblait encore pure : Case laissa donc Grillon s'abreuver, mais il veilla à ce qu'il bût sans excès. En cas de fuite, il ne fallait surtout pas que l'étalon fût alourdi.

— Désolé, mon garçon, dit-il en détournant son cheval du point d'eau. Tu es en service !

Lorsqu'il attacha Grillon à un buisson du côté ensoleillé de l'Eglise, Case ne dessangla pas. L'endroit qu'il avait choisi se trouvait près de la porte d'entrée du saloon, ou plutôt près d'une loque de toile tachée qui faisait office de porte.

Case savait que le passage de la grande

lumière à une pièce obscure et enfumée serait pour lui l'instant le plus dangereux. Il n'hésita pourtant pas et plongea sous la toile, en écartant la languette qui protégeait son six-coups.

Un regard rapide lui apprit qu'il y avait moins d'hommes à l'intérieur que de chevaux à l'extérieur. Cela ne lui plut pas. Les hommes cuvaient peut-être leur whisky quelque part dans les broussailles... Mais il n'y croyait pas. Case s'installa donc au comptoir, gardant un œil vigilant sur la salle et la porte.

Personne ne vint le servir.

Pourtant, nul ne dormait dans l'arrière-salle. Tournant le dos au comptoir désert, Case embrassa derechef du regard le reste du saloon.

Quatre hommes jouaient aux cartes. Il y avait là deux Culpepper, mais Ab ne faisait pas partie du cercle. Les Culpepper se ressemblaient tous : maigres, bigleux, blondasses et d'apparence mauvaise, cependant, Case était à leurs trousses depuis assez longtemps pour savoir les différencier.

Quincy, Reginald, mais pas Ab. Celui-là n'était jamais là quand sonnait le glas !

Il se calma en se disant que Quincy et Reginald n'étaient pas des petits saints. Leurs noms figuraient sur la plupart des avis de recherche qui se trouvaient dans les sacoches de Grillon. Ils avaient la réputation d'être d'habiles tireurs et d'avoir la détente facile. On disait toutefois qu'ils préféraient les embuscades aux affrontements directs.

Reginald et Quincy avaient coutume de tirer dans le ventre de ceux qui leur avaient déplu et de prendre des paris sur le temps qu'ils mettraient à mourir. L'une de leurs victimes avait tenu trois semaines. Lassés, ils avaient fait porter les paris sur la fréquence de ses hurlements.

Un cinquième homme ronflait près du feu, un chien galeux endormi à ses côtés.

La pièce n'était qu'un surplomb naturel muré sur trois côtés par des branchages recouverts de toile. Il n'y avait pas de cheminée pour le feu qui brûlait au centre d'un cercle de pierres rouges. La fumée se répandait simplement dans la pièce, épaississant celle des cigarettes et des cigares. Si le vent soufflait assez fort, l'atmosphère s'éclaircissait un peu. Il y faisait également assez froid pour qu'on pût y conserver des morceaux de viande.

Pas de comptoir en merisier avec rampes de cuivre, pas de miroirs ni de crachoirs fantaisie à l'Eglise espagnole ! Le bar était fait de tonneaux de whisky sur lesquels on avait posé des planches. De même pour les tables, à l'exception de celle qui était sortie du chariot de Pader Gunther.

Des tonneaux de whisky sciés par le milieu et retournés servaient de tabourets. D'autres avaient été faits avec des branches de cotonnier sur lesquelles étaient tendus des morceaux de peau de vache. Çà et là, on retrouvait quelques touffes de poils, roux, tachetés ou blancs.

On distinguait encore de nombreuses marques sur les peaux de vache. Depuis son installation à proximité d'une source d'eau potable, l'Eglise espagnole servait de marché aux hors-la-loi et aux voleurs de bétail.

— Quelqu'un a vu le *padre* ? demanda Case d'un air dégagé.

— Il dort d'un sommeil réparateur, dit Quincy sans lever les yeux de ses cartes.

— C'est sa femme ? demanda Case en désignant le chien.

Un des hommes ricana. Il portait ses cheveux grisonnants à l'indienne, coupés au couteau à hauteur des épaules et retenus sur le front par un bandeau. Bien que métis, l'homme ne faisait pas partie de la bande à Moody.

Case pensa que ce devait être Ute, le vieil hors-la-loi qui vivait dans le ranch de Sara.

Ute regarda l'homme et le chien endormis, ricana de nouveau et leva la tête vers Case. Comme s'il le reconnaissait, le vieil homme plissa les yeux. Ce fut tout.

— Hé, le vieux, tu fais une nouvelle mise, ou quoi ? gronda Reginald du ton de celui qui tente sa dernière chance.

Ute ramassa une poignée de pièces d'argent sur la table et les laissa tomber dans sa poche. Puis il adressa à Reginald un sourire édenté et lança un flot d'injures en espagnol.

L'homme se trouvant à la gauche de Reginald ébaucha un sourire, mais aucun des Culpepper ne savait assez d'espagnol pour saisir ce qui avait été dit.

— Hé, tu vas pas me prendre mon argent sans me laisser une chance de le regagner ! protesta Reginald.

— Trouve-toi ici à la nouvelle lune, dit Ute.

— Mais...

Le métis renversa la table et bondit sur ses pieds avec une rapidité étonnante pour un homme de son âge. Puis, face à un Reginald éberlué, Ute pointa sur lui un fusil à canon double.

— La nouvelle lune, répéta-t-il.

Case se garda de bouger. Ses deux mains étaient visibles, délicatesse qui fut remarquée.

Ute lui sourit et sortit en reculant.

— Je vais lui tirer une balle dans le ventre, à ce fils de pute ! annonça Reginald.

— Pas aujourd'hui, dit Quincy. Aujourd'hui, on joue aux cartes. Donne, Beaver.

Le dénommé Beaver ramassa les cartes et les distribua.

Le *padre* ronflait.

Case s'approcha nonchalamment et le poussa du bout du pied.

Il continua à ronfler.

— Lui, au moins, il apprécie sa bibine, dit Case à la cantonade.

— Je suis raide comme un passe-lacet, dit Reginald. Tu me donnes la mise, Quincy ?

— Tu m'as pas rendu de la dernière fois.

— Merde ! Je suis ton frère !

— *Demi*-frère.

— Merde !

Dégoûté, Reginald tourna le dos à la table et posa les yeux sur Case.

— Je t'ai pas déjà vu ? demanda-t-il.

— Possible.

— Où t'étais, aux dernières nouvelles ?

Beaver jeta un regard inquiet à son jeu. Demander à quelqu'un d'où il venait était aussi grossier que dangereux. Si Reginald était trop furieux pour remarquer la paisible assurance de l'inconnu, elle n'échappa pas à Beaver, qui chercha instinctivement un endroit où se réfugier. De toute façon, il n'avait pas l'intention d'aider Reginald. Pour lui, il y avait trop de Culpepper dans le coin. Un de plus ou de moins...

— Là, dit Case.

— Hein ? fit Reginald.

— Tu m'as demandé où j'étais, dit-il d'un ton calme. Je t'ai répondu.

— Là ? répéta Reginald, bondissant sur ses pieds. Merde, c'est pas une réponse.

— C'est la seule que tu obtiendras.

Quincy se leva.

Beaver se réfugia dans ce qu'il espérait être un coin tranquille.

— T'es en minorité, mon gars, dit Quincy. Serait-ce que tu sais pas compter ?

— Je sais compter, mais je ne compte pas les puces.

— Tu nous traites de puces ? demanda Reginald.

— Pas moi, dit Case. Je n'ai aucune raison d'insulter les puces.

Avec une rapidité de serpent, les Culpepper portèrent la main à leurs ceintures.

Cette pensée n'empêcha pas Case de décharger son six-coups, puis d'échanger le barillet vide contre celui qu'il avait dans sa poche, sans geste superflu.

Il avança alors vers eux tranquillement.

— J'suis hors du coup, dit Beaver de sa planque.

— Restes-y.

— Oui, m'sieur.

Le *padre* s'assit sur son séant et regarda autour de lui en clignant des yeux.

— Qu'est-ce que c'est que ce vacarme ? demanda-t-il d'une voix rauque.

— Rendors-toi, dit Case.

— Ça sent la poudre. Y a des morts ?

— Des puces, c'est tout.

— Faut pas gaspiller de la poudre pour tuer des puces. Suffit de les écraser avec le pouce.

Sur ces mots, le *padre* retomba dans un sommeil sans rêves.

Ignorant le sang qui lui coulait le long de la jambe, Case contourna les Culpepper. D'un coup de pied, il fit sauter les revolvers de leurs doigts inertes avant de se pencher pour les examiner.

Les deux Culpepper vivaient toujours, pour leur malheur. Ils avaient été touchés en dessous de la ceinture.

— Désolé, les gars, dit-il. Si vous n'aviez pas dégainé si vite, je vous aurais offert une fin propre. Vos balles m'ont déséquilibré.

Il arracha son foulard et le noua autour de sa cuisse droite. Le sang n'arrêtait pas de couler. Il avait également une blessure au bras.

— Vous êtes mal en point, *hombre,* dit Beaver.

Sans faire attention à lui, Case sortit de sa chemise un avis de recherche et le déroula. Il barra avec son sang les noms de Quincy et de Reginald Culpepper. D'autres noms étaient barrés. Les Culpepper qu'il avait déjà descendus !

Il restait encore pas mal de noms à barrer...

Trop.

— Intérêt à vous magner, dit Beaver. Ces gars ont de la famille. Ils vous retrouveront et feront griller votre cervelle à la braise, comme les Apaches.

Case laissa tomber l'avis entre les deux Culpepper, puis jeta une poignée de pièces.

— Voilà la mise, dit-il à Reginald. Comme ça, tu pourras parier avec Quincy sur celui qui s'en ira le premier.

Sans lâcher Beaver des yeux et sans faire dévier son six-coups de sa poitrine, Case recula vers la porte.

Une fois sur le seuil, il siffla son cheval. Il y eut un bruit de branchages, et Grillon arriva en trottant vers son maître. Celui-ci empoigna le pommeau et se hissa en selle.

A chacun des battements de son cœur, des vagues de douleur le submergeaient. Case serra les dents et s'accrocha à la selle.

Il aurait aimé rentrer chez lui, dans un lieu familier. Mais il n'avait pas de maison, nulle part où aller.

Usant de ses dernières forces, il lança Grillon à bride abattue vers le désert de pierre rouge.

3

— Je vous ai rapporté quelque chose, dit Ute.

Sara leva les yeux du faucon qu'elle soignait. Un des hors-la-loi qui avaient établi leur camp au canyon des Sources avait décidé de prendre l'oiseau pour cible. Heureusement, son aile n'était pas cassée. Il guérirait. Mais en attendant il devait être nourri, faute de quoi il se laisserait mourir de faim.

— Des livres ? demanda-t-elle.

Le faucon se débattait, bec grand ouvert. Elle le serra contre elle et lui murmura des paroles apaisantes.

— Aussi, dit Ute.

— Quoi d'autre ?

— Dépêchez-vous. Ça ne tiendra pas, dit-il, montrant la porte d'un mouvement de tête.

Elle lui adressa un regard étrange, coiffa l'oiseau d'un chaperon, lui attacha les pattes à un perchoir et sortit en hâte.

Sara ne vit d'abord que du sang : séché, frais, coagulé, suintant. Et un cavalier affaissé sur une selle.

Puis elle reconnut l'étalon.

— Miséricorde ! dit-elle. Case !

— Je l'ai trouvé comme ça, et je vous l'ai apporté comme toutes les autres créatures blessées.

— Descends-le vite, commanda-t-elle sèchement.

Puis elle se mit à crier des ordres :

— Conner ! Conner ! Viens tout de suite aider Ute ! Lola, apporte tes herbes médicinales !

Ute saisit un couteau aussi long que son avant-bras et s'attaqua aux liens qui maintenaient l'homme sur sa selle.

Au moment où tombaient les dernières attaches, Conner arriva du ruisseau en courant. C'était un grand garçon dégingandé d'une quinzaine d'années, qui n'avait pas dû encore atteindre sa taille définitive.

— Qu'est-ce qui se passe, sœurette ? demanda-t-il.

— Regarde, dit-elle, montrant le cavalier. Les Culpepper, sûrement...

Case glissa de la selle. Tout en aidant Ute, Conner poussa un grognement.

— Nom d'un chien, qu'est-ce qu'il est grand ! marmonna-t-il.

— Ne jure pas, dit-elle d'un air sévère.

— Tu me fais la morale ou tu aides cet homme ?

— Je peux faire les deux à la fois. Porte Case à l'intérieur et mets-le sur mon lit.

— Case ? s'étonna Conner.

Il saisit les bottes tachées de sang et se redressa sous le poids. Ute fit de même avec les épaules, et ils le transportèrent vers la case.

— C'est l'*hombre* qui t'a ramenée avant-hier dans la nuit ? demanda Conner.

— Oui, répondit-elle sans réfléchir. Mais comment le sais-tu ? ajouta-t-elle, interloquée.

— Je l'ai vu.

— Que faisais-tu dehors à cette heure ?

— Quand Ute n'est pas là, j'ai le sommeil léger.

Il valait mieux changer de sujet, surtout si Conner avait vu Case l'embrasser.

— Lola ! appela-t-elle. Où es-tu ?

— J'arrive, fillette. Peux pas faire plus vite.

La voix provenait de la hutte où Ute et Lola avaient élu domicile.

— Mettez-le sur mon lit, ordonna Sara.

Le regard de Conner alla de l'homme ensanglanté au lit immaculé de sa sœur.

— Fais ce que je te dis !

Ils déposèrent Case sur le lit de roseaux tressés.

— Tire de l'eau du ruisseau, dit-elle à Conner. Ute, apporte les chiffons propres qui sont étendus sur le fil.

Le vieil homme et l'adolescent s'empressèrent d'obéir. Quand elle avait cette lueur dans les yeux, il ne fallait pas discuter.

S'agenouillant à côté du blessé, elle lui retira ses bottes et ses chaussettes aussi doucement que possible. Elle le savait vivant ; ses blessures continuaient à saigner. C'était le seul signe de vie qu'il donnait.

Démêlant la mentonnière de son chapeau, elle le jeta sur un coffre lui aussi en branches de saules, puis déboutonna sa chemise et la lui enleva, ainsi que son maillot de corps. Il avait le côté droit couvert de sang séché.

Elle passa délicatement les doigts sur la peau de Case, à la recherche d'une blessure, et ne trouva rien d'autre que celle qu'elle avait déjà remarquée à l'intérieur du bras droit.

Celle-ci était profonde, mais pas très grave.

Elle détacha la ceinture du blessé et ouvrit son pantalon, redoutant ce qu'elle allait découvrir. Puis elle constata qu'il n'était pas touché au ventre. Elle soupira de soulagement. On réchappe rarement de ce genre de blessures. Case avait eu de la chance, pensa-t-elle, soudain plus légère.

Mais à la vue de la plaie qu'il avait à la hanche, elle tressaillit.

— Mais c'est de la viande de premier choix ! s'exclama Lola qui venait d'arriver.

— Pour le moment, on dirait plutôt du ragoût. Apporte-moi le matériel médical de mon oncle.

Lola se dirigea en riant vers le coffre, l'ouvrit et en sortit un vieux sac en cuir noir.

— De quoi as-tu besoin ? demanda-t-elle.

— D'un miracle.

— Savais pas que t'en avais dans ce sac !

— Moi non plus.

Sara nettoya les blessures de Case en commençant par celle du bras, qui n'était effectivement pas grave.

— Inutile de recoudre, dit Lola.

— Eau chaude, réclama Sara, sans même l'écouter. Savon. Et encore des chiffons.

— Ute ! cria Lola.

— Je t'entends, répondit-il d'un ton bourru. Mais à quoi bon tout ce nettoyage, quand...

— Arrête de grogner, le coupa Lola. Elle t'a sauvé la peau autrefois, hein ?

Le vieil homme attisa le feu en marmonnant, et jeta un regard sur la marmite posée sur le trépied au-dessus des flammes.

— J'arrive, annonça-t-il.

— Merci, répondit Sara sans lever la tête.

Il la regarda s'activer avec respect. Il voyait en Sara un ange aux cheveux d'or descendu sur terre pour aider les humains en détresse. Evidemment, jamais il n'en avait dit un mot. Il gardait cette conviction secrète. Et cela lui donnait des forces.

Pendant que l'eau bouillait, Sara nettoya le corps de Case. En fait, il était couvert de sang. Et elle eut l'impression que cette tâche durerait une éternité. Lorsqu'elle eut fini, elle contempla son travail. Et l'homme ! Comme l'avait dit Lola, c'était du premier choix ! Cette pensée la surprit. Depuis sa dure initiation à la vie matrimoniale, elle n'était plus guère attirée par les hommes.

Au nom de la pudeur, elle le recouvrit hâtivement d'un linge propre. Mais elle savait qu'elle mettrait longtemps à oublier ce qu'elle avait vu.

Il était beaucoup plus grand que Hal. Et plus puissant.

De partout !

A cette idée, Sara fut parcourue d'un frisson. Elle avait déjà assez souffert avec son frêle mari. Alors comment imaginer un homme de la taille de Case s'affairant entre vos jambes ? Impensable !

— Voici, dit Ute.

— Merci.

Elle prit le récipient d'eau chaude.

— Oncle William m'a appris qu'une blessure propre guérit mieux qu'une sale, et n'importe quelle femme sait que l'eau chaude et le savon lavent mieux que l'eau froide seule. Je veux que tu le comprennes, pour que s'il m'arrive, un jour, d'être blessée, tu saches quoi faire.

— Dieu ne permettra pas que vous soyez blessée.

— Il est trop occupé.

— Pas pour Ses anges.

Avec un sourire triste, Sara se retourna vers Case. Elle savait ne compter pour personne, et moins encore pour Dieu.

Avec douceur et application, elle nettoya les blessures. L'une d'entre elles était située à l'intérieur de la cuisse. Sara la tâta délicatement, mais ne sentit aucune balle ; celle-ci avait dû simplement creuser la chair avant de poursuivre sa trajectoire.

La seconde blessure était plus profonde. Le sang continuait à couler, mais pas par saccades, ce qui, d'après son oncle, aurait été signe de mort.

— La balle est toujours là ? demanda Lola.

— Oui, répondit Sara. Je suppose qu'elle est logée à l'arrière de la cuisse, si elle a évité l'os...

Lola glissa la main sous la cuisse de Case. Elle palpa la peau et le muscle. Et même lorsque Case gémit, elle ne sourcilla pas.

Contrairement à Sara.

— De la chance, constata son aînée. L'os n'est pas touché.

— Tu es sûre ?

— Ouais. La balle l'a juste effleuré. Pas plus. Ute, passe-moi ton couteau. Je vais t'enlever ce plomb vite fait.

— Attends ! fit Sara.

— Ça guérit mieux sans plomb, dit Lola en lui jetant un regard en coin.

— Je sais. C'est juste que...

Sara ne savait comment dire à Lola qu'elle était bouleversée à l'idée de couper dans les muscles de Case.

— Tu ne te sens pas bien, sœurette ? demanda Conner. Tu es toute pâle. Tu devrais nous laisser faire.

— Je suis très bien, dit-elle d'un ton sec. Quand nous avons trouvé Ute, il était bien plus abîmé. J'ai coupé et recousu, tu te rappelles ? Je vais m'occuper de Case.

— Je me rappelle surtout que tu as vomi après avoir soigné Ute.

— Et alors ? intervint Lola. Elle a fait d'abord le boulot, et c'est ce qui compte. Toi aussi, t'as rendu toutes tes tripes, mon garçon, l'oublie pas.

Conner plissa ses yeux verts et ravala ce qu'il avait sur le cœur.

— Ute, dit Sara, mets Case sur le côté. Je vais retirer la balle avec un scalpel.

— Je vais le tourner, dit Conner.

Elle le regarda, étonnée. Elle voyait toujours en lui l'enfant de neuf ans sanglotant devant la tombe de ses parents. Mais son petit frère avait aujourd'hui une tête de plus qu'elle et il était sûrement deux fois plus fort.

Elle pensa qu'il grandissait trop vite et que, bientôt, il s'en irait. Et si elle ne trouvait pas avant ce sacré trésor, il serait trop tard. Il partirait vers un destin incertain.

Or, il méritait mieux que ça. Il était intelligent ; il pourrait être médecin, ou juge, et devenir aussi érudit que leur père.

Soudain, Case gémit.

— Attention ! dit Sara.

— Il est dans les pommes.

— Tu crois peut-être qu'il te chante un cantique ? rétorqua-t-elle. Il souffre, même s'il n'est pas tout à fait conscient.

— Sûr, dit Ute. S'il était éveillé, il ne ferait pas un bruit.

— Comment le sais-tu ? demanda Conner.

— J'l'ai vu à l'Eglise espagnole. Calme et réfléchi. Il aime pas être sur son mauvais côté.

Conner acheva de tourner Case. Doucement. Une balle faisait saillie juste sous la peau de la cuisse.

— J'l'avais dit ! triompha Lola.

Sara la poussa, se saisit du scalpel propre et retint son souffle. Une simple incision, et la balle roula sur le sol.

Conner la ramassa d'un geste vif et un peu trop fougueux. Il n'était pas encore habitué à son corps en pleine transformation.

— Voilà, dit-il, lançant la balle à Ute. Une balle de plus pour ton creuset.

Ute l'attrapa et la fourra en grommelant dans sa poche.

— Dommage qu'il n'ait pas aussi ramassé le cuivre, ajouta Conner. Nous manquons de douilles.

— Voyons ! s'indigna Sara. Il faudrait vraiment être idiot pour perdre tout son sang pour un bout de cuivre.

— Il faut surtout être idiot pour se faire tirer dessus, répliqua son frère.

— Mon garçon, dit Ute, tu n'es pas bête, alors ne fais pas comme si tu l'étais. Cet *hombre* a tiré sur deux Culpepper, et il est parti sur ses jambes. Eux, pas.

— Quoi ? fit Sara, pétrifiée.

— Des Culpepper, répéta Ute. Reginald et Quincy.

— Le diable aura deux âmes de plus à dîner, commenta Lola. J'peux pas dire que ça me fait de la peine.

— On risque d'avoir de la visite, grommela le vieil homme. Quand Ab l'interrogera, Beaver tiendra pas deux minutes.

Sara se tourna vivement vers Ute.

— J'ai essayé d'effacer les traces, dit-il, mais Case saignait beaucoup. J'ai entendu dire que les Culpepper ont le nez creux. Ils sauront vite qu'il est ici.

— Nous avons des cartouches ? demanda Sara.

— Oui, m'dame, dit Ute.

— Assez ?

— Plus que de fusils pour les tirer.

— Prends la première garde.

Avant même qu'elle n'ait fini sa phrase, Ute avait disparu.

— Conner, dit Sara, tu prendras la suivante. Je...

— Tu restes à soigner cet *hombre*, la coupa Lola. Je n'ai pas ton doigté, et il en a besoin. Je monterai la garde à ta place.

— Mais ta hanche...

— ... va très bien. Recouds ce garçon, il est en train de perdre tout son sang.

Sara ne discuta pas. Elle se mit à recoudre l'incision qu'elle avait pratiquée. Cet homme avait une peau étonnamment douce et souple.

— Tourne-le sur le dos, dit-elle d'une voix troublée.

Conner lui lança un regard étrange avant de lui obéir.

— Tes draps sont pleins de sang, dit-il.

— C'est pas la première fois, marmonna Lola.

— Comment ça ? demanda-t-il.

— Les règles. Fais marcher ta caboche, mon garçon.

Conner rougit, mais se mordit la langue. Il avait appris à ne pas se prendre de bec avec la Grande Lola. Elle connaissait les mots qui blessent.

Se détournant pour cacher un sourire, Sara plia un linge propre et l'appliqua sur la blessure. Elle appuya, et Case se remit à gémir.

Au bout d'un moment, elle souleva un coin de la compresse. Le sang coulait toujours, mais plus lentement.

— Encore, dit Lola. C'est toujours pas arrêté.

La jeune femme recommença avec une nouvelle compresse. Lorsque Case se raidit, Sara se mordit la lèvre.

— T'en fais pas, dit Lola. Il sent pas vraiment.

— J'espère que tu as raison.

— Diable, c'est un hors-la-loi, pas une jeune fille.

— Ça ne veut pas dire qu'il ne souffre pas.

— Je vais préparer le pansement.

Le saignement finit par diminuer, de sorte que Sara put achever de panser la plaie. Puis Lola lui tendit le bocal de cataplasmes.

Retenant son souffle, Sara enduisit un pansement propre d'un mélange d'herbes et d'huiles médicinales et le plaça sur les deux blessures ; puis elle attendit que Lola fît de même sur la plaie qu'il avait derrière la cuisse. Elle enveloppa ensuite la jambe de bandes de tissu qui sentaient bon le propre.

— Voilà, dit Lola. Couvre-le, mets des briques chaudes dans le lit et laisse-le tranquille.

Déjà, Sara retirait des briques du cercle de feu, les enveloppait dans de vieux sacs de farine et les glissait aux pieds de Case. Elle en ajouta d'autres le long de ses jambes.

— De la fièvre ? demanda Lola.

— Pas encore.

— Ça viendra.

Sara frémit, mais ne discuta pas. Elle savait que Lola avait plus d'expérience qu'elle.

— Est-ce qu'il... s'en sortira ? demanda la jeune femme.

— J'espère. Dommage de perdre de beaux mâles. On en manque.

Sara remonta les couvertures autour des épaules de Case. C'est elle maintenant qui frissonnait. Elle se battrait autant qu'elle le pourrait pour que cet homme restât en vie. Mais, elle le savait, ses moyens étaient limités.

Lola émit un grognement, se souleva et se dirigea vers la porte. A chaque pas, les plis de sa jupe virevoltaient au-dessus de ses mocassins. Le bandeau qui retenait ses épaisses nattes grises était tissé avec le poil des chèvres qui lui donnaient du lait, de la viande et de la laine.

— Vérifie les carabines et les fusils, dit Sara à son frère. Il y a encore de l'eau fraîche ?

— Je vais en chercher. Mais que penses-tu de son état ? ajouta-t-il, presque à contrecœur. Il s'en remettra ?

— Je ne sais pas, répondit-elle en fermant les yeux. Si ses blessures ne s'infectent pas...

— Tu as bien tiré Ute d'affaire.

— J'ai eu de la chance. Et lui aussi.

— Celui-ci en aura peut-être autant !

— J'espère.

Sara se sentit envahie par une sorte de lassitude mais elle se ressaisit immédiatement, jeta un regard autour d'elle et énuméra ce qui restait à faire :

— Il faut apporter de l'eau du ruisseau, ramasser du bois, demander à Lola si elle a besoin d'aide pour la cueillette de ses herbes...

— J'y vais, dit Conner.

Sara le regarda sortir en souriant. C'était un bon garçon, malgré son côté sauvage qui était pour elle une constante source d'inquiétude.

Il fallait trouver ce trésor pour canaliser ses énergies. Il le fallait absolument... Faire des études, apprendre, rencontrer des jeunes garçons de son âge l'aideraient. Elle en était sûre.

Elle fut interrompue dans ses pensées par les gémissements de Case. Il essayait de s'asseoir sur sa couche. En toute hâte, elle s'agenouilla à côté de lui et le retint par les épaules.

Mais il l'écarta violemment, s'assit et secoua la tête pour essayer d'y voir clair.

Posant la main sur son épaisse chevelure, elle le calma comme elle le faisait à son faucon blessé.

— Case, dit-elle. Case, vous m'entendez ?

Lentement, ses yeux s'ouvrirent et se posèrent sur elle. Ils étaient d'une couleur rare, un vert presque pur. Clairs, profonds comme l'hiver. Froids, aussi...

— Sara ? fit-il d'une voix épaisse. Sara Kennedy ?

— C'est moi. Allongez-vous, Case.

Elle lui appuya de nouveau sur les épaules, remarquant cette fois l'élasticité de ses muscles. Et sa chaleur. Pas de la fièvre. Juste... la vie.

— Qu'est-il arrivé ? demanda-t-il.

— Vous avez reçu des balles. Ute vous a trouvé et ramené ici.

— Culpepper ?

— Reginald et Quincy.

— Faut que je me lève. Ils sont à ma poursuite.

— Ça m'étonnerait ! D'après ce qu'a dit Ute, ils sont en route pour l'enfer.

Case cligna des yeux et se frotta les paupières.

— Il y en a d'autres, dit-il.

Sa main gauche chercha son arme, mais ne rencontra que sa peau nue.

— Revolver ? fit-il. Où ?

— Allongez-vous. Vous n'êtes pas en état de vous battre.

Il repoussa Sara et essaya de se lever. Une onde de douleur le traversa. Etouffant un gémissement, il retomba sur le lit.

— Faut que... je me lève, dit-il.

— Je vous apporterai un revolver... si vous restez allongé, dit-elle vivement. Je vous en prie, Case. Si vous bougez, vous recommencerez à saigner et vous ne pourrez jamais guérir.

Vaincu par l'insistance de Sara, il se laissa border, puis la regarda se lever et aller lui chercher son arme.

Comme à son habitude, Sara était habillée en homme. Jupes et jupons ne pouvaient que la gêner pour escalader les canyons rocheux à la recherche du trésor, soigner des animaux malades ou monter un des mustangs ombrageux que Conner et Ute avaient capturés.

— Habits d'homme, dit Case d'une voix pâteuse.

— Comment ?

— Pantalon.

— Je... euh... c'est que...

Revoyant Case nu, elle s'arrêta, rougissante. Même ensanglanté et à demi mort, il avait réussi à accélérer les battements de son cœur.

Mais, pensa-t-elle, elle n'était qu'une sotte. Ce n'était pas parce qu'il l'avait embrassée avec la douceur d'un papillon qu'il ne la brutaliserait pas un jour. Les hommes étaient ainsi. Souvent violents, parfois même sauvages.

— Je vous apporterai votre chemise dès que je l'aurai nettoyée, dit-elle. De toute façon, pendant quelque temps vous ne devriez porter ni chemise ni pantalon. Le frottement ne fera que retarder la cicatrisation.

— Je parlais de vos habits, pas des miens ! fit-il enfin. Vos vêtements d'homme !

Parler lui avait demandé tant d'énergie qu'il dut fermer les yeux et serrer les dents. Voilà, pensa-t-il tristement, la bataille était perdue d'avance. Et il ne pourrait pas bouger avant longtemps.

— Tenez, dit-elle. J'ai vidé la première chambre.

Il sentit dans sa main gauche le froid et le poids familiers de son six-coups.

— Et maintenant, restez tranquille, ordonna-t-elle.

Lorsqu'elle se pencha pour remonter une nouvelle fois les couvertures, une de ses tresses tomba en avant et caressa doucement la joue du blessé.

— Rose, dit-il.

— Comment ?

Soulevant les paupières, il plongea le regard dans des yeux couleur de brume et d'argent, des yeux où se mêlaient compassion, méfiance et admiration.

— Rose et soleil, balbutia-t-il. Je vous ai embrassée.

— Oui, murmura-t-elle. Vous m'avez embrassée.

— La chose la plus bête... que j'aie jamais faite !

— Comment ?

Il n'y eut pas de réponse. Il était de nouveau inconscient.

4

Sara était assise, jambes croisées, à côté du lit où Case dormait d'un sommeil agité. Pendant trois jours, elle n'avait pratiquement quitté son chevet que pour s'occuper du faucon blessé.

— Em... Emilie, prononça-t-il d'une voix angoissée.

Sara en eut la gorge nouée.

Elle ne savait pas qui était Emilie. Elle savait seulement que Case l'aimait. Il prononça aussi d'autres noms : Ted et Bélinda, Hunter et Morgan, mais c'était celui d'Emilie qui le faisait le plus souffrir.

— Case, dit-elle d'un ton apaisant. Vous n'avez rien à craindre. Tenez, buvez ceci. Ça calmera la fièvre et la douleur.

Tout en parlant, elle lui souleva la tête et porta une tasse à ses lèvres.

Il avala docilement, car quelque chose en lui savait avec certitude que la voix douce et les mains fraîches voulaient l'aider.

— Rose, soupira-t-il.

Le sourire de Sara était aussi triste que ses yeux gris fixés sur le visage fiévreux de Case. Dans sa vie, elle s'était occupée de bien des créatures blessées, mais jamais elle n'avait autant souffert de la souffrance de l'autre.

— Dormez, murmura-t-elle. Dormez. Et ne rêvez pas, Case. Vos rêves... vous font trop mal.

Au bout de quelques minutes, il poussa un soupir et sombra de nouveau dans un monde crépusculaire. Mais il était plus calme à présent.

De peur de le déranger, Sara osait à peine respirer. Sa fièvre avait maintenant un peu baissé ; l'infection diminuait, mais il était encore loin d'être guéri.

Se déplaçant lentement et sans bruit, elle prit la lanterne, l'alluma et alla examiner l'aile du faucon. L'oiseau se laissa faire, lorsqu'elle enduisit sa blessure de baume. Elle avait réussi à l'apaiser, grâce à la douceur de ses mains et de sa voix, si bien qu'elle n'avait plus besoin de le chaperonner.

— Tu es en voie de guérison, mon ami, murmura-t-elle. Tu pourras bientôt t'élever dans les ciels d'hiver.

Elle posa la lanterne près du lit, et s'installa à côté. Puis elle prit un petit paquet de laine et l'enroula sur un fuseau de bois. En transformant en fil une masse informe de poil de chèvre, ses doigts ressemblaient à ceux d'une fée.

La porte de la cabane s'ouvrit et se referma aussi vite. Sans même lever les yeux, Sara savait que c'était son frère.

— Comment va-t-il ? demanda Conner.
— Mieux. Moins de fièvre.
— Je t'avais dit qu'il s'en sortirait.
Elle sourit faiblement.
— Tu as l'air fatiguée, ajouta-t-il. Pourquoi ne dors-tu pas ? Je peux le veiller.
Elle secoua la tête.
Son frère essaya de discuter, mais il haussa les épaules et retint sa langue. Lola avait raison : personne n'avait comme Sara le don de rassurer et de soigner.
— Quelque chose à l'horizon ? demanda-t-elle.
— Pas l'ombre d'un Culpepper, si c'est ce que tu veux dire.
— Ute a sans doute mieux effacé qu'il ne le pensait les traces de Case.
— Peut-être. Et peut-être attendent-ils...
— Quoi ?
— Comment le saurais-je ? Je ne suis pas un Culpepper. Il reste des haricots ?
— Tu viens de manger.
— Ça fait des heures, dit-il.
— Une heure.
— J'ai faim.
— Finis les haricots, lave la marmite et remets...
— ... des haricots à tremper ! Dis, tu me crois toujours dans les langes ou quoi ? Je sais préparer des haricots.
— Vraiment ? Tu crois qu'il est approprié de le remettre dans une marmite sale ? J'ai dû la laver et commencer à préparer dans la nuit le souper d'aujourd'hui.
Conner fit une moue.
Sara regretta immédiatement ses propos. Si

Conner se comportait parfois en gamin, il se montrait aussi responsable qu'un adulte, et elle savait qu'elle pouvait compter sur lui.

— Je suis désolée, se reprit-elle. Tu as monté la garde la moitié de la nuit.

Sans rien dire, il racla le reste des haricots et les mit sur une assiette. Il se savait dans son tort. Il aurait dû commencer à préparer les haricots, mais avait tout simplement oublié.

— J'oublierai plus, marmonna-t-il.

— Je *n'*oublierai plus, corrigea-t-elle.

— La barbe ! Qu'est-ce que ça peut faire ? Et puis j'irai pas dans une école chic de l'Est !

— Bien sûr que si. Dès que j'aurai trouvé le trésor.

— Nous serons tous morts avant. En plus, je ne veux pas y aller.

— Je trouverai le trésor. Et tu iras.

Connaissant l'entêtement de sa sœur, Conner changea de conversation. Dès qu'ils évoquaient ensemble son manque d'instruction, ils se disputaient. Avec plus de violence à mesure qu'il prenait de l'âge.

Il n'avait pas l'intention de la laisser seule pour aller dans l'Est. Elle avait besoin de lui.

Il sortit dans la nuit pour laver la marmite dans le ruisseau. Il percevait le vague bruissement du poil de chèvre que Sara était en train de filer. Elle travaillait avec rapidité et adresse, en essayant de ne pas penser à l'avenir. Conner grandissait si vite ! Et même si elle ne voulait pas l'admettre, elle craignait de ne pas trouver à temps le trésor espagnol. Elle avait tellement envie d'arracher son frère à la vie misérable de la plupart des hommes de l'Ouest !

En outre, il y avait maintenant le problème de

ces Culpepper et de la bande à Moody. Le pays devenait vraiment infréquentable, surtout pour un adolescent en pleine croissance. Sara ne voulait pas prendre de risques. Il fallait donc que Conner s'en allât. Bientôt... quand elle aurait l'argent.

Elle se mordit la lèvre inférieure et continua de filer.

Hélas, elle serait désormais tellement occupée à se méfier de tous qu'elle n'aurait bientôt plus aucune énergie à consacrer à la recherche du trésor. Et plus de temps non plus.

Il fallait qu'elle essaie le nord et l'ouest du ranch. Les hors-la-loi n'allaient guère dans ces coins-là. Dans la plupart des canyons, il n'y avait ni eau, ni fourrage, ni gibier à chasser.

Pas d'argent, non plus. Pas encore.

Mais il y en aurait. Elle le trouverait.

Malgré ses sombres pensées, ses doigts ne cessaient de s'activer. La dernière veste que Lola avait tissée pour Conner était trop petite, et l'argent manquait pour en acheter une autre.

Conner rentra, accompagné d'une bouffée d'air. Sans un mot, il mit des haricots à tremper. Puis il se pelotonna sur sa paillasse à côté du feu et s'endormit aussitôt.

Avec un soupir, Sara s'étira et passa les doigts dans ses cheveux lavés de frais ; il s'en dégageait un parfum de fleur. Elle avait profité de l'absence de son frère pour prendre un bain. Elle le faisait si souvent que Ute craignait qu'il lui poussât des écailles et des nageoires.

Ses cheveux longs étaient encore humides. Elle devait attendre qu'ils soient secs pour les tresser. Autant rester éveillée et en profiter pour changer les pansements de Case un peu plus tard.

Elle se remit à filer, en songeant à nouveau avec inquiétude à l'avenir de Conner.

Lorsque la fièvre eut relâché son emprise, Case entendit une espèce de murmure cadencé. À sa place, la plupart des hommes auraient ouvert les yeux pour savoir ce qui se passait.

Il se garda de montrer qu'il était réveillé.

Il sentait qu'il n'était pas seul. Toute présence était pour lui synonyme de danger.

Il chercha son arme à tâtons sous les couvertures.

Le six-coups était à portée de sa main.

Ses doigts se refermèrent sur l'arme. Il était prêt à se battre.

En remuant la jambe droite, il ressentit une douleur violente qui fit naître en lui des souvenirs, certains aussi pénibles que la douleur elle-même, d'autres extrêmement doux.

La bagarre à l'Eglise espagnole faisait partie des premiers. Il se demanda si Ab Culpepper l'avait trouvé. Impossible ; il ne pourrait pas être là, un revolver à la main.

Il essaya de se souvenir. Il avait été blessé. Il s'était accroché à Grillon, l'avait éperonné, et...

Après... c'était le trou noir !

Il écouta avec attention, mais rien ne lui indiqua que Grillon broutât non loin de lui. Il n'entendait qu'un bruit, plutôt rassurant, une sorte de soupir.

Mais ce n'était pas un soupir. Pas tout à fait.

Puis il comprit que quelqu'un filait à côté de lui.

D'autres souvenirs lui vinrent : un parfum de rose, des mains douces et apaisantes, de l'eau entre ses lèvres desséchées, une longue chevelure féminine se profilant dans la lumière de la lanterne.

Resurgirent ensuite d'autres fragments. Des yeux gris et une chevelure cannelle... Il avait embrassé cette jeune fille. Il n'aurait jamais dû le faire.

Il entrouvrit les yeux.

Sara était assise à côté de lui. Ses mains se déplaçaient en cadence parmi la laine noire. Ses cheveux lui tombaient sur les épaules en vagues soyeuses qu'il brûlait de caresser. Ses yeux reflétaient la lumière dorée de la lanterne.

Elle le regardait.

— Comment vous sentez-vous ? demanda-t-elle tout bas.

— Abasourdi.

Elle ne demanda pas pourquoi. Elle croyait le savoir.

— Inutile de vous en vouloir, dit-elle. Vous n'êtes pas le premier à vous faire tirer dessus.

Ou à embrasser une fille, songea Case.

— C'est mauvais ? demanda-t-il.

— Vos blessures ?

Il hocha la tête en signe d'acquiescement.

— Une balle entre votre bras droit et votre poitrine.

Tout en parlant, elle se pencha et lui effleura l'épaule droite.

— Vous avez été touché deux fois à la cuisse droite, poursuivit-elle.

— Infection ? s'informa-t-il d'un ton neutre.

— Vous allez vous en rendre compte par vous-même, dit-elle tout en posant son fuseau. Il est temps de changer vos pansements.

Il la regarda prendre des linges propres, de

l'eau chaude et un bocal contenant une substance odorante qu'il ne put définir.

— Voulez-vous quelque chose contre la douleur ? demanda Sara. Ute a du whisky maison qui...

— Non, dit Case. Je veux garder la tête claire.

Elle n'en fut pas surprise. Bien qu'incapable de tenir debout, on le sentait sur le qui-vive.

C'était un homme habitué à vivre aux aguets.

— Comment ai-je atterri ici ? demanda Case.

— Ute vous a trouvé, dit-elle, le découvrant jusqu'à la taille.

En se penchant pour défaire le pansement, les cheveux de Sara glissèrent sur sa poitrine.

Fraîche cascade qui le brûla pourtant comme une flamme. Sa respiration se fit sifflante ; son rythme cardiaque s'accéléra.

— Désolée, dit-elle en retirant les mains. Vous êtes sûr que vous ne voulez rien contre la douleur ?

— Oui, dit-il entre ses dents.

Elle tressaillit, mais continua de défaire le pansement. Puis elle passa délicatement les doigts sur la zone entourant la blessure laissée par la balle.

De nouveau, la respiration de Case se fit sifflante.

— C'est à ce point sensible ? demanda-t-elle en fronçant les sourcils.

— Non.

— Vous êtes sûr ?

— Oui, fit-il, la mâchoire serrée.

Elle lui lança un regard méfiant, puis continua de passer le doigt autour de la plaie.

Cette fois, malgré la tension provoquée par ce simple contact, Case ne broncha pas. Et il se rendit compte soudain que malgré la douleur il la désirait. Et qu'il n'avait pas désiré une femme comme ça depuis...

Le délicieux tourment de ce contact se prolongea quelques secondes encore. Puis Sara se redressa.

— La peau autour de la blessure est fraîche, dit-elle. Il n'y a pas d'infection, mais vous aurez une cicatrice.

— Ce ne sera pas la première.

— Ni la dernière, ajouta-t-elle, songeant à celles de la cuisse. Puisque vous êtes réveillé, je vais laisser votre bras à l'air libre. Ça cicatrisera plus vite.

Elle remonta les couvertures sur son torse, puis le découvrit jusqu'au nombril en commençant par les pieds. Il eut un choc.

— Ça ne va pas ? s'exclama-t-il, tentant de se couvrir.

Sara fut trop surprise pour l'en empêcher.

— Sœurette ? appela Conner d'une voix endormie.

— Rendors-toi, dit-elle. C'est juste Case qui se rebiffe !

— Tu veux que je le tienne, pendant que tu changes les pansements ?

Elle leva sur Case un sourcil interrogateur.

Prenant conscience que Sara Kennedy n'ignorait rien de son anatomie, il ouvrit des yeux éberlués et, les joues écarlates, il retira enfin les mains des couvertures.

— Je peux me débrouiller, Conner, dit-elle d'un ton neutre. Rendors-toi. Tu dois relever Ute dans quelques heures.

Le garçon émit un bruit étouffé, roula sur le côté et sombra de nouveau dans le sommeil.

— Donnez-moi un pagne, dit Case.

Sans un mot, elle se leva, s'approcha d'un panier et en retira une chemise trop petite pour Conner et destinée à faire des chiffons.

— Ceci fera-t-il l'affaire ? demanda-t-elle.

— Oui.

Il tendit la main droite, dans l'intention de s'en couvrir lui-même.

— Si vous bougez, dit-elle, vous risquez de rouvrir vos blessures. Laissez-moi vous en...

— Non, la coupa-t-il.

Sara comprit à son expression qu'il ne plaisantait pas.

— Ne soyez pas stupide, dit-elle. J'ai élevé Conner, j'ai été mariée et j'ai soigné Ute, alors qu'il était en plus mauvais état que vous. Je ne vais pas m'évanouir à la vue de... de votre...

A sa stupeur, Sara se sentit rougir. Elle lui lança la chemise et tourna le dos.

— Allez, dit-elle entre ses dents. Mais si vos blessures ne cicatrisent pas, ne venez pas vous plaindre.

— Le jour où je me plaindrai, les poules auront des dents !

Elle n'en doutait pas. Tout en détachant une lanière de cuir de son poignet pour attacher ses longs cheveux, elle songea à son expression sévère.

— Et rire, alors ? demanda Sara sans réfléchir.

— Que voulez-vous dire ?

— Vous arrive-t-il de rire ?

— Parfois, quand c'est drôle !

— Quand avez-vous ri pour la dernière fois ?

En soulevant les hanches pour s'enrouler dans le pagne, il gémit de douleur.

— Alors ? insista-t-elle.

— Je ne m'en souviens pas. Pourquoi ?

— Et sourire ?

— C'est un interrogatoire ou quoi ? Vous vous attendiez à me trouver criblé de trous et en train de rire comme Puck dans *Le Songe d'une nuit d'été* ?

— Oh ! dit Sara en riant. Pas du tout. Il y a bien longtemps que je n'ai pas lu Shakespeare. Vous avez aimé *Le Songe d'une nuit d'été* ?

— Autrefois.

— Plus maintenant ?

— Depuis la guerre, *Hamlet* est davantage à mon goût.

Quelque chose dans le ton de Case glaça Sara.

— Je suis prêt, ajouta-t-il. Maintenant, vous pouvez vous occuper de ma jambe.

Lorsqu'elle se retourna, elle le trouva allongé sur le lit, son pansement à demi défait.

L'effort qu'il avait dû fournir en s'enroulant le tissu autour des reins l'avait manifestement épuisé. Son visage était livide, il avait le front luisant de sueur et la bouche tirée.

— Vous auriez dû me laisser faire, dit Sara. Vous avez besoin de toutes vos forces pour guérir.

— Vous me le changez ou pas, ce pansement ?

— Nous ne rions pas, marmonna-t-elle, nous ne pleurons pas, nous ne sourions pas, mais nous avons notre caractère, n'est-ce pas ?

Il ravala une réplique mordante.

Et fut étonné par l'effort qu'il dut faire pour tenir sa langue, alors qu'il s'était juré de ne plus rien ressentir après la mort de Ted et d'Emilie.

Pas même de la colère.

Et il craignit soudain que l'ange au parfum de

rose et à la langue acérée ne lui ait fait changer ses habitudes !

Il supporta en grinçant des dents le contact des doigts féminins défaisant le pansement de sa cuisse. Plus d'une fois il sentit le frôlement de la chemise de Sara contre ses jambes nues. Et à deux reprises il crut sentir le poids de ses seins.

La douleur aurait dû tempérer ses ardeurs, mais il n'en était rien, et son pagne improvisé trahissait le désir qu'il était censé masquer.

— Enfer et damnation ! siffla-t-il.

Sara tressaillit. A chaque tour de pansement, elle devait effleurer son entrejambe. Le renflement apparu sous le linge était impressionnant.

— Je suis désolée, dit-elle. Je fais ce que je peux.

— Faites ce que vous avez à faire et finissez-en.

Sara ne broncha pas et acheva de défaire le pansement, sans même protester lorsqu'il se souleva sur les coudes pour regarder ses blessures.

L'une d'entre elles était déjà recouverte d'une croûte, l'autre, celle du haut de la cuisse, demeurait béante.

— Il reste du plomb ? demanda-t-il.

— Non. J'ai retiré la balle. Elle a épargné l'os.

— C'est ce que je pensais. Elle ne m'a pas renversé. Mais elle m'a fait rater ma cible.

— Pas de beaucoup. Ute a dit que vous aviez été le seul à sortir sur vos jambes.

— Il reste encore pas mal de Culpepper, hélas !

Case tâta d'un geste rapide ses points de suture. Puis il se pencha sur la blessure ouverte et respira profondément. Des ondes de douleur le parcoururent, mais il ne se redressa pas avant d'en avoir le cœur net. Aucun signe d'infection.

Tant mieux, pensa-t-il, rassuré, car si la mort ne lui faisait pas peur, il préférait toutefois éviter certaines agonies. La guerre de Sécession lui avait appris que les humains ne sont pas égaux face à la douleur. Etre gagné par la gangrène était pour Case pire que de mourir.

Il s'étendit de nouveau, le souffle court.

— Vous m'avez bien soigné, dit-il d'une voix rauque. Merci.

— Remerciez-moi en évitant de vous agiter.

— J'essaierai.

— Je compte sur vous.

Elle étala avec douceur une couche d'onguent sur un pansement propre et en recouvrit la blessure restée béante. La pâleur de Case l'inquiéta soudain.

— Comment vous sentez-vous ? lui demanda-t-elle, alertée.

— Aussi bien que possible.

— Il y a du bouillon sur le feu. Si vous croyez pouvoir le garder, vous devriez en boire un peu.

Il ne répondit pas.

Il dormait déjà.

Avec beaucoup de douceur, elle écarta ses épais cheveux de ses yeux, le borda et lui tâta le front.

Il n'avait pas de fièvre. Elle sourit et passa les doigts sur sa joue couverte de barbe.

— Bonsoir, gentil prince, murmura-t-elle en songeant à *Hamlet*.

Cependant, lorsqu'elle se souvint de la fin de la pièce, elle frissonna.

Le gentil prince mourait.

Sara s'enroula dans une couverture, se pelotonna à côté de Case et s'endormit, les doigts sur son poignet, comme si elle avait besoin de sentir battre son pouls pour s'assurer qu'il était toujours vivant.

5

Sara retirait des pansements d'un récipient d'eau bouillante et les étendait sur un fil tendu entre deux bouquets de saules.

Les linges fumaient dans la fraîcheur du matin. Le soleil baignait le paysage d'une lumière dorée. Haut dans le ciel, un aigle s'éleva du canyon des Sources. Son cri était si beau que Sara en frissonna d'émotion.

— Si tu continues à faire bouillir ces chiffons, il n'en restera bientôt plus rien, dit Lola.

Sara mit la dernière bande sur le fil et se retourna avec un sourire.

— Bonjour.

— T'es bien gaie. J'parie que ton p'tit hors-la-loi va mieux.

— Tu ne sais pas si Case est un hors-la-loi.

— En dehors de ça, fille, dit Lola, y a que des fous par ici, et cet *hombre* n'est pas fou, j'peux t'le dire.

— Il est peut-être shérif.

— Pas d'insigne.

— Comment le sais-tu ?

— J'ai fouillé dans ses affaires.

— Lola ! Comment as-tu osé ?

La femme leva les yeux au ciel.

— Il a une pile d'avis de recherche du Texas, dit-elle, un ceinturon de rechange, deux bons fusils et assez de balles pour descendre une armée. J'ai trouvé aussi des vêtements de rechange, du savon, un rasoir, une longue-vue, et à peu près trois cents dollars en or. D'après la coupe de son manteau, il était sûrement sudiste. Il a aussi une petite tasse et une soucoupe soigneusement enveloppées.

— Rien de tout ça n'en fait un hors-la-loi.

— Y a pas beaucoup de différence entre un hors-la-loi et un chasseur de primes.

— Ute est-il mentionné sur un de ces avis ? demanda Sara.

— Non. Y a que des Culpepper. Et prends pas c't'air triste, ajouta Lola. Pas de raison de verser des larmes pour ces Culpepper. C'est pas des hommes. Et Ab est le pire de tous. Un vrai serpent !

— Je n'en doute pas, dit Sara. Mais que faisaient donc les Culpepper au Texas ? reprit-elle, l'air indifférent.

— Dévaliser des banques, violer et assassiner. Et ils vendaient des gosses aux Indiens après leur avoir fait subir des horreurs à faire rougir Satan lui-même.

Sara déglutit et se mit à essorer les chiffons. La violence soudaine de ses mouvements était plus éloquente que des mots.

— Il semblerait que Case ait des raisons personnelles de chasser les Culpepper, dit-elle au bout d'un moment.

— Probable. Espérons qu'il sera bientôt rétabli.

— Pourquoi ?

— Pa'c'qu'on va avoir besoin de lui.

— Que veux-tu dire ?

— Les Culpepper traînent dans les parages.

— Tu es sûre ? demanda Sara, la voix étranglée.

— Ute a vu leurs traces à côté des siennes et de celles de Case.

Elle tordit un autre chiffon et l'étendit sur le fil. Inutile de demander si Ute ne s'était pas trompé. Avant de devenir hors-la-loi, il avait été le meilleur éclaireur de l'armée à l'ouest des Rocheuses.

— Conner est au courant ? demanda-t-elle.

— J'lui ai dit moi-même.

Sara ferma les yeux, se demandant combien de temps cinq personnes tiendraient si les Culpepper et la bande à Moody attaquaient le petit ranch. Son seul espoir : l'ordre de Ab de ne pas faire d'histoires à moins de trois jours de cheval du canyon des Sources.

— Et l'armée ? demanda-t-elle.

— Oh, ils peuvent avoir l'idée de venir par ici, mais pas à temps pour nous aider. Les soldats ont déjà assez à faire avec les Indiens.

— Eh bien, dit Sara un peu trop brusquement, nous ferons de notre mieux. Je vais prendre mon tour de garde.

— Non.

— Pourquoi pas ?

— Tu tirerais pas à vue sur les hors-la-loi, dit sèchement Lola.

— Conner non plus.

Lola inclina la tête et regarda la jeune femme en plissant ses yeux noirs.

— Tu connais mal ton frère, dit-elle. Il ferait n'importe quoi pour te protéger.

— Je ferais la même chose pour lui.

— Je sais bien. Pour lui, tu t'es même vendue à un vieux.

— Chut, dit Sara en jetant un regard rapide autour d'elle. Ne dis jamais une chose pareille devant Conner !

— Tu crois peut-être qu'il le sait pas déjà ?

— Inutile d'en parler.

Lola croisa les bras en soupirant. Malgré son mètre quatre-vingts et sa corpulence, elle avait une certaine allure. Comme à son habitude, elle portait un revolver sur la hanche droite.

— Inutile de discuter, dit-elle. Conner, Ute et moi, on en a causé. Tu restes ici. Nous, on monte la garde.

— C'est ridicule.

— Non. Tu as le cœur trop tendre pour tirer sur un homme. Même un Culpepper. Tu serais pas capable d'appuyer sur la détente.

— Je...

Sara fut interrompue par un sifflement strident provenant de la crête surplombant le ranch. Immédiatement, les deux femmes se retournèrent et se précipitèrent vers le mur extérieur de la cabane contre lequel étaient appuyés leurs fusils.

Trois brefs sifflements suivirent le premier.

— Trois hommes sont annoncés, dit Sara, empoignant son fusil.

— Ça veut dire qu'ils veulent discuter.

Lola mit un fusil en bandoulière et arma l'autre. Elle gardait son six-coups dans son étui à portée de main. Au premier coup d'œil, n'importe qui aurait deviné sa dextérité.

— Crois-tu vraiment que des hors-la-loi vont perdre leur temps à discuter avec nous ? demanda Sara.

— Avant de s'attaquer à un ours, il vaut mieux jeter un œil à sa tanière !

— Je ne pense pas que Moody soit si malin que ça.

— Ouais. Mais Ab Culpepper est malin pour deux.

Un sifflement jaillit des cotonniers bordant le ruisseau, informant les femmes que Conner était en place et les couvrait sur le côté. Avec la cabane dans le dos, Conner à leur gauche et Ute à leur droite, elles étaient prêtes à se battre.

— Ute va descendre de la crête par le raccourci, dit Lola. Il sera vite ici. Décidément, ajouta-t-elle, c'est pas une partie de chasse !

— Comment peux-tu en être si sûre ?

— Ute attendrait pas une invitation sur papier gravé pour ouvrir le bal. S'il tire pas, c'est que c'est pas le jour.

Malgré l'assurance de Lola, les mains de Sara se crispèrent sur son fusil.

Depuis l'arrivée de Ute, plus mort que vif, dans la petite vallée, les bandes d'Indiens qui passaient de temps à autre par le ranch de la Rivière Perdue ne présentaient pas de danger. Mais ces hommes-là avaient tout l'air de dangereux pillards.

— Il n'y en a que deux ! dit Sara.

— Je sais compter, grommela Lola.

— Où est le troisième ?

— Probablement resté en arrière. C'est comme ça qu'on se fait descendre ! Ce sont des Culpepper, ajouta Lola au bout d'un moment.

— Comment le sais-tu ?

— Ils aiment les grandes mules.

Les deux femmes regardèrent les mules baies se détacher des escarpements qui bordaient la vallée. Même à une distance de quatre cents mètres, leurs cavaliers semblaient aussi poussiéreux que des buissons en plein été.

— Je me demande qui sont ces Culpepper, dit Sara.

— Peux pas l'dire d'ici. Ute dit que cinq de ces démons vivent dans le canyon des Sources.

Sara ne distinguait toujours que deux cavaliers.

— Tu vois le troisième quelque part ? demanda Lola.

— Non.

— Dommage que tu détestes chiquer. Une bonne chique ferait pas de mal.

— Eh bien, vas-y, chique.

La vieille femme retira une pincée de tabac de la poche de sa chemise, en arracha un morceau avec ses dents et remit le reste en place.

— Merci, dit-elle.

— Je t'en prie. Mais ne crache pas sur le linge.

Lola rit, sans quitter les cavaliers des yeux.

— Heureusement que les Culpepper ne font pas confiance à Moody, dit Sara. Je parie que Ab est resté pour le surveiller.

— Seul un imbécile ferait confiance à Moody, gloussa Lola. Il volerait les économies de sa grand-mère et danserait sur la tombe de sa mère.

— On dirait que tu le connais.

— Il m'a roulée, il y a longtemps de cela. Sûr, j'étais beaucoup plus jeune. Connaissais pas encore la filouterie des hommes.

Sara sourit, incapable d'imaginer que quelqu'un ait pu un jour escroquer Lola.

Les deux mules n'étaient maintenant plus qu'à trente mètres.

— C'est toi qui causes, dit Lola. Si ça tire, tu plonges dans la cabane et tu me les laisses.

— Je ne vais pas...

— Discute pas ! l'interrompit-elle. Ute et moi, on connaît la musique. On va pas se tirer dessus par erreur.

Les Culpepper n'étaient désormais qu'à dix mètres. S'élevant des sabots des mules, la poussière restait un instant suspendue dans l'air, avant d'être chassée par le vent.

Le cri de l'aigle libre et superbe dans le ciel bleu se fit de nouveau entendre. Sara se surprit à l'envier, comme elle avait envié peu de choses ou d'êtres dans sa vie.

— Je suis Ab Culpepper, fit le premier. Et celui-ci, c'est Kester, mon parent. Il parle pas beaucoup.

Aucun des deux ne regardait vraiment les femmes. Ils s'intéressaient surtout au ranch, c'était évident.

— Bonjour à vous, dit Sara d'une voix ferme. Je suis Mme Kennedy.

Kester changea de position sur sa selle, mais ne se tourna pas vers les femmes. Cependant, Sara savait d'instinct que l'homme enregistrait le moindre des gestes alentour.

Et elle pensa, avec un mélange de fureur et de soulagement, que Lola avait raison. Ils voulaient évaluer leurs moyens de défense. Rien de plus pour l'instant.

— B'jour, lança Kester.

Il effleura d'un air distrait le bord de son chapeau.

— Les bonnes manières, murmura Lola. Ça fait si longtemps qu'il les a oubliées que ça grince aux jointures !

Comme pour donner plus de force à ce qu'elle venait de dire, elle cracha un jet brun qui atterrit aux pieds de la mule. A près de deux mètres.

Kester la regarda avec admiration.

— Vous auriez pas un peu de café chaud ? demanda Ab.

— Désolée, dit Sara sèchement. Nous n'en avons pas. Trop cher.

— Quéque chose de chaud, alors, fit Ab.

— Nous avons éteint le feu à l'aube, pour travailler dehors. Jour de lessive, comme vous voyez.

Ab n'en croyait manifestement pas un mot.

— Pas de biscuits non plus, poursuivit Sara d'une voix calme, pas de haricots, pas de lard, pas même de viande séchée. Je n'aime pas paraître inhospitalière, mais je n'attendais pas de visite.

Se tournant légèrement sur sa selle, Ab inclina son chapeau en arrière et la regarda droit dans les yeux. Elle en eut l'estomac retourné.

— Mais si vos mules ont soif, dit-elle à contrecœur, vous pouvez les faire boire au ruisseau.

— Z'ont pas soif, dit-il.

Même le cri de l'aigle ne vint pas rompre le silence qui suivit.

— Vous êtes pas vraiment amicale, dit-il enfin.

— J'ai pourtant des amis.

— Une fille seule comme vous peut pas en avoir beaucoup.

— Je ne suis pas seule.

Ab jeta un coup d'œil à Lola et revint à Sara :

— Je voulais dire des amis hommes.

— Je ne m'intéresse pas aux hommes, monsieur Culpepper.

— Dans ce cas, ma petite dame, je pense que ça vous sera égal de me rendre *mon* homme.

— Si j'avais un de vos hommes, vous pourriez en prendre immédiatement livraison. Mais ce n'est pas le cas, aussi vous feriez mieux de le chercher ailleurs. Et tout de suite.

Ab blêmit. Une étrange lueur envahit ses yeux bleus.

— Pas si vite, ma petite dame. J'vais pas me laisser jeter comme de la vermine par une gamine et une vieille putain.

Finies, les politesses. Ab avait retrouvé son ton glacé. Mais c'étaient ses yeux qui semblaient le plus impitoyables. Ils étaient à l'image de sa hargne, violents et froids. Jamais Sara n'avait vu une telle haine.

— Vous ne me faites pas peur, monsieur Culpepper, dit-elle simplement. S'il vous plaît, quittez le ranch de la Rivière Perdue.

— Je viens chercher le putois qui a assassiné mes cousins, gronda-t-il. Livrez-le-moi.

— Je ne sais pas de quoi vous parlez. Il n'y a pas d'assassin au ranch de la Rivière Perdue.

La mule de Kester se déplaça de quelques pas sur la gauche.

Lola redressa son fusil et regarda Kester comme s'il était un serpent.

— Il est ici, dit Ab. On l'a suivi depuis l'Eglise espagnole.

— Vos parents étaient-ils armés ? demanda Sara.

— Bien sûr. C'étaient des Culpepper !

— Comment ont-ils été touchés ?

— Les Culpepper sont pas des poltrons. Ils lui faisaient face.

— Alors, il n'y a pas eu assassinat. Vos cousins se sont simplement trompés de cible. Ils ont payé leur erreur de leur vie.

Le visage de Ab s'empourpra, puis blêmit.

— L'homme qui a tué mes cousins est ici, dit-il froidement. Allez le chercher.

— Non, dit-elle. Il est pratiquement mort.

— On s'en fout ! Allez le chercher !

— S'il survit, vous pourrez continuer votre vendetta ailleurs. Pour le moment, il est mon invité.

Ab la regarda, n'en croyant pas ses oreilles.

Malgré la panique qui était en train de la gagner, Sara le regarda droit dans les yeux, puis pointa le fusil sur son ventre.

— Ne le lâche pas des yeux, dit Lola. Quoi qu'il arrive ailleurs.

— Pas de danger, dit Sara d'une voix ferme. Au revoir, monsieur Culpepper. Et ne revenez pas. Nous n'aimons guère les visiteurs imprévus.

Lola cracha un nouveau jet de jus de tabac et s'éclaircit la voix.

— Ce qu'elle veut dire, précisa-t-elle, c'est qu'on les tire à vue et qu'on les enterre sur place. Compris ?

Un coup de feu partit de l'intérieur de la cabane, immédiatement suivi de deux autres.

Sara tressaillit mais ne bougea pas son fusil. Sa compagne ne broncha pas non plus.

Aucun coup de feu ne partit de derrière la cabane.

— On dirait que le glas a sonné, dit Lola. Les gars, ou vous prenez du plomb, ou vous vous tirez.

Aucun des deux Culpepper ne fit un geste en direction de son arme. Ils avaient les yeux fixés sur les canons des fusils, chargés, armés et prêts à faire feu. Et ils semblaient soudain peu rassurés.

— Parnell ! appela Ab.

Personne ne répondit.

— Un autre cousin ? demanda Lola. Vous êtes un peu négligents, les gars !

Ab ne lâchait pas Sara des yeux. Il observait le moindre de ses gestes.

— Votre tour viendra, dit-il. Et c'est moi qui m'occuperai de vous. Pareil pour le gamin qui est planqué dans les cotonniers. Tenez-le en laisse, sinon il aura plus du tout envie de se pavaner devant les filles.

Ab tira sur les rênes. La mule fit demi-tour et partit au trot, suivie de celle de Kester.

Aucun des deux cavaliers ne se retourna.

6

— Ne les quitte pas des yeux, dit Sara.

Lola lança un nouveau crachat.

— J'suis pas née de la dernière pluie.

Sans répondre, Sara désarma son fusil et se précipita dans la cabane. Elle jeta un rapide coup d'œil au faucon blessé. L'oiseau sur son perchoir tremblait d'émotion, mais il était indemne.

On ne pouvait pas en dire autant de l'homme !

Case était affalé par terre au fond de la pièce, avec son pagne improvisé pour tout vêtement. Il avait le front appuyé contre le mur et son six-coups dans les mains, le canon enfoncé dans une fente entre deux planches.

Une âcre odeur de poudre flottait dans l'air.

— Case ? appela Sara.

Il émit un bruit confus mais ne bougea pas.

Courant jusqu'à lui, elle posa son fusil contre

le mur et lui tâta fébrilement le dos et les jambes, en quête de nouvelles blessures.

Comme foudroyé par ce contact, il étouffa un juron et, soulevant sa tête hirsute, tourna vers elle des yeux d'émeraude étincelants.

— Ça va ? murmura-t-elle.

— Non.

Elle lui caressa le dos.

— Où avez-vous mal ? demanda-t-elle. Vous avez été touché ? Vous n'avez rien au dos. Tournez-vous que je vérifie devant.

— Ne me tentez pas.

— Comment ?

Il marmonna quelque chose entre ses dents. Les caresses de Sara avaient transformé en désir brut la peur qu'il avait éprouvée pour elle à l'arrivée des Culpepper.

— Tout va bien, dit-il, sauf que j'ai raté ce salaud.

— Qui ?

— Parnell, puisque c'est comme ça que l'a appelé Ab. Enfer et damnation !

— Où était-il ?

— Vous voyez ce tas de rochers, là-bas ?

Sara se pencha pour regarder à travers la fente. Le seul tas de rochers qu'elle voyait se trouvait à plus de trente mètres.

— Pas étonnant que vous l'ayez raté. Avec un six-coups !

— Ça aurait dû me suffire.

Elle voulut discuter, mais l'éclat de ses yeux l'en dissuada.

— Laissez-moi vous aider à vous coucher.

— Allez plutôt surveiller ces Culpepper. Je suis très bien ici.

— Lola les surveille, Ute les suit, Conner fait le guet et sifflera si quelqu'un d'autre apparaît.

Case scruta longuement l'extérieur avant de désarmer son six-coups et de lui répondre.

Rien ne bougeait à l'horizon, pas même l'ombre d'un oiseau volant haut dans le ciel.

— C'est pas votre coup d'essai, j'imagine, dit-il.

— Ute estime qu'il vaut mieux prévoir que mourir en regrettant sa négligence.

— Ça me rappelle Hunter.

— Hunter ?

— Mon frère. Il était colonel, quand le Sud avait son uniforme et que des imbéciles mouraient pour le porter. Bien sûr, cela ne signifie pas que Hunter était un imbécile. L'imbécile de la famille, c'était moi. C'est toujours moi, d'ailleurs !

Emue par le ton de sa voix, Sara recommença, sans même s'en rendre compte, à lui caresser le dos.

— Laissez-moi vous aider à vous remettre au lit, insista-t-elle.

— Je peux y retourner seul comme j'en suis sorti.

— Mais vous souffrez...

Case sentit la main de Sara glisser le long de sa colonne vertébrale et il faillit lui allonger un coup de poing.

Ou l'étreindre.

— Case ?

— Si vous n'arrêtez pas de me caresser comme si j'étais un chat, dit-il d'une voix neutre, je vais me jeter sur vous et vous montrer comment je me sens.

— Un chat ? s'esclaffa-t-elle. Vous ressemblez plus à un puma qu'à un chat !

Il commença à rouler sur son côté indemne, mais la douleur le cloua sur place.

Alors, avec une sombre détermination, il fit peser le poids de son corps sur sa jambe valide et, ignorant les protestations de Sara, traversa la cabane en se traînant.

— Voilà, dit-il en s'allongeant sur la paillasse. Contente ?

Elle remarqua son teint blême, la sueur qui perlait sur son front, et ses yeux plissés par la souffrance.

— Vous êtes plus têtu qu'une mule des Culpepper, dit-elle, furieuse. Vous ne voulez vraiment pas m'épargner.

— Que voulez-vous dire ?

— Regardez-vous. Il va falloir vous laver de la tête aux pieds, pagne et pansements compris.

— Trop... fatigué, balbutia-t-il.

— Je ne le suis pas. Je vais le faire.

Il voulut discuter mais y renonça, vaincu par sa faiblesse.

Sara regarda ses paupières frémir, puis se fermer. Elle poussa un soupir de soulagement. Même quand il était torturé par la douleur, elle se savait impuissante à le rendre docile.

— Entêté, marmonna-t-elle.

Ses yeux restèrent fermés.

Elle nota ses épais cils noirs qui lui donnaient un air étrangement vulnérable.

— Des cils que lui envierait n'importe quelle fille, dit-elle tout bas. Merci, Case, qui que vous soyez, d'où que vous veniez.

Il ne bougea pas.

— Nous avons toujours su que le fond de la cabane était notre point faible, poursuivit-elle en s'approchant de lui. Des cotonniers, Conner ne peut pas le surveiller et, une fois descendu de la crête pour couvrir l'autre flanc, Ute ne le voit pas.

La respiration de Case se fit profonde et régulière, puis il sombra dans un sommeil réparateur.

Elle s'agenouilla à côté de lui et lui tâta le front.

Il était trempé de sueur.

— Bon, voyons si vous vous êtes amoché en défendant nos arrières, dit-elle.

Avec des gestes rapides, elle défit le pansement de sa cuisse. Pas de nouveau saignement, même sur la blessure la plus profonde.

— Grâce au ciel ! murmura-t-elle. Vous êtes aussi solide que têtu.

Un long sifflement se fit entendre, ce qui signifiait que le danger s'était éloigné.

Soulagée, elle respira profondément et alla préparer un bain.

Malgré ce qu'elle avait dit aux Culpepper, il restait un petit feu dans la cabane. De quoi adoucir l'atmosphère hivernale et tenir de l'eau au chaud.

— Ça va, là-dedans ? cria Lola.

— Case n'a pas rouvert ses blessures, si c'est ce que tu veux dire. Les Culpepper sont partis ?

— Plus qu'un nuage de poussière à l'horizon.

— Où est Conner ?

— Il surveille l'arrière de la cabane. Ute poursuit le troisième salopard.

— Je m'occupe de Case et je vous rejoins.

— Pas la peine. En fait, j'ai rien à faire dehors. Tu veux que je t'aide ?

— Non, s'empressa de répondre Sara. Je peux me débrouiller toute seule.

Elle comprit alors qu'elle répugnait à ce qu'une autre femme vît Case nu.

— Quand tu pourras, cria-t-elle, va chercher de l'eau au ruisseau !

— Qu'est-ce que tu vas faire avec tout ça, fillette, laver les falaises et les mettre à sécher sur les nuages ?

Sara rit. Personne ici n'approuvait ce luxe de savon et d'eau qu'elle répandait sur tout ce qui ne pouvait pas prendre la fuite !

— Pas les falaises, murmura-t-elle. Juste un homme. Un grand.

Lorsqu'elle voyait l'homme en Case, et non plus le blessé réclamant ses soins, elle se troublait.

— Que vous arrive-t-il, Sara Jane Lawson ? s'interpella-t-elle tout bas, imitant sa grand-mère. On dirait que vous avez perdu le peu de bon sens qui vous restait.

Au souvenir de ses parents morts, sa gorge se noua. Il y avait longtemps qu'elle n'avait pas pensé à eux. Au début, elle ne pouvait simplement pas supporter d'y penser. Et puis cela avait fini par devenir une habitude.

— L'avenir, pas le passé, se répéta-t-elle. Conner est l'avenir.

Jamais plus elle ne mettrait son destin entre les mains d'un homme. Plus de mariage, plus de serment... Il n'y avait qu'en son frère qu'elle mettait tous ses espoirs, ce frère que Ab venait de menacer.

Case remua, puis s'enfonça plus profondément dans le sommeil.

Chassant toutes ses pensées, Sara se pencha sur lui et, pour la énième fois, mit ses blessures à nu, les examina, appliqua de l'onguent et refit le pansement avec des linges propres.

Tout en s'activant, elle expliquait ce qu'elle faisait, l'expérience lui ayant appris que les créatures sauvages s'affolent moins lorsqu'on leur parle.

Seul changement à la routine : elle déplaça la jambe blessée de façon à voir les points de suture à l'arrière de la cuisse. La peau était maintenant un peu plissée et tirait sur les fils.

— Vous cicatrisez drôlement vite, dit-elle de sa voix chantante. « Fort comme un cheval », aurait dit mon oncle.

Nouveau serrement de cœur. Elle s'autorisait rarement à penser au médecin célibataire qui n'avait rien laissé d'autre que le sac noir de sa profession.

— J'en ai pris grand soin, murmura-t-elle. Je tiens les instruments propres et brillants... Me pardonnez-vous de vous avoir si souvent pressé de questions afin que vous m'appreniez le plus possible avant de mourir ?

Avec de petits ciseaux biscornus, elle se mit à couper les fils. Lorsqu'elle les tira avec des pinces, Case remua légèrement.

— N'ayez pas peur, chuchota-t-elle. J'enlève seulement les fils. Pas de quoi se réveiller.

« Voilà, poursuivit-elle. C'est le dernier. Maintenant je vais refaire le pansement. Ça ne vous fera aucun mal.

Il souleva légèrement les sourcils et voulut dire à Sara qu'elle ne lui faisait pas mal, mais c'était un trop gros effort.

Mieux valait se laisser cajoler.

— Lola jure que cet onguent parfumé est plus efficace contre l'infection que le savon, murmura-t-elle. Je ne sais pas ce qu'en dirait mon oncle, cependant ça a marché sur Ute et vous et... toutes les autres créatures sauvages...

Elle posa le bocal par terre, près de l'épaule de son patient.

A chacune de ses inspirations, l'odeur mélangée du genièvre, de la sauge et d'autres herbes médicinales lui emplissait les narines. Il préférait bien sûr l'odeur de soleil et de pétales de roses que dégageait la peau de Sara, mais il n'avait pas la force de le lui dire.

— C'est ça, l'encouragea-t-elle. Continuez à dormir. Je vous remets un pansement propre.

Le contact des mains de Sara lui était maintenant familier, comme le frôlement de ses seins, lorsqu'elle lui bandait la cuisse.

— Maintenant nous allons allonger cette jambe. Vous n'aurez bientôt plus mal.

Glissant les mains sous le genou et le talon de la jambe blessée, elle la remit doucement en place.

— Heureusement que je n'ai qu'une partie à la fois à bouger. Vous êtes vraiment très grand.

Elle caressa la jambe intacte, savourant la chaleur et l'élasticité de sa chair.

— Quelle force ! dit-elle. Ce doit être merveilleux d'être aussi fort.

Case ne disait rien, simplement parce qu'il ne voulait pas que cessent ces caresses. Il y avait trop longtemps qu'il n'avait pas éprouvé pareilles délices.

— Et vous êtes couvert de poussière, ajouta-t-elle avec un rire doux. Comment font les gens pour élever une famille sur de la terre battue et se tenir à peu près propres ?

Elle continuait, tout en parlant, à lui caresser

la jambe. Mouvement qui se voulait apaisant, il le savait. Pour calmer son faucon blessé, il l'avait vue le câliner de la même façon.

— J'aimerais que Conner et Ute prennent une semaine pour aller dans la montagne chercher du bois pour faire un plancher, dit-elle. Mais il y a tellement de travail...

Elle ramassa le bocal d'onguent, recouvrit Case d'un drap et s'éloigna.

Case la regarda partir du coin de l'œil. Il pensa qu'elle serait sûrement une bonne mère. Mais avant cela, il lui faudrait trouver un homme jeune et courageux, ce qui ne serait pas une mince affaire dans la région !

Depuis son retour de la guerre, Case n'était plus jeune...

Et restaient encore cinq Culpepper ! songea-t-il soudain. Ensuite, il en aurait enfin terminé... Il avait le devoir de les tuer.

Une bouffée d'air parfumé à la rose lui apprit que Sara était revenue.

— J'espère que ça ne vous réveillera pas, murmura-t-elle. Juste un chiffon trempé dans de l'eau chaude et du savon. Pas de quoi inquiéter un costaud comme vous !

Elle lui passa les doigts dans les cheveux pour dégager son front et lui savonna le visage.

— Je vous laverai les cheveux demain, quand vous serez moins fatigué, annonça-t-elle.

Case flottait entre veille et sommeil, absorbant ses douces paroles et ses caresses comme une terre assoiffée.

— Vos cheveux sont noirs et lisses comme une crinière, mais bien plus soyeux. Ils sont aussi beaux que vos cils.

Ce qualificatif l'amusa, mais il n'en montra

rien. Comme la jeunesse, le rire l'avait quitté depuis la guerre.

Les bruits que faisait Sara en rinçant et essorant le linge étaient comme sa voix, apaisants et excitants. Réels et irréels. Proches et lointains.

— Peut-être vous raserai-je dans quelques jours, poursuivit-elle. Mais pas la moustache, bien sûr.

Le drap glissa sur ses hanches. Il émit un vague grognement de protestation. Sa main droite fit un geste, comme pour le remonter.

— Chut, fit-elle. Ce n'est rien. Je vous lave simplement, ensuite je vous laisserai tranquille.

La main de Case se détendit et il poussa un long soupir.

— Voilà, dit-elle. Continuez à dormir. Vous serez bientôt sur pied et vous pourrez de nouveau voler comme un aigle ! Ou plutôt grimper sur Grillon et partir...

Le murmure de l'eau et la voix de Sara se confondaient dans l'esprit de Case. Il glissa de nouveau dans un sommeil léger.

Chaud, mouillé et légèrement abrasif, le linge parcourut ses bras, son torse, effaçant les marques de sa douloureuse expédition sur le sol en terre battue.

— Culpepper... approche... derrière.

Case ne comprit qu'il avait parlé tout haut que lorsque Sara lui répondit :

— Vous êtes en sécurité au ranch de la Rivière Perdue. Vous êtes en sécurité avec moi. Dormez, Case. Je ne laisserai personne vous faire du mal.

Il avait déjà entendu ces paroles, lorsque la douleur et la fièvre l'avaient enserré de leurs griffes.

Sa respiration se fit plus profonde et plus lente, au rythme des mouvements des mains de Sara. Détendu, il se laissa envahir par des rêves au parfum floral.

Il ne protesta pas, lorsqu'il se sentit dépouiller de son pagne. Apaisé, excité, presque endormi, bien vivant, il n'avait conscience que d'une caresse chaude et humide. Il s'y abandonna et, avec un soupir qui était presque un gémissement, il se laissa emporter par le sommeil, devant une Sara éberluée.

— Mais que vous arrive-t-il ? s'exclama-t-elle.

Elle n'avait jamais vu cela, même lorsqu'elle avait passé son temps à soigner Ute.

Se penchant sur son torse, elle sentit une indéfinissable odeur de sel, de pluie, d'homme et de savon à la rose.

— Dieu du ciel ! fit-elle tout bas en rougissant.

Elle le regarda encore et comprit ce qui s'était passé. Case dormait profondément mais il devait être en proie à des rêves érotiques. Son corps se tendait et il gémissait. Mais cette fois, ce n'était pas la douleur qui en était responsable.

— Bon, vous êtes en voie de guérison, gloussa-t-elle. On en apprend tous les jours ! Je ne savais pas qu'un homme pouvait prendre du plaisir ainsi.

Elle frémit au souvenir du tendre et brûlant baiser que lui avait donné Case. Des sensations dont elle ignorait l'existence s'éveillèrent au plus profond d'elle-même. Elle éprouva une violente bouffée de plaisir.

— D'où cela peut-il bien venir ? marmonna-t-elle. Serait-ce contagieux ?

L'idée que le plaisir d'un homme pût l'être était plus troublant pour elle que son baiser.

Elle acheva de le laver et le couvrit tranquillement, sans que rien de nouveau survînt.

7

— Qu'est-ce qui vous prend ? demanda Sara en entrant dans la cabane.

— A votre avis ?

La porte se referma derrière elle, et la lumière qui l'avait accompagnée jusqu'au seuil disparut.

— D'ici, dit-elle, je vois un imbécile à cloche-pied, avec un fusil pour béquille et une balle pour cerveau.

— Pour le fusil, vous avez raison.

Elle sourit malgré sa colère. La vivacité d'esprit de Case l'enchantait.

L'ayant trouvé une première fois sautillant tout habillé dans la cabane, elle avait caché ses vêtements pendant son sommeil. Mais si elle avait cru qu'un simple pagne l'empêcherait de se lever, elle s'était trompée.

— Qu'est-ce qui presse tant ? demanda-t-elle.

— Après dix jours allongé sur le dos, je suis faible comme un chaton.

— Un chaton ? s'esclaffa Sara, à la vue de cette masse de muscles. Même les lions n'ont pas des lionceaux comme vous !

Il marmonna quelques mots d'un air bourru.

— Voulez-vous répéter ? demanda-t-elle.

— Je veux bien, mais je ne sais pas si ça vous plaira.

La crosse du fusil glissa dans la poussière. Case tituba, et Sara bondit pour le rattraper.

— Voilà, voilà, murmura-t-elle d'un ton maternel.

— Gardez cette voix sucrée pour votre faucon. Lui est aveugle.

— Il porte un chaperon.

— C'est bien ce que je dis. Il est aveugle.

Elle lui sourit, mais ne reçut pas de sourire en réponse. Elle n'en fut pas surprise puisqu'elle avait maintenant compris qu'il ne riait ni ne souriait jamais, bien qu'il ne fût pas dépourvu de sens de l'humour.

Qu'est-ce qui avait bien pu tuer toute joie en lui ? se demandait-elle. Les noms qu'il prononçait dans son délire, Emilie et Ted, Bélinda et Hunter, ne devaient pas être étrangers à son désenchantement.

Sara ne savait que trop ce qu'il en coûtait de tout perdre, d'être privée de chaleur et d'amour, de se retrouver seule et tremblante avec un enfant à nourrir.

— Conner vous a fabriqué une béquille, dit-elle au bout d'un moment. Je vais la chercher.

— Et mes vêtements aussi.

— Non.

La bouche de Case se crispa, et il la toisa. Mais à nouveau il fut fasciné par la mystérieuse couleur de ses yeux. Il n'avait jamais vu un tel gris. Jamais vu un tel chatoiement de flammes et de douceur dans un regard.

— Vous tenez à ce que je me promène nu devant vous ? dit-il. Soit.

Mais sa voix n'était pas aussi dure qu'il l'aurait souhaité. L'idée d'être nu face à cette courageuse petite veuve ne lui déplaisait pas.

— Vous n'êtes pas nu, rétorqua-t-elle.

— Vous en êtes sûre ? Vous feriez bien de regarder en dessous de mon cou. Qui sait ce qui s'est défait, lorsque j'ai failli tomber ?

Sara rougit, mais ne baissa pas les yeux.

— Ce qu'il y a, dit-elle, c'est que, nu comme un ver ou vêtu comme un lord, vous êtes encore trop faible pour vous promener !

— Ce qu'il y a, jolie veuve, c'est que tant que je serai ici, vous ne serez pas à l'abri de Ab Culpepper.

— Je ne suis pas jolie et je ne serai pas plus à l'abri après votre départ.

— J'ai entendu ce qu'a dit Ab. Il est venu au ranch de la Rivière Perdue pour moi, pas pour vous.

— Vous n'avez pas tout entendu. Il a menacé de castrer Conner.

— Pourquoi ?

— Je ne sais pas, mais je le devine.

— J'écoute.

— Mon frère est... plein de fougue. Il s'est, je crois, glissé dans le camp des pillards, a mélangé le sel avec le sucre, mis de la bouse de vache fraîche dans les haricots et détaché les chevaux pour couvrir ses propres traces.

— Tant qu'il y était, il aurait dû couper quelques gorges. Ça aurait été plus utile.

— Non ! s'exclama-t-elle. Je ne veux pas que Conner vive comme ça !

— Alors, c'est pas ici que vous devriez vivre.

— Moi, si. Lui, non. C'est pourquoi je vais l'envoyer étudier dans l'Est.

Case regarda autour de lui. Le maigre mobilier et le sol en terre battue prouvaient que l'argent était rare, au ranch de la Rivière Perdue.

— Conner est presque un homme, dit-il d'un ton neutre. Il a peut-être son mot à dire.

— Il y a autre chose dans le monde qu'un ruisseau au milieu d'un désert de pierre.

— C'est vous qui le dites ou votre frère ?

— Le ranch de la Rivière Perdue me suffit. Je m'y plais plus que n'importe où au monde, répondit-elle, le regard brûlant. Mais Conner est différent. Il peut être médecin ou avocat, ou même professeur. Il peut traverser l'océan et rencontrer des rois. Il peut être quelqu'un de très respectable.

— Ne l'est-il pas déjà ?

— Ce n'est pas ce que je voulais dire. Je pense simplement qu'il a tout l'avenir devant lui. Mais comment pourrait-il savoir ce qu'il veut ? fit-elle en élevant la voix. Il ne connaît que ce canyon étroit. S'il va voir le monde et veut revenir ici, très bien. Mais qu'il puisse au moins se rendre compte !

Même en parlant, Sara était restée contre lui. Elle le soutenait de toutes ses forces, et il la sentait tendue, à bout de nerfs.

Une corde trop tendue risque toujours de casser !

— Du calme, ma petite, lui murmura-t-il. Ces dix derniers jours ont été une épreuve pour vous.

— Fichez-moi la paix avec vos dix derniers jours ! Je veux simplement...

Elle balbutia ces mots contre la poitrine de Case. Avec une tendresse étonnante pour un homme de son gabarit, il lui caressa les cheveux et le dos.

Elle se détendit peu à peu.

— Quel âge aviez-vous lorsque vos parents sont morts ? demanda-t-il.

— A peu près treize ans.

Il ferma les yeux. Combien de petites filles étaient devenues orphelines pendant la guerre ? Les plus chanceuses avaient été recueillies par de la famille. Les autres avaient survécu comme elles avaient pu, disputant leur nourriture aux chiens. Il doutait que Sara eût fait partie des premières.

— Quel âge avait Conner ? demanda Case.

— Neuf ans.

— Le plus jeune de la famille ?

— Oui.

— Et gâté, je parie ?

— Il n'est pas gâté.

— Hum ! hum ! Il a un sourire à embobiner Satan. Alors que dire d'une sœur aimante ?

— J'étais la deuxième de cinq enfants, dit-elle, croisant le regard clair de Case. Ma mère a mis longtemps à se remettre de la naissance de Conner. C'est donc moi qui l'ai bercé, nourri, cajolé...

La clarté du regard de Case devint insoutenable. C'était comme s'il pénétrait à l'intérieur même de son âme.

Elle détourna les yeux.

Avec délicatesse, il lui appuya la joue contre sa poitrine. Après une brève hésitation, elle accepta ce réconfort.

Depuis quand ne s'était-elle pas appuyée sur quelqu'un ? Elle n'aurait su le dire. Depuis la mort de ses parents, c'était toujours sur elle qu'on s'appuyait.

— Vous avez été une mère pour lui, dit-il au bout d'un moment.

— Les autres ont été emportés par la crue. Quand la maison a commencé à se disloquer, j'ai empoigné Conner et l'ai soutenu jusqu'à ce que je trouve un arbre assez grand pour nous tenir hors de l'eau.

— Votre frère a de la chance. Suffisamment gâté pour se savoir aimé, et pas suffisamment pour devenir un vaurien.

— Il n'est pas gâté, insista-t-elle.

— Ah, bon ? C'est pour ça que vous lui avez passé un savon hier pour avoir traqué le daim au lieu de ramasser du bois !

Elle voulut pencher la tête en arrière et le foudroyer du regard, mais en fut empêchée par la main qui lui caressait les cheveux. Elle pouvait résister à cette douceur ou s'y abandonner comme à une bienfaisante pluie d'été.

Elle respira profondément et se laissa aller contre lui. L'odeur de savon et d'homme la submergea presque absolument.

Jamais elle n'avait été si près d'un homme torse nu. Quand Hal exigeait d'exercer ses droits d'époux, il portait un long caleçon rugueux, sentait l'alcool et la transpiration.

— Vous sentez la rose, dit-elle après un moment. Enfin, c'est un peu différent...

La main de Case hésita, puis se remit à la caresser.

— Ce n'est qu'à votre savon que je le dois !

— Ne dites pas ça. J'aime votre odeur. Ça vous ennuie ?

— Grillon va se demander ce qui m'arrive. Mais non, ça ne m'ennuie pas.

— Tant mieux. Sinon on peut utiliser de la lessive. Mais ça vous écorcherait la peau.

Elle soupira de nouveau et se pelotonna contre sa poitrine.

Bien qu'il comprît qu'il n'y avait rien d'aguicheur dans l'attitude de Sara, qu'elle acceptait simplement le réconfort qu'il lui offrait, Case se sentit envahi par un feu brûlant.

Depuis qu'il avait vu sa magnifique chevelure défaite, il avait envie de la toucher.

S'appuyant d'une main sur le fusil, il dénoua les liens qui retenaient ses nattes, puis libéra ses longues mèches en y passant les doigts.

Une cascade soyeuse et parfumée se répandit sur sa peau. Case en porta une poignée à son visage, la respira, puis relâcha lentement la masse odorante et douce.

— Moi aussi, j'aime votre odeur, Sara Kennedy.

Sa voix était aussi tendre et masculine que la main qui s'était remise à lui caresser les cheveux.

— Maintenant je sais ce que ressent mon faucon, dit-elle. C'est bon.

Case effleura ses cheveux d'un baiser si léger qu'elle ne le sentit pas. Il ne pouvait expliquer la tendresse presque douloureuse qu'il éprouvait pour elle.

— Conner a de la chance d'avoir une sœur comme vous, dit-il.

— J'ai besoin d'un grand frère comme vous, répliqua-t-elle avec un sourire. Voulez-vous m'adopter ?

— Les gosses ont besoin d'amour. Je n'en ai plus à donner.

— Mais si. Vous êtes doux et gentil.

— Voilà qui étonnerait les Culpepper !

— Beaucoup de choses les étonneraient. Ils ont moins d'instruction que leurs mules.

Il lui souleva le menton et la regarda dans les yeux.

— Ne vous méprenez pas, Sara, dit-il calmement. Je n'ai plus d'amour en moi. Je n'en veux pas. Jamais plus je n'aimerai ce qui peut mourir.

Soudain, elle comprit que cet homme à qui

elle avait déjà tant donné ne voulait rien d'elle. Il était comme les oiseaux de proie, qui refusaient d'être ses captifs même le temps de leur guérison.

Et, à nouveau, elle se demanda comment il en était arrivé là.

— Vous me croyez, fit-il.

Ce n'était pas une question. Il savait à ses yeux tristes et à son corps figé qu'elle le croyait.

— Je vous crois, murmura-t-elle.

— Bon. Je ne veux pas qu'il y ait de malentendus entre nous.

— En quoi est-ce important ? demanda-t-elle avec une pointe de colère. Vous n'êtes qu'une créature de plus arrivée blessée devant ma porte et destinée à partir aussi tôt que possible.

— Ute n'est pas parti.

— On dirait que ça vous préoccupe ?

— Ça devrait. Toute guérison tient de la magie.

Le sourire qu'elle lui adressa était aussi douloureux que ses pensées.

— Ne vous inquiétez pas, dit-elle. Je ne suis pas une sorcière avec un chaudron rempli de crapauds. Je ne suis qu'une veuve qui a appris à soigner les blessures et les cassures.

Le visage de Case se détendit, ce qui était sa manière de sourire.

— Pas de crapauds ? Pas d'araignées non plus ? fit-il.

— Pas une seule.

— Voilà qui me rassure.

Cessant de lui caresser les cheveux, il se tourna et reprit sa promenade avec Sara. Après avoir hésité un bref instant, il accepta son aide.

— Je ne me prononce pas pour les onguents

de Lola, dit-elle. Elle y fait sûrement bouillir un serpent de temps à autre !

— La Grande Lola, fit Case en hochant la tête. Comment cette vieille sor..., euh... courtisane a-t-elle échoué ici ?

— Elle est descendue de l'escarpement il y a environ un mois. Quelque temps avant, j'avais récupéré Ute quasiment mort. Mais, vous voyez, il s'en est bien tiré ! Il venait d'un lieu appelé Les Doigts de l'Aurore.

— Jamais entendu parler de cet endroit.

— On ne le trouve pas sur les cartes militaires. C'est un nom de mon invention.

Case se déplaçait tant bien que mal, se forçant à écouter Sara pour détourner sa pensée du feu qui brûlait dans ses veines.

— Je crois que ça suffit, dit-elle. Vous êtes épuisé.

Il secoua la tête. Ce n'était pas la douleur qui crispait ses lèvres. C'était le désir.

Elle le soutenait par la taille, la main au-dessus du pagne. Son flanc droit — sein, hanche et cuisse — le frôlait à chaque pas.

Un coup d'œil rapide à Sara lui apprit qu'elle ne se doutait pas de l'effet que produisait sur lui cette proximité.

Cette fille était d'une candeur surprenante... A moins qu'elle ne fût vraiment sincère lorsqu'elle disait qu'elle voulait un grand frère, pas un amant.

— Attention, dit-elle.

— Comment Lola a-t-elle su que Ute était ici ? demanda Case, décidé à penser à autre chose.

— Des rumeurs. Elle le croyait mort. Découvrant qu'il ne l'était pas, elle est restée.

— Parce que Ute restait ?

Sara hocha la tête en signe d'acquiescement. Ses cheveux glissèrent sur la poitrine de Case comme une caresse.

— Vous connaissez la réputation de Ute ? marmonna-t-il, troublé.

— Je la devine. Vous êtes à sa recherche ?

— Pourquoi le serais-je ?

— La prime.

— C'est donc ce que vous croyez ? Que je suis un chasseur de primes ? Eh bien, vous faites erreur.

— Il y a beaucoup d'argent à gagner sur la tête des Culpepper.

— Je les chasserais pour rien.

— Pourquoi ?

Il ne répondit pas.

Ils firent encore quelques pas en silence. La peau de Case était chaude sous la main de Sara.

— Vous ne pensez pas que vous devriez vous reposer à présent ? demanda-t-elle. Vous êtes tout chaud.

— Laissez-moi, grogna-t-il entre ses dents. Je peux marcher seul.

— Ne dites pas de bêtises. Si vous tombez, je devrai vous relever. Vous pouvez attraper froid ou...

Il lui jeta un regard en coin.

— Attention ! s'exclama-t-elle.

Lâchant le fusil, il lança un juron et se rattrapa au mur des deux mains. Sara se retrouva entre lui et les planches.

— Hou ! fit-elle. Vous êtes vraiment lourd !

— Vous êtes douce. Trop douce. Misère, je ne voulais pas ça !

Et, tout en soupirant, il abaissa la bouche vers

celle de Sara. Ses lèvres étaient roses et brillantes. Et elles étaient entrouvertes...

Si le premier baiser reçu par Sara avait été tendre et brûlant, le deuxième fut profond et écrasant. Le poids de Case l'empêchait de respirer et de dire un mot.

Elle ne pouvait même pas faire un geste pour le repousser.

Elle se résigna donc, comme elle avait appris à le faire avec son mari.

Avec un grognement étouffé, Case jugula son désir. Lorsqu'il releva la tête, il la trouva pâle, les pupilles dilatées et les lèvres rougies.

Elle ressemblait davantage à une petite fille apeurée qu'à une femme intéressée par les choses de l'amour.

— Je suis désolé, dit-il d'un air dépité. Vous m'avez pris par surprise.

— Je vous ai pr... pris ? s'exclama-t-elle, incrédule. Mais je n'ai rien fait !

Il ferma les yeux, comme s'il voulait échapper à l'accusation et à la honte.

— J'ai meurtri votre bouche, murmura-t-il. Cela ne m'est jamais arrivé. Je n'ai jamais brutalisé une femme.

Lorsqu'il rouvrit les yeux, son regard avait retrouvé toute son impassibilité.

Abaissant de nouveau la tête, il suivit du bout de la langue le contour des lèvres de Sara et lui arracha une nouvelle fois un petit cri de surprise. C'était le tendre baiser dont elle se souvenait.

— Case ? chuchota-t-elle.

— Ce n'est rien. Juste une façon de m'excuser. Rien de plus...

Il lui mordilla les lèvres.

— C'est douloureux ? demanda-t-il.

Elle secoua la tête. A nouveau, leurs lèvres se frôlèrent. Lorsqu'elle sentit tout le corps de Case se raidir, elle s'écarta si vite que sa tête alla cogner contre le mur derrière elle.

— Doucement, fit-il. Je ne vais pas vous faire mal.

— Mais je... commença-t-elle. Case ? Je... je ne...

— Je sais bien que vous ne voulez pas de moi, dit-il en la repoussant. Je vous comprends. Je ne voudrais pas d'un amant qui a aussi peu de manières qu'un ours.

Hébétée, déchirée entre la tendresse et la peur, Sara le regarda se soutenir d'une main au mur. Puis il s'appuya sur la crosse de son fusil et se tourna vers elle. Elle eut alors envie de l'aider mais il l'arrêta d'un regard d'où toute douceur avait disparu.

— Depuis la fin de la guerre, je n'avais désiré aucune femme, dit-il. Mais je vous désire, Sara Kennedy.

— Je... je...

— N'ayez crainte, je ne vous forcerai jamais. Vous avez ma parole.

Après un long moment de silence, elle hocha affirmativement la tête. S'il était du genre à le faire, il l'aurait déjà fait. De cela au moins, elle pouvait être sûre.

— Je vous crois, dit-elle tout bas.

— Alors, sachez aussi que je m'en veux de vous désirer. Cela signifie que tout n'est pas mort en moi.

8

— Se baigner lui fera du bien, dit Ute. Et ça rafraîchit toujours les idées !

Sans répondre, Sara jeta du grain aux poulets qui se chamaillaient à ses pieds.

Fantôme, un chien de troupeau à demi sauvage adopté par les poulets, rôdait parmi les peupliers.

Comme la plupart des créatures du ranch de la Rivière Perdue, il était arrivé plus mort que vif et, comme Ute, il avait décidé de rester.

— Sara ? fit Conner.

— Je réfléchis.

Mais elle ne réfléchissait pas du tout. Elle regardait à quelques mètres de là le cours d'eau qui coulait sur un lit de pierres et de graviers couleur rouille.

Les poulets se plaisaient dans les cotonniers et les peupliers bordant la Rivière Perdue. Chaque année, les coyotes et les faucons volaient quelques poussins ou quelques poules mais, grâce à Fantôme, les pertes restaient limitées.

Elle songea qu'un jour elle aurait assez d'argent pour construire un vrai poulailler.

Elle prit une nouvelle poignée de maïs dans le seau. Les grains étaient lisses, durs et froids comme des petits cailloux. Dans les rayons obliques du soleil, ils prenaient des teintes rouges, bleues, blanches et or.

Comme les haricots et les courges, le maïs poussait sur les riches plaines inondables de la rivière. Et cette année, il avait été particulièrement abondant.

— Alors ? insista Conner.

Elle jeta le maïs sans répondre.

— Tu ne peux pas le tenir enfermé éternellement. Les poulets ont plus de liberté que lui.

— Et plus de vêtements ! murmura Ute.

— Le sol est couvert de gelée blanche, dit-elle avec une patience affectée.

— A cette époque de l'année, c'est normal, remarqua Ute.

— Ça fait à peine trois semaines que tu as amené Case ici plus mort que vif, dit-elle.

— Mais maintenant il a l'air bien vivant, répliqua Ute. Nerveux comme une puce. Il a la fièvre de la cabane, pour sûr !

— Allons, sœurette. Lola est sur la crête et les Culpepper ne sont plus revenus mettre leur nez ici depuis que Case a tiré Parnell dans le... euh... le postérieur.

— Joli coup, dit Ute avec un sourire jauni par le tabac. Mais que cette jolie tête se trouble pas ; la racaille du canyon des Sources reviendra pas vous embêter. Ils ont peur de quitter le camp.

— Ça m'étonnerait.

— Dès qu'ils s'en vont, il leur arrive quelque chose, dit Conner en regardant le ciel.

— Et même quand ils restent, ajouta Ute. A ce qu'on dit, ils ont perdu plein de balles. Leurs cartouches sont parties toutes seules.

Conner s'esclaffa.

Sara lança à Ute un regard de travers. Ses cheveux gris et raides, ses petits yeux noirs et ses pommettes saillantes lui donnaient un air de prophète.

— Si tu tiens à harceler les Culpepper, dit-elle, n'emmène pas Conner.

Le vieil hors-la-loi regarda ses mocassins poussiéreux. Seule Sara avait le pouvoir de le remettre sur le droit chemin. Elle était son ange gardien, sa conscience.

Sinon, pourquoi aurait-elle sauvé sa misérable vie ?

— Oui, m'dame, dit-il.

— Je compte sur toi, Ute.

— Oui, m'dame.

— Mais, sœurette, ils sont... commença Conner.

— Tais-toi. Vous m'entendez, tous les deux ? Tenez-vous éloignés du canyon des Sources.

— Mais ils cherchent le trésor de Hal, dit Conner. Ils quadrillent les canyons comme toi.

Sara eut une bouffée d'angoisse. Il lui fallait absolument le trouver avant eux.

Elle éparpilla vivement le reste du maïs sur le sol et se dirigea à grands pas vers la cabane, suivie des hommes.

— Sœurette ?

— Laisse les hors-la-loi chasser le trésor, dit-elle. Ils ne le trouveront pas. Ils ne connaissent pas les canyons comme moi.

Il y avait plus d'espoir que de certitude dans sa voix. Depuis l'arrivée des Culpepper et de la bande à Moody, sa chasse au trésor avait été bien limitée.

En outre, l'arrivée de Case l'avait entièrement absorbée. Elle n'avait désormais plus une seconde à elle. Les soins qu'elle lui donnait, la surveillance de Conner et de Ute, l'accomplissement de ses tâches quotidiennes auraient suffi à occuper au moins trois femmes.

— Il y a des œufs ? demanda-t-elle brusquement à son frère.

— Six. Les autres donneront des poussins.

— Ils ne passeront pas l'hiver. Tu aurais dû les ramasser, au lieu de jouer des tours aux hors-la-loi.

— Fantôme surveillera mieux ces poussins qu'une mère, dit Conner.

Sara lui lança un regard qu'il ignora.

— Alors ? demanda-t-il au bout d'un moment.

— Alors quoi ?

— Case. Ça lui ferait du bien...

— Non.

— Oh, écoute, ne sois pas...

— Non, le coupa-t-elle.

— Vous pourriez peut-être me demander, dit Case. Je suis assez grand.

Elle poussa un cri de surprise.

Case se tenait dans l'embrasure de la porte, habillé de pied en cap, un six-coups sur la hanche. Pas de béquille en vue.

Il semblait menaçant.

— Vous avez trouvé vos vêtements ? fit Sara d'un air abasourdi.

— Merci de me les avoir nettoyés et raccommodés, dit-il. On voit à peine les trous des balles.

— Je vous en prie. Mais si vous allez avec Conner et Ute, vous n'en aurez pas besoin.

— Personne n'en a besoin !

Conner toussa pour masquer son amusement.

Elle rougit. Depuis le jour où Case l'avait embrassée en la plaquant contre le mur de la cabane, il l'avait traitée comme la sœur qu'elle lui avait demandé d'être pour lui.

Parfois elle se réjouissait de ses manières

désinvoltes. Elle en était le plus souvent agacée, sans toutefois savoir pourquoi.

Cependant, quand il la croyait trop occupée à changer ses pansements, il avait une façon de la regarder qui la faisait rougir. Comme à présent.

— Je parlais de vos vêtements, dit-elle.

— Vous comptez les dérober à nouveau ? s'enquit-il. Si c'est le cas, je le prendrai très mal, je vous préviens.

— Où est votre béquille ? demanda-t-elle.

— Dans le feu.

— Mon Dieu ! s'exclama-t-elle, levant les bras au ciel. Bon, très bien. Allez au bain avec Conner et Ute. Mais ne vous étonnez pas si vous tournez de l'œil. Laissez-moi passer, ajouta-t-elle d'un ton pincé. Il est plus que temps que je libère mon faucon.

Case s'écarta, mais plus lentement qu'elle ne l'avait prévu, de sorte qu'elle buta contre lui.

— Je suis désolée, dit-elle, faisant un pas de côté.

Son épaule heurta le chambranle. Elle avait à peine la place de respirer.

— Ciel, quelle masse ! marmonna-t-elle.

Il plissa légèrement les yeux, puis souleva la jeune femme dans ses bras et la déposa à l'intérieur de la cabane. D'instinct, elle s'appuya sur ses épaules. La puissance de ses muscles tendus fit à Sara un effet étrange.

Ce n'était pas de la peur, elle en était sûre.

— Quelle légèreté ! dit-il tout bas.

Il la relâcha avec un mouvement qui était presque une caresse, puis se tourna vers les autres hommes.

— Sara a raison, dit-il. Je ne suis pas encore assez en forme pour prendre un bain.

Conner ouvrit la bouche pour discuter.

Ute fut plus rapide :

— Bon. On vous confie Sara. Quand elle regarde voler un faucon, elle a moins de bon sens qu'un poulet.

— Une armée avec orchestre de cuivres pourrait lui arriver dessus qu'elle ne s'en apercevrait pas, confirma Conner.

— Ce n'est pas vrai, dit-elle.

— Je me suis approché d'elle sur un mustang à peine débourré en faisant du bruit à réveiller un mort, raconta Conner, et quand elle a enfin détourné son regard du faucon, elle a sursauté comme si j'étais le diable en personne.

— Tu as de la chance qu'elle ne t'ait pas tiré dessus, dit Case.

— C'était avant que ces salauds de... commença-t-il.

Sara se raidit.

— ... euh... avant que cette vermine arrive dans le canyon des Sources, corrigea-t-il. Nous n'étions pas armés en permanence.

Case regarda le jeune garçon. Il portait un étui avec un vieux six-coups à percussion qui avait été modifié, probablement par Ute, pour tirer des cartouches métalliques.

— Je veillerai sur votre sœur, lui promit-il.

Conner hésita. Il lui adressa un regard soupçonneux.

— Il ne lui arrivera rien, ajouta Case. Je t'en donne ma parole.

Le jeune homme acquiesça, puis partit avec Ute pour le local servant aux ablutions, qui se trouvait à une soixantaine de mètres de la cabane.

Conner se retourna à plusieurs reprises.

— Il est très protecteur, dit Case.

L'expression de Sara changea. Elle n'aimait pas parler de Conner. C'était un sujet trop sensible pour être abordé à n'importe quel moment.

— C'est un bon garçon, dit-elle simplement.

— Il a la taille d'un homme.

— Il a quinze ans.

— Il est en âge de tuer.

Elle le regarda et le regretta.

— C'est l'âge que vous aviez quand vous vous êtes engagé ? demanda-t-elle.

— Oui.

— Seul ?

— Non. J'ai entraîné mon frère aîné, Hunter.

— Est-ce que... ? Est-il... ?

— Hunter a survécu, mais pas sa famille.

— Vous semblez vous en blâmer.

— En effet.

— Vous n'étiez qu'un enfant alors.

Il lui lança un regard glacial.

— Dois-je seller Grillon ? demanda-t-il, ou comptez-vous lâcher le faucon par ici ?

— D'habitude je monte sur la crête sud et m'éloigne d'environ un kilomètre et demi, pour que mes poulets ne deviennent pas sa première cible.

— Je vais seller.

— Pas la peine. Les hommes de Moody et les Culpepper ne se sont pas manifestés depuis...

Sara poussa un soupir et se tut. Case se dirigea vers l'appentis où étaient rangés les brides, les selles et le maigre équipement du ranch.

Sara se mit à parler au faucon. L'oiseau battit des ailes en signe de reconnaissance.

— Bonjour, ami emplumé, murmura-t-elle. Tu as si bien fait travailler tes ailes que je suis certaine que tu vas t'élancer sans peine dans le ciel.

Le faucon fit un mouvement brusque, comme s'il sentait la liberté toute proche.

— Oui. Et malheur à la souris ou au serpent qui croiseront ton chemin ! Tu n'auras plus à avaler bon gré mal gré des morceaux que tu n'as pas choisis.

Tout en parlant, elle lui glissa un chaperon de cuir sur la tête. Devenu aveugle, l'animal s'immobilisa.

Avant même que Sara n'ait eu le temps de mettre sa veste, son chapeau et son gant de cuir, Grillon était déjà devant la cabane.

— Sara ? appela Case. Dépêchez-vous, sinon le soleil sera couché avant que nous arrivions en haut.

— Je me dépêche.

Mais c'est sans hâte aucune et avec la plus grande douceur qu'elle retira le faucon de son perchoir et le posa sur son bras. Elle avait en effet appris que les oiseaux de proie sont étonnamment sensibles.

— Là, là, pas la peine de te hérisser comme ça, murmura-t-elle. Tu es déjà allé sur mon bras.

Arrivé à l'air libre, l'oiseau poussa immédiatement un cri sauvage.

Grillon s'effaroucha.

— Du calme, idiot, intervint son cavalier. Tu es trop grand pour servir de souper à un faucon.

Sara regarda l'étalon d'un air dubitatif.

Case mit pied à terre. A part la brève faiblesse de sa jambe blessée, il était impossible de deviner qu'il avait été, pendant trois semaines, si proche de la mort.

— Vous montez devant, dit-il. Prête ?

— A quoi ?

— A la courte échelle ! Mettez votre main

gauche sur le pommeau et votre pied gauche dans mes mains.

— Et vos blessures ? protesta-t-elle, tout en suivant ses directives.

— Montez.

Il souleva Sara si doucement que le faucon ne bougea même pas les ailes.

— Pour l'instant, ne mettez pas le pied dans l'étrier, dit-il à voix basse. Je vais grimper derrière vous. Prête ? Pouvez-vous monter sans étriers ?

— En général, je monte sans selle.

— Bon, susurra-t-il. Les étriers, c'est plus facile pour ma jambe.

— Où avez-vous appris à parler comme ça ?

— Comment ?

— Cette voix douce...

— En dressant des chevaux. Ça les calme.

— Ça calme aussi les oiseaux.

— Et les gens ?

— Je suis encore éveillée, répliqua-t-elle d'une voix volontairement veloutée, mais c'est tout juste.

Les coins des yeux de Case se plissèrent légèrement.

Le parfum de rose, de soleil et d'air frais qui se dégageait d'elle était plus subtil et délicieux que tout ce qu'il avait pu sentir auparavant.

Il se rappela à temps qu'elle ne voulait qu'un grand frère. C'est ce qu'il devait être pour elle. Rien de plus !

— Vous voyez ce col sur la droite ? demanda Sara.

— Oui.

— Piquez dessus. Il y a une piste qui y mène.

Il dirigea Grillon vers le col.

Le terrain montait en pente douce. Plus le cheval s'éloignait de la rivière, plus le sol devenait sec. Le murmure du ruisseau et le chant des oiseaux cachés dans les saules disparurent peu à peu. Puis les grands cotonniers cédèrent rapidement la place à de maigres buissons. Des figuiers de Barbarie et autres cactus parsemaient le sol aride. Dans les rayons obliques du soleil, les cactus semblaient nimbés d'or.

Un vent froid descendait du haut plateau, apportant un parfum mystérieux.

Dans le silence de cette fin d'après-midi, seuls se faisaient entendre le grincement du cuir et le souffle régulier de l'étalon.

Comme toujours, Case fouillait le paysage du regard pour y repérer d'éventuels dangers. Cette fois, il ne découvrit rien d'autre que l'austère beauté d'une nature où les pierres avaient des couleurs d'arc-en-ciel et des formes étranges.

Quelques kilomètres au-delà de la crête, le sentier s'aplanit, puis s'éleva de nouveau à travers une muraille rocheuse couleur rouille. Des traces de ruissellement apparaissaient, plus claires sur le sol, plus foncées sur les escarpements.

— C'est encore loin ? demanda Case.

— Vous voyez la butte rocheuse sur la gauche ?

Grillon se faufila entre des blocs de pierre et franchit des éboulis. Bien que l'étalon portât double poids, il semblait encore frais et dispos.

— On est suffisamment loin, annonça Sara.

Case mit pied à terre. Alors qu'il levait les bras pour l'aider à descendre, les yeux de la jeune femme prirent une teinte gris doré. La même lumière enflamma ses cheveux.

Affolé de désir, il la souleva, la posa par terre et s'écarta vivement.

Le fait de boiter légèrement n'améliorait pas son humeur.

— Vous pouvez être sûre que ce faucon vous volera quelques-uns de vos poulets, dit-il d'une voix impassible.

— Je ne crois pas que nous devions un jour manquer de poulets ! fit-elle sèchement. Restez ici pendant que je libère le faucon. J'aurai besoin de place pour lancer le bras.

Tout en parlant doucement à l'oiseau, elle s'avança jusqu'à une saillie rocheuse.

Malgré l'air frais qui descendait des cimes, la butte était réchauffée par les courants chauds qui montaient du fond de la vallée. Le faucon battit des ailes puis se tint immobile, comme inquiet.

Sara le caressa pour le calmer.

— Doucement, murmura-t-elle. Tu es rassasié, ton aile est guérie, les environs regorgent de perchoirs. Il ne te manque qu'un propulseur.

Au bout d'un moment, l'oiseau s'apaisa, même si, face à cette liberté soudaine, il semblait un peu désemparé.

Tout se passa ensuite très rapidement. Sara retira le chaperon d'un mouvement vif de la main gauche et lança le faucon dans l'air avec un grand geste du bras droit.

L'oiseau déploya ses ailes dans la lumière orangée du couchant, hésita un instant, puis disparut derrière les escarpements rocheux.

Pendant un court moment, Case le crut incapable de voler, mais une forme jaillit soudain au-dessus de la saillie comme une comète noire. Le faucon s'élevait toujours plus haut. Puis un cri sauvage parvint jusqu'à l'homme et la femme rivés au sol.

Alerté par l'éclair de tristesse qu'il avait décelé dans les yeux de Sara, Case s'approcha d'elle.

— Ne vous faites pas de souci pour lui, dit-il. Il vole merveilleusement bien.

— Je sais. C'est juste que...

— Quoi ?

— Je donnerais mon âme pour voler avec lui.

A cet instant, il se sentit tellement en communion avec la jeune femme qu'il en fut presque effrayé. Plus dangereux que le désir physique, ce sentiment perçait violemment sa carapace.

Brusquement, il se détourna pour contempler le paysage désert et mystérieux.

Au nord-est, les pics enneigés dominaient les hauts plateaux qui descendaient sur le désert. Les cimes brillaient d'une intense lumière dorée. Le soleil sombrait rapidement à l'horizon.

Dans ce vaste paysage, la butte où se trouvaient Case et Sara ne paraissait guère plus grosse qu'un grain de sable.

Il était temps de rentrer, pensa-t-il à contrecœur.

Une vibrante lumière orange se répandait sur les plateaux et les hauteurs. Des langues de nuit commençaient à jaillir des canyons. L'obscurité montait comme une marée silencieuse.

Aucun signe humain. Pas de routes. Pas de pistes fixes. Pas de lampes dans la nuit. Pas de traces de fumée dans le ciel sans nuages.

Case songea que cette terre sauvage et sans passé était faite pour lui. Un étrange sentiment de bien-être l'envahit. Il respira profondément, comme s'il avait voulu s'emplir tout entier de l'austère beauté du paysage.

En contrebas, au fond du canyon le plus vaste, se détachait la masse familière des cotonniers et des saules.

La Rivière Perdue, songea-t-il. Le canyon de la Rivière Perdue... Et de l'eau. Une sorte de miracle. La seule terre arrosée à des lieues à la ronde... Le seul ranch possible se trouvait là.

Il prit sa longue-vue et commença à scruter les environs. Rares étaient les signes d'eau. Quelques cotonniers solitaires sur des plis rocheux, mais le seul ruban d'arbres et de buissons marquant la présence d'un cours d'eau était celui du ranch de Sara.

Case savait qu'il avait trouvé sa terre de prédilection. Quand il en aurait fini avec les Culpepper, quelque chose l'attendait. Cette terre. Une terre ne pouvait être ni mutilée ni tuée. On pouvait y respirer, y construire un ranch. Un ranch sans souvenirs.

La terre était là, mais il n'y avait pas d'eau.

Seul le ranch de la Rivière Perdue en avait.

Et Sara Kennedy en était propriétaire !

Distraitement, il remit la longue-vue dans la poche de son pardessus.

Evidemment, pour avoir la terre, il pourrait l'épouser.

Mais cette pensée le glaça. Le mariage impliquait la naissance d'enfants. Les enfants, c'était aussi la mort, des corps atrocement mutilés... comme dans ses cauchemars.

Non. Plus jamais ça !

Il devait y avoir un autre moyen de gagner le ranch de la Rivière Perdue.

Un moyen sûr.

Sur le chemin du retour, Case resta silencieux. Et tout aussi sombre que la nuit qui dévorait son âme.

9

Le lendemain, Case se réveilla bien avant l'aube. Comme à son habitude, il resta immobile. Il se demanda ce qui avait pu le réveiller.

Un frôlement de tissu contre ses épaules lui apporta la réponse. Quelqu'un le bordait.

Sara.

Il se sentit envahi d'une douce chaleur et se promit, en se rendormant, de partir dès le matin suivant.

Il le fallait.

Il n'allait tout de même pas se laisser mener par ses pulsions.

Il essaya d'oublier son odeur. Il en était incapable.

Incapable aussi d'ignorer le désir qu'elle lui inspirait et ne partageait pas.

S'éloignant sans bruit, elle alla se blottir à moins de deux mètres de lui, et sa respiration ne tarda pas à se faire plus lente et plus profonde.

Une chouette ulula derrière la cabane.

Bondissant hors de sa couche, il saisit le fusil appuyé contre le mur. Lorsqu'il l'arma, Sara et Conner se réveillèrent.

— Qu'est-ce... ? commença Conner.

— Chut, l'interrompit Case. Une chouette.

— Et alors ? chuchota Conner. Il y en a plein par ici.

— Je n'ai jamais entendu ce genre de ululement. Tu as ton fusil ?

— Dans les mains.

— Bon. Protège Sara.

— Je peux me protéger toute seule, dit-elle d'une voix maussade.

Pour le prouver, elle arma le fusil qu'elle venait de saisir.

— En tout cas, restez ici, ordonna Case.

— Mais... commença Conner.

— Moins il y aura de gens dehors, moins on aura de chances de se tirer dessus par erreur.

— Obéis, dit Sara à son frère.

— Qui est sur la crête en ce moment ? demanda Case.

— Ute, répondit Conner.

— Bon. Aucun des Culpepper n'est bâti comme Lola. Même dans le noir, je ne pourrais pas lui tirer dessus.

Malgré son inquiétude, Conner ne put s'empêcher de rire.

Case s'agenouilla et scruta l'extérieur entre les planches mal ajustées. Une rivière d'étoiles répandait une lueur irréelle.

Aucune silhouette incongrue, aucun mouvement inhabituel. Pas de bruit de caillou. Pas d'appel d'oiseau gêné par le passage de l'homme. Pas même le hurlement d'un coyote.

Case s'habilla en hâte. Le pantalon et la chemise noirs qu'il enfila lui permettraient de se fondre dans la nuit. A la place des bottes, il mit ses mocassins. Armé de son revolver, il prit également un couteau dont la lame était impressionnante, puis il passa son fusil en bandoulière.

— Ne tirez pas sans savoir à qui vous avez affaire, leur recommanda-t-il. Avant d'entrer, j'imiterai le cri du faucon.

— Case... murmura Sara.

— Oui ? fit-il.

— Je... Faites attention.

— Ne vous inquiétez pas. J'ai l'habitude. Si j'étais du genre négligent, je serais mort depuis longtemps.

— Laissez-moi protéger vos arrières, proposa Conner.

Case se tourna vers le coin obscur où le garçon attendait, un fusil dans les mains.

— Vous pouvez m'aider en restant immobiles et silencieux, dit-il. Je vais écouter dehors. Si tu entends des coups de feu, empêche ta sœur de sortir, même si tu dois user de la force. Tu entends ?

— Ça ne me plaît pas du tout, mais je vous entends.

Sans ajouter un mot, Case ouvrit la porte et se glissa dans la nuit. Puis il ne bougea plus, scrutant l'obscurité de tous ses sens en alerte.

L'absence de bruit était oppressante. L'air glacé le fit frissonner. Il était presque certain d'une présence étrangère dans les parages. Quelqu'un rôdait autour du ranch, sinon la nuit n'aurait pas été aussi calme.

Il s'avança silencieusement jusqu'à l'angle de la cabane et, à nouveau, observa attentivement les environs. Aucune ombre humaine de ce côté. Il longea le mur, s'accroupit, et écouta.

Silence.

Il attendit en comptant les secondes.

Plus de quatre minutes s'écoulèrent, pendant lesquelles de minuscules bruits traversèrent de nouveau la nuit : les créatures nocturnes retournant à leurs affaires.

A quelques mètres de là, un mulot fila entre deux buissons de sauge. Quelques instants plus tard, une chouette passa tout près de lui presque sans bruit. Puis il y eut un couinement et un battement d'ailes dans la poussière.

La chouette s'éleva dans le ciel étoilé, un mulot entre les serres.

Le silence revint, aussi profond que la nuit. Puis le ululement d'une chouette.

Ce genre de cri ne trompait pas plus les bêtes que les humains. Et Case estima que ces faux appels s'étaient rapprochés de la cabane de quelque dix mètres.

Une silhouette d'homme se détacha fugitivement dans l'ombre.

A trente mètres, bougea une autre ombre.

Ils étaient au moins deux, mais rien à voir avec les Culpepper. Ceux-là portaient des chapeaux mexicains.

Dans un rayon de trois cents mètres autour de la cabane, il y avait peu de couverts où cacher des chevaux. Ils avaient dû arriver par le ravin qui se trouvait à l'arrière.

Case traversa en rampant l'espace ouvert qui entourait la cabane, puis se glissa entre les buissons jusqu'au ravin.

Trois chevaux attendaient, attachés à un genévrier mort.

Case aurait aimé découvrir des mules. Il aurait été plus facile d'abattre les Culpepper dans la nuit que de front, comme à l'Eglise espagnole.

Mais Ab avait dû apprendre la patience. Dommage. Il n'en était que plus dangereux.

Une rapide inspection de l'entrée du ravin apprit à Case que personne ne gardait les animaux.

Une bouteille de whisky vide brillait derrière le genévrier, à côté d'os de lapin rongés.

Case s'approcha des chevaux et leur parla à

voix basse afin de les rassurer. Et en effet, les animaux ne bronchèrent pas lorsqu'il détacha leurs rênes, dessangla, puis retira les brides.

Si un des pillards parvenait jusqu'à son cheval, il aurait du mal à se sauver. Restait à savoir s'ils étaient vraiment très éméchés.

Case revint sans bruit vers la cabane. Il faillit buter contre le premier pillard.

— Rusty ? murmura l'homme. Qu'est-ce que tu fous ici ? Tu auras la fille à ton tour, après que je l'au...

Un couteau l'empêcha d'achever sa phrase.

Puis Case s'accroupit et écouta.

La nuit était décidément trop silencieuse.

Un ululement partit sur sa gauche.

Rien ne bougea sur sa droite.

Nouvel appel sur la gauche.

Il fallait qu'il répondît.

Il eut du mal à imiter le ululement d'une chouette aussi mal que les hommes de Moody !

Il y eut un faible mouvement sur la gauche, dans les buissons de sauge.

Case s'approcha doucement de l'endroit d'où était parti le ululement.

Une forme se glissa entre les sauges et s'arrêta en bordure.

Case se demanda où pouvait être le troisième pillard et pourquoi il restait si silencieux.

L'homme dans les sauges remua de nouveau, puis il commença à ramper vers la cabane.

Case s'approcha sans bruit.

Avant que le hors-la-loi ne comprît ce qui se passait, Case était à deux mètres de lui. L'homme se retourna et sortit son arme.

Une crosse de fusil le frappa. Avec un cri rauque, il s'effondra.

Case disparut dans les buissons aussi vite qu'il en était sorti.

Il essaya de percevoir la présence du troisième homme, mais n'entendit rien que le silence anormal.

Au bout de cinq minutes, les bruits habituels de la nuit reprirent. Case se prépara à une longue attente. Il connaissait la règle du jeu. En général, le premier à perdre patience était un homme mort.

Le silence se fit à nouveau.

Case roula d'instinct sur le côté juste avant qu'un six-coups ne rompît le silence. Deux coups, puis un.

Le plomb traversa le fourré à l'endroit exact où il s'était tenu. Tout en se jetant face contre le sol, Case se tourna et pointa son fusil vers l'endroit d'où était parti le coup de feu.

Il tira sa première cartouche tellement vite que le bruit masqua la quatrième balle du hors-la-loi. Des grains de plomb déchirèrent les sauges, puis retombèrent dans la nuit en une grêle de métal.

Le pillard poussa deux grognements.

Case décida de changer de place. Il savait que désormais il était repéré.

Nulle part où se cacher. Le bandit se trouvait trop près pour qu'il pût le tromper longtemps.

La cinquième balle effleura la manche de Case. La sixième lui éclaboussa le visage de terre et de fragments d'écorce.

Le bruit d'un deuxième six-coups que l'on armait résonna dans la nuit.

Case déchargea le second canon de son fusil en direction du bruit et se jeta de côté. Puis il attendit avec son revolver, prêt à tirer.

Soudain, il y eut un gémissement, un froissement de branches, comme si un gros animal avançait en titubant dans les buissons, un bruit de chute...

Puis plus rien.

Case attendit encore. Une sueur froide lui coulait sur le front et le torse. Il retenait son souffle.

Plus aucun bruit ne jaillit de la nuit.

Il se tenait parfaitement immobile, les yeux à peine entrouverts, son arme à la main.

Le buisson bougea et craqua. Des pas incertains se dirigèrent vers sa cachette.

Il ne broncha pas.

Le hors-la-loi ne se souciait pas de ne pas faire de bruit. Il voulait simplement s'assurer que Case était bien mort.

Au moment où l'individu distingua la silhouette de Case, celui-ci pointa son arme et commença à appuyer sur la détente.

Trois coups déchirèrent la nuit.

Tous dirigés contre le pillard.

L'homme s'effondra face contre terre et ne bougea plus. Alors, toujours armé, Case se leva, fit quelques pas et retourna le hors-la-loi d'un revers du pied.

Même dans la lumière blafarde, le corps dégingandé, le visage étroit et les cheveux couleur de paille étaient facilement reconnaissables. Mais l'individu portait un vieux chapeau confédéré et non un *sombrero*. Et il ne montait pas de mule.

Qui pouvait-il donc être ? En tout cas, pas Ab, hélas !

De nouveau, Case se fondit dans les sauges. Il rechargea son six-coups et son fusil.

De nouveau, il attendit.

Cette fois, rien ne bougea.

Case respira profondément. Pour la première fois, il prit conscience du froid. Sa jambe blessée lui faisait mal, et il avait le front meurtri par les éclats d'écorce.

Il dut à deux reprises s'humecter les lèvres pour imiter le cri de la chouette.

En réponse, un ululement sortit de la cabane.

Alors Case se décida à la rejoindre et se dirigea en boitant vers la petite maison. Mais il restait encore sur ses gardes et profitait du moindre couvert pour s'y abriter.

En arrivant à la porte, il siffla. Une chouette lui répondit juste derrière les planches. La porte s'ouvrit. Le pâle clair de lune éclaira Conner, dont le canon de fusil était braqué sur la boucle de ceinture de Case.

— Tu vois ? dit le jeune homme en désarmant son fusil. Je t'avais bien dit qu'il s'en tirerait.

— Case ? fit la voix tremblante de Sara. Vous êtes blessé ?

Elle était toute proche de lui. Il sentit sa respiration haletante, puis ses mains qui l'effleuraient à la recherche de blessures.

— Fatigué, sale et un peu égratigné, répondit-il. Pas de quoi s'inquiéter.

— Allume la lampe et ferme bien la porte, ordonna-t-elle à son frère.

Conner regarda Case qui acquiesça d'un signe de tête.

— Qu'est-il arrivé ? demanda Conner.

— Dès qu'il fera jour, on aura du travail de pelletage.

Une allumette gratta le trépied métallique. Une langue de feu rouge brilla, suivie par la lumière plus douce de la mèche d'une lampe à huile. Lorsque Conner replaça le verre, il tinta contre le support métallique.

— Du travail de pelletage ? fit-il en regardant Case.

— Rien à signaler sur la crête ? demanda celui-ci.

— Vous en avez tué combien ? insista le garçon. Comment les avez-vous trouvés avant qu'ils ne vous trouvent ? Où...

— Arrête, l'interrompit Sara. Il y a trois semaines, Case était à l'agonie, il vient de se battre pour nous et tu ne cesses de le harceler.

— Mais...

D'un regard, elle le fit taire.

— Merde, marmonna-t-il. On me traite encore comme si j'étais un bébé.

— Asseyez-vous, dit-elle à Case. Vous saignez.

— Pas de quoi... commença-t-il.

— Asseyez-vous et taisez-vous ! explosa-t-elle. J'en ai plus qu'assez de recevoir des ordres !

Case ne broncha pas. Il s'installa calmement sur un des deux seuls sièges de la cabane. Puis il jeta un regard en direction de Conner.

— Je crois, dit prudemment celui-ci, qu'il est temps que j'aille remplacer Ute sur la crête.

— Va, dit Case. Mais ouvre bien l'œil.

— Il y a d'autres pillards ? demanda le jeune homme avec un enthousiasme contenu.

— Apparemment, non, à moins qu'ils ne soient arrivés à deux par monture, mais je doute fort que ces petits mustangs puissent transporter double charge.

— Ute va me demander la raison de ces coups de feu. Que lui dirai-je ?

— D'apporter une pelle, intervint sèchement Sara.

Conner ouvrit la porte et sortit sans plus rien ajouter.

— Merci d'avoir gardé ta sœur dans la maison, lui lança Case.

— Je vous en prie.

Le rire du garçon emplit alors la nuit.

— Vous auriez dû l'entendre quand je l'ai empêchée de sortir en la plaquant au sol ! cria-t-il de l'extérieur. Je ne savais pas qu'elle connaissait autant de jurons. Je parie que même la Grande Lola ne...

— Conner ! lança Sara d'une voix menaçante.

Un nouvel éclat de rire mit le comble à la fureur de la jeune femme.

— Ça a dû être quelque chose ! dit Case.

Elle rougit, puis remarqua que les coins de sa bouche s'étaient légèrement relevés.

Bouleversée de le retrouver indemne, de savoir son frère sain et sauf, elle se mit soudain à rire à son tour.

— Je ne savais pas que j'en connaissais autant, en effet ! admit-elle.

Les yeux de Case se plissèrent légèrement.

— Quel spectacle j'ai dû offrir ! dit-elle, tout en puisant de l'eau dans un seau.

Elle en emplit une cuvette en étain cabossée, mouilla un chiffon et l'essora avant de se diriger vers Case.

Il la regardait avec des yeux étincelants de lumière. Des yeux d'un vert incroyable... De son front ruisselait un peu de sang.

— Ce n'est pas la peine... commença-t-il.

— C'est tout à fait la peine, rétorqua-t-elle.

Comme il ne lui résistait pas, elle lui lava le visage à l'eau fraîche.

— J'ai eu tellement peur lorsque j'ai entendu les coups de feu, dit-elle. Puis le silence. Un silence qui semblait ne jamais devoir finir. Comme la mort.

— Sara...

Mais il ne trouvait pas les mots qui chasseraient la peur des yeux de la jeune femme.

Il l'attira doucement sur ses genoux.

— Votre blessure, protesta-t-elle.

Il l'installa sur sa cuisse droite et caressa ses cheveux défaits. Soudain, elle se laissa aller contre lui et se mit à pleurer en silence, libérant les émotions refoulées depuis tant d'années.

De ses doigts couverts de poussière et de sang, il essuya les larmes de la jeune femme, et tenta de l'apaiser. Mais rien n'y fit. Elle continuait à sangloter. Et longtemps elle resta ainsi contre lui, pleurant ses blessures passées.

— Je suis désolée, dit-elle enfin.

— De quoi ?

— Je... n'arrive pas à m'arrêter...

— Personne ne vous le demande.

— Mais... Mais je ne pleure... jamais.

— Je ne le dirai à personne !

Elle émit un bruit — rire ou sanglot —, puis se remit à pleurer.

— Ce n'est pas juste, dit-elle enfin.

— Quoi ?

— Que vous ayez dû sortir et... et...

— Il valait mieux que ce fût moi plutôt que Conner. Il n'est pas encore assez patient.

— P... patient ?

— C'était ça, le silence. Un des Culpepper essayait d'épuiser ma patience.

— C'était Ab ? demanda Sara, pleine d'espoir.

— Non. Mais il était rusé. On ne peut pas dire le contraire, ces Culpepper savent se battre.

Sara frissonna.

— Conner, murmura-t-elle. Ab va le tuer. Mon Dieu, que puis-je faire ?

— Emmenez votre frère avec vous et quittez le canyon de la Rivière Perdue.

— Je n'ai pas...

Sa voix se brisa, et elle mit un certain temps avant de pouvoir se remettre à parler.

— Je n'ai pas assez d'argent pour permettre à Conner de bien vivre, dit-elle.

— Il est assez grand pour se débrouiller tout seul.

— Conner ne me laissera pas, dit-elle. J'ai essayé de le convaincre...

— Eh bien, c'est ce que je vous disais, partez ensemble.

— Pour faire quoi ? Comme Lola ?

— Il y a d'autres genres de travaux.

— Pas pour une fille qui ne possède que ce qu'elle a sur le dos, dit-elle avec un rire triste.

— Vous pourriez épouser un...

— Non, l'interrompit-elle sauvagement. Je ne veux plus de mari. Jamais.

Case eut envie de lui faire remarquer que tous les hommes n'étaient pas aussi répugnants que son défunt mari, mais il comprit qu'il serait inutile d'en discuter. En outre, ce n'était pas le moment.

Il comprenait Sara. D'une certaine manière, ils se ressemblaient : le passé pesait sur eux comme une chape de plomb. C'était comme si on lui avait dit, à lui, de se marier et d'avoir des enfants, parce qu'ils ne finissaient pas tous assassinés par des pillards !

— Bon, alors, chassez votre frère du ranch, suggéra-t-il.

— Je ne peux pas faire ça.

— Dites plutôt que vous ne voulez pas.

Elle se frotta le front d'un air las. Elle refusait d'expliquer qu'elle avait donné la moitié du ranch à Conner quand il avait treize ans.

Case en demanderait la raison, et elle ne voulait pas en parler.

— J'aime le ranch de la Rivière Perdue plus que tout au monde, à l'exception de mon frère, bien sûr, dit Sara. Dès que j'aurai trouvé le trésor espagnol et enfin envoyé Conner dans un collège de l'Est, tout ira beaucoup mieux.

Case voyait mal cet impétueux garçon dans une salle de classe, étudiant le latin et apprenant des tables de multiplication.

— Qu'en pense Conner ? demanda-t-il.

— C'est sans importance. Il ira.

Case ouvrit la bouche pour faire remarquer que le jeune homme était en âge de décider, mais il haussa les épaules. De toute façon, elle s'en rendrait compte tôt ou tard, quand elle essaierait de le pousser à agir contre son gré.

— Et si vous ne trouvez pas le trésor ? demanda-t-il.

— Je le trouverai.

Secouant la tête, il soupira et laissa sa main glisser sur la chevelure soyeuse de Sara.

— Si seulement Conner et Ute n'avaient pas harcelé les pillards, dit-elle au bout d'un moment, ils nous laisseraient peut-être tranquilles !

— Peut-être. Cependant, j'en doute.

— Pourquoi ?

— Les gars de Moody sont trop paresseux pour faire des incursions loin du camp.

— Et les Culpepper ?

— Ils le sont tout autant, mais ils sont beaucoup plus rusés.

Sara ferma les yeux. Puis elle lui confia rapidement, et presque malgré elle, l'idée qui lui était venue.

— Si vous me débarrassez des pillards pendant que je cherche le trésor, je vous donnerai la moitié de ce que je trouverai, dit-elle.

Il fallut un moment à Case pour comprendre de quoi elle parlait.

— Non, dit-il enfin.

— Vous ne croyez pas que je le trouverai ?

— Que vous le trouviez ou non est sans importance. Argent, or, bijoux, je ne risquerai pas ma vie pour ça.

— Pour quoi alors ?

— La moitié du ranch de la Rivière Perdue.

Sara se sentit blêmir. Elle essaya de dire quelque chose, mais en fut incapable.

— La moitié du ranch, accepta-t-elle, la voix rauque. Mais vous devez promettre de ne pas en parler à Conner. Promettez-moi.

— Promis.

Elle pensa, pétrifiée, au marché qu'elle venait de passer. Elle n'avait heureusement plus de larmes à verser.

Personne d'autre qu'elle ne saurait jamais combien lui coûtait la perte de son ranch bien-aimé.

10

Le souffle des chevaux restait suspendu dans l'air en une fumée argentée. Bien que le ciel eût déjà toutes les nuances de l'aube, le jour n'était pas encore levé.

— Vous n'avez pas encore fini avec votre cheval ? s'impatienta Sara.

Case leva les yeux de la sangle qu'il était occupé à serrer. Elle était à califourchon sur un des mustangs qu'il avait vus devant l'Eglise espagnole.

Elle montait généralement à cru, mais il avait insisté, ce matin, pour mettre une des selles des pillards morts sur le petit cheval qu'elle appelait Shaker.

Les mustangs qui avaient appartenu aux hors-la-loi paissaient le long du cours d'eau avec le bétail de Sara. Les nouvelles bêtes avaient l'air bien décidées à savourer le pâturage du ranch de la Rivière Perdue. Et ce pour longtemps...

— Alors ? insista-t-elle.

— Ce trésor est perdu depuis des siècles. Il peut bien attendre encore quelques minutes que j'aie fini de sangler !

Les lèvres serrées, elle leva les yeux vers la crête. Elle ne pouvait pas voir Lola mais la savait assise quelque part là-haut, un fusil chargé en travers des cuisses.

Ute et Conner étaient encore au lit, épuisés par de longues heures de veille. Et même si depuis quatre nuits les pillards ne s'étaient pas manifestés, il y avait toujours quelqu'un qui montait la garde sur la crête.

D'un mouvement souple, Case mit le pied à l'étrier et sauta en selle.

— Vous êtes assez en forme pour monter à cheval, vous êtes sûr ? demanda-t-elle pour la troisième fois.

— Sûr, répondit-il pour la troisième fois. Et encore plus sûr que nous ferions mieux de chercher du bois à brûler plutôt qu'un trésor.

— Cherchez tout le bois que vous voulez, moi, je cherche le trésor.

Sur ces mots, elle fit pivoter son petit mustang et se rua vers l'entrée du canyon de la Rivière Perdue.

— Doucement, Grillon, marmonna Case en retenant l'étalon. Inutile de se précipiter ainsi.

Il enfonça son chapeau sur sa tête, puis vérifia fusil et carabine. Ce n'était pas vraiment nécessaire, mais cela lui permettait de maîtriser sa mauvaise humeur. Il trouvait que Sara n'en faisait vraiment qu'à sa tête. Et il était même étonné que Conner ne se fût pas encore rebiffé.

D'un geste vif, Case remit le fusil dans son fourreau. Dès qu'il prit les rênes, Grillon bondit, pressé de rattraper la petite jument.

— Doucement, fit Case. De toute manière, tu es plus rapide. Mais je sais que tu détestes avoir un cheval devant toi !

Le petit mustang bai galopait le long de la Rivière Perdue. Il suivait une vague piste laissée par le gibier et les chasseurs indiens. Parfois, une branche basse obligeait Sara à se coucher sur l'encolure de Shaker. Toutefois, le petit cheval franchissait généralement les troncs barrant la route avec une aisance qui montrait que la piste lui était familière.

Le soleil ne tarderait pas à apparaître au-dessus de la crête du canyon. Sara aurait aimé partir bien plus tôt mais Case avait refusé. Toute discussion avait été inutile. Il ne voulait pas qu'elle s'aventurât ainsi dans la nuit ; elle aurait été une proie rêvée pour tous les pillards des alentours.

Pas moyen de le faire changer d'avis. Et il était tout aussi entêté qu'elle.

Maintenant, elle devait faire vite. De toute façon, la petite jument avalait les kilomètres sans manifester de signe de fatigue, ce qui rassurait Sara.

De temps en temps, elle se retournait pour voir si Case la suivait. Grillon se maintenait à une trentaine de mètres en arrière.

Puis la lumière dorée du jour envahit le paysage. Entre les nuages roses, le ciel était d'un bleu si pâle qu'il brillait comme du cristal. Sara aimait cette terre, et pourtant elle allait devoir la quitter. Comment ferait-elle ? se demandait-elle sans fin. Cette question l'obsédait particulièrement depuis qu'elle avait passé son marché avec Case. Elle n'y trouvait, hélas, qu'une réponse, toujours la même. Conner passait avant elle. C'était lui qui comptait désormais.

Après l'apparition du soleil, le paysage se colora d'infinies nuances d'ocre, de rouille, de rouge et d'or. Sara ne ralentit qu'à l'entrée de l'un des innombrables canyons de la Rivière Perdue. Elle laissa alors le mustang avancer avec précaution entre les blocs de pierre.

Case scrutait les alentours, de façon à pouvoir retrouver son chemin sans l'aide d'un guide. Tout en s'imprégnant des lieux, il notait le vol des aigles et des faucons, les traces de cerfs et la course des lièvres. Il pensa avec une soudaine satisfaction que la moitié de tout cela lui appartenait désormais.

Lorsque Sara ramena enfin son mustang au pas, il laissa Grillon parvenir à la hauteur de la petite jument.

— Rien de tel qu'une petite course pour passer sa mauvaise humeur, dit-il en souriant.

Elle le regarda en plissant les yeux, mais ne répondit pas.

Cependant, comme toujours, le sens de l'humour de Sara eut raison de son irritation. Elle rit et secoua la tête.

— Vous avez le don de m'embobiner !

— C'est parce que vous n'êtes pas assez dure pour ce monde.

— Vous n'allez pas vous y mettre, vous aussi.

— A quoi ?

— Ute me prend pour un ange.

Case ne sembla pas surpris.

— C'est vrai, insista-t-elle.

— Un homme qui, se réveillant dans les souffrances, voit vos cheveux entourés d'un halo de lumière, sent vos mains fraîches et douces sur sa peau...

Il s'interrompit et haussa les épaules.

— On ne peut pas blâmer Ute de voir en vous un ange, acheva-t-il.

Sara rougit.

— Je ne suis pas un ange, dit-elle. Demandez à mon frère.

— Oh, je n'en doute pas. C'est Ute qu'il faut convaincre.

— J'ai essayé. C'est comme parler de Shakespeare à un poulet !

— Rappelez-vous que Ute vous compare aux femmes qu'il a connues.

— Lola est une brave femme. Dure, mais honnête.

— La Grande Lola est une sorte de figure légendaire. Et elle a une sacrée réputation, vous le savez aussi bien que moi !

— C'était avant. Depuis qu'elle est arrivée au ranch de la Rivière Perdue, elle est devenue tout à fait respectable. Sauf qu'elle jure, ce qui ne compte pas. Pas vraiment.

Il plissa les yeux.

— Jurer ne compte pas ? demanda-t-il. Ceci explique cela.

— C'est-à-dire ?

— Un ange avec un vocabulaire à faire rougir un corps de garde !

— J'ai dit que je n'étais pas un ange.

Sara crut deviner une certaine ironie chez Case, mais elle n'en était pas sûre.

— J'aurais dû vous raser, dit-elle.

— Pourquoi ? demanda-t-il, étonné par le changement de sujet.

— On dirait que vous vous cachez pour sourire.

— Il fait trop froid pour se passer de barbe.

— Il ne ferait pas si froid si vous dormiez dans la cabane.

— J'ai déjà passé trop de temps dans votre lit.

Il ne disait pas que, même lorsqu'il dormait dehors, son parfum hantait ses rêves. Il se réveillait fréquemment brûlant de désir.

Comme à présent.

Jurant tout bas, il bougea sur sa selle, mais il ne trouva pas de position confortable. Il se sentait nerveux, surtout, troublé par la présence de Sara.

— Pourquoi ne dormez-vous pas à côté de Conner ? demanda-t-elle. Il y a de la place près du fourneau.

— Votre frère remue comme un jeune taureau.

— Et que ferez-vous quand il neigera ?

— Ce que j'ai toujours fait.

— C'est-à-dire ?

— Survivre.

Le mot glaça Sara.

— La vie ne se réduit pas à la survie.

— En effet. Il y a la terre...

— Je parlais de l'espoir, du rire et de l'amour.

— Tout cela meurt avec les êtres. Pas la terre.

Son regard et son ton indiquèrent à Sara que le sujet était clos.

Elle resta un moment silencieuse, mais la curiosité concernant son passé était trop forte.

— Qu'est-il arrivé ? demanda-t-elle.

— Quand ?

— Pourquoi avez-vous perdu l'espoir, le rire et l'amour ?

Case ne répondit pas.

— Cela a-t-il un rapport avec Emilie ? insista-t-elle. Vous a-t-elle abandonné pour un autre homme ?

Il tourna vers elle un regard glacé.

— Qu'avez-vous dit ? demanda-t-il tout bas.

Sara en eut la bouche sèche. Que n'avait-elle fait taire sa curiosité ! Elle déglutit, essaya de parler, déglutit de nouveau.

— Vous avez prononcé son nom, dit-elle, quand vous déliriez. A plusieurs reprises. Emilie, Emilie, Em...

— Ne prononcez jamais plus ce nom devant moi, ordonna-t-il.

Le silence se fit, pesant, mortel.

— Elle est morte ? demanda-t-elle enfin.

Pas de réponse. Pas même un regard.

Voilà qui répondait peut-être à une de ses questions, songea-t-elle. Case aimait Emilie, et elle l'avait trahi.

— Toutes les femmes ne sont pas comme ça, dit Sara.

Silence.

— Très bien, fit-elle. Refermez-vous comme une huître. On ne vous a jamais dit que parler soulage ?

— Et si vous me parliez de votre mariage, madame Kennedy, fit-il d'un ton sarcastique. Etait-ce si terrible ?

— Ça ne vous... dit-elle sans achever sa phrase.

— ... regarde pas ? Et en quoi ce qui m'est arrivé vous regarde-t-il ?

Pour toute réponse, Sara engagea sa petite jument dans un canyon latéral.

— Ce n'est pas sans raison, je suppose, que vous avez choisi ce canyon plutôt qu'un autre, remarqua-t-il, brisant le silence.

— En effet.

— Je peux savoir, ou cela ne me regarde-t-il pas non plus ?

Elle lui jeta un regard en biais.

— Il y a des ruines, à mi-pente, côté sud, dit-elle d'un ton froid. Ainsi que des colonnes de roche rouge là où la gorge bifurque vers la crête.

— Quel genre de ruines ?

— Comme celles d'un château fort, mais différentes...

— Me voilà beaucoup plus avancé ! Maintenant, je sais exactement ce que je cherche !

Sara se sentait lasse. Ses questions irréfléchies avaient rendu Case hostile.

Après tout, que lui importait de savoir qui était Emilie ? Une seule chose comptait : trouver le trésor pour Conner. Lui au moins savait rire, aimer et espérer.

— Hal avait une vieille carte, expliqua Sara.

— Datant de quand ?

— Il ne l'a pas dit et je n'ai pas demandé.
— Y avait-il quelque chose d'écrit dessus ?
— Quelques mots et j'ai trouvé une lettre.
— Que disait-elle ? demanda Case, curieux malgré lui.
— Qu'un convoi transportant des croix d'argent, des pièces, des lingots, des calices, des assiettes, des candélabres et des chapelets avait été perdu dans une crue.
— Tout un convoi ?
Elle hocha affirmativement la tête.
— La plus grande partie de ces richesses a été retrouvée par les Espagnols, poursuivit-elle, à l'exception de dix sacs de pièces d'argent et de trois cents livres de lingots d'argent.
Case émit un sifflement, puis balaya d'un regard perplexe l'immense paysage accidenté qui les entourait.
Comment avoir l'espoir de retrouver un trésor dans un pays aussi vaste et illimité que l'éternité ? Autant chercher une aiguille dans une botte de foin.
— Les mots étaient-ils en espagnol, en anglais, en français ou en latin ? demanda-t-il.
— Surtout en latin. Quelques-uns en espagnol.
— Vous en êtes sûre ?
— Celui qui a écrit la lettre était un jésuite. Il est normal qu'il ait écrit en latin.
— Votre mari devait être un érudit pour comprendre cette lettre.
— Hal ne savait ni lire ni écrire.
— Qui a traduit la lettre ?
— Moi.
— Vous connaissez le latin ?
— Oui.

— Le grec ?

— Aussi. Surpris ? fit-elle en le regardant fixement.

— Oui. Comment se fait-il que vous soyez toujours au ranch de la Rivière Perdue ? Avec votre instruction, vous pourriez enseigner à Denver, Santa Fe ou San Francisco.

Sara ne voulait pas vivre dans une ville. Elle ne souhaitait qu'une chose : rester dans son ranch isolé au milieu des canyons sauvages balayés par le vent. Pourtant, elle se souvint tristement que le ranch, bientôt, ne lui appartiendrait plus.

— C'est vrai, dit-elle, pensive.

— Où est la carte à présent ? demanda-t-il.

— Je ne sais pas. La dernière fois que je l'ai vue — et que j'ai vu Hal —, c'était il y a plusieurs années, en automne, quand il est parti chercher le trésor.

— Il n'est jamais revenu ?

— Non.

— Comment est-il mort ?

— Je ne sais pas.

— Mais vous êtes sûre qu'il est mort ?

— Oui.

— Comment en êtes-vous sûre ?

— Mon frère a suivi ses traces et l'a trouvé mourant. Il l'a enterré sur place.

— Curieux qu'un homme dans la fleur de l'âge meure comme ça.

— Hal avait plus de trois fois mon âge.

Il essaya de l'imaginer mariée à un homme en âge d'être son grand-père. Il n'était pas étonnant qu'elle ne voulût pas parler de cette union.

— Je suis surpris que votre frère n'ait pas rapporté la carte, dit-il au bout d'un moment.

— Il a rapporté ce dont nous avions besoin pour survivre : le cheval, le manteau, les provisions et les armes.

Avec ses trois mètres sur quatre de terre battue sur laquelle Sara dessinait des motifs fantaisistes, lorsqu'elle n'était pas trop épuisée par les tâches ménagères, la cabane des Kennedy était aussi accueillante qu'une tombe. Heureusement, la jeune femme y apportait quelques notes de gaieté : herbes séchées, brindilles de genièvre dans les paillasses, odeur de pain de maïs et de linge propre. Mais ce n'était pas suffisant. La misère était là, éclatante et cruelle.

— Ça n'a pas dû être facile tous les jours d'élever seule un jeune garçon !

— Conner a appris à chasser. Je suis moi-même un bon fusil. Il sait se rendre utile...

— Et votre mari ?

— Hal passait le plus clair de son temps à chercher le trésor. A son retour, il exigeait que la table fût garnie.

Il n'exigeait pas que cela, mais elle ne voulait plus y penser. Parfois, seulement, au milieu de la nuit, elle se réveillait glacée, transpirante de peur.

— Pendant combien de temps Hal a-t-il cherché le trésor ? demanda Case.

— Tout le temps de notre mariage, et plusieurs années avant.

— Cette carte ne valait sans doute rien.

— Pourquoi ?

— Il n'a rien trouvé.

— Il buvait. Et, une fois dégrisé, il ne lui restait aucun souvenir.

— Vous croyez donc qu'il pourrait avoir trouvé le trésor et l'avoir oublié ?

— Oui.

— Il faut être sérieusement soûl pour en arriver là.

— Quand Hal buvait, il était aveugle, sourd et muet.

Case observa Sara du coin de l'œil. Elle ne semblait pas avoir plus de vingt ans, mais lorsqu'elle parlait de son mari, elle avait l'air deux fois plus âgée.

— Si Hal a trouvé le trésor, dit-il au bout d'un moment, et l'a reperdu, la carte ne vous servira à rien.

— Il n'y a pas de « si ». Je sais que Hal l'a trouvé.

Stupéfait par l'assurance de Sara, Case se tourna vers elle afin de mieux la regarder.

— Comment le savez-vous ?

Retirant un de ses gants de peau, elle fouilla dans la poche de son pantalon, puis tendit une main vers lui.

Deux *reales* grossièrement taillés brillaient dans sa paume.

— Voulez-vous changer d'avis et prendre la moitié du trésor à la place de la moitié du ranch ? demanda-t-elle.

— Non, dit-il. Ce pays a quelque chose que l'argent ne peut pas acheter. Vous pouvez garder l'argent.

Mais comme lui, songea Sara, c'était la terre, et la terre seule, qu'elle voulait.

Cependant, la moitié du ranch appartenait à Conner.

Et l'autre moitié risquait d'appartenir bientôt à un homme qui ne croyait ni au rire, ni à l'espoir, ni à l'amour.

11

Un vent froid et sec s'engouffrait dans la gorge. A l'exception de quelques rares trous d'eau, le lit du torrent qui servait de piste à Sara et à Case était à sec. De l'herbe et des arbustes poussaient jusqu'à mi-pente.

— Voilà un bon pâturage, dit-il. Etonnant, pourtant ; je ne vois par là aucune trace de ruissellement.

— Le pays est plein de surprises de ce genre, dit-elle en souriant. Il n'y a que quelques sources et d'innombrables suintements. Ici, c'est une véritable réserve d'eau et de gibier.

Les yeux plissés, Case scruta les flancs déchiquetés du canyon. Dans certains coins, les taillis étaient vraiment épais. Quelques pins isolés poussaient dans les plis les plus abrités et les mieux arrosés.

— Dans l'ouest du Texas, dit-il, quand c'est sec, c'est vraiment sec.

— Comme plus bas dans le canyon de la Rivière Perdue. La gorge s'ouvre sur une large vallée, et la rivière se perd dans un labyrinthe de rochers et de canyons arides.

— La rivière s'est-elle déjà asséchée avant d'arriver au ranch ?

— Pas depuis six ans que je suis ici. Et Ute n'a jamais entendu dire qu'elle ait séché.

— C'est tout de même risqué.

— Si seulement je pouvais faire un barrage et

avoir un petit étang ! Un puits ne serait pas mal non plus.

— Nous nous en occuperons, une fois réglée la question du trésor.

Une fois celui-ci trouvé, elle ne serait, hélas, plus dans le ranch.

Elle se détourna pour admirer le vol d'un aigle noir.

Case attendait qu'elle lui répondît, mais elle ne disait toujours rien.

— A moins que vous ne comptiez diviser le ranch et que je ne prenne un côté de la rivière et vous l'autre ? dit-il enfin.

Sara prit son temps avant de lui répondre.

— Non, dit-elle enfin sans quitter l'aigle du regard. Je pense qu'il vaudrait mieux garder le ranch intact. Sauf si vous voulez absolument qu'on le divise...

Il secoua la tête, mais elle ne le vit pas.

— Je ne suis pas fait pour cultiver, filer ou tisser, dit-il, mais je sais m'occuper d'un ranch. Je crois que nous avons intérêt à conjuguer nos talents, comme vous l'avez fait avec Ute et Lola.

Incapable de parler, Sara se contenta de hocher la tête.

Le canyon se rétrécissait, et le terrain était de plus en plus abrupt. Des morceaux de bois emportés par le torrent étaient coincés dans des crevasses à deux mètres au-dessus de leurs têtes.

— Je n'aimerais pas me trouver là pendant une crue, dit Case au bout d'un moment.

— C'est... terrifiant.

Alerté par son ton angoissé, il se souvint de la façon dont était morte sa famille.

— Désolé, dit-il. Je ne voulais pas vous rappeler ces pénibles souvenirs.

— J'y suis habituée.

— Ça n'en est pas plus facile.

— C'est vrai.

Il lut au fond de ses yeux l'horreur et le chagrin, la rage et la douleur.

Case comprit alors combien Sara avait été malmenée par la vie. Elle ne refusait pourtant pas toute émotion au nom de la survie. Il se demanda comment, après tant d'épreuves, elle pouvait encore rire.

Elle souriait, pleurait, aimait. En dépit de tout, elle continuait à aimer. Voilà pourquoi Ute la prenait pour un ange.

— Quand avez-vous vu ces pièces pour la première fois ? demanda Case, troublé par ses pensées.

— Après la mort de Hal, dit-elle, soulagée de changer de sujet.

— Où les avez-vous trouvées ?

— Dans une blague à tabac qu'il gardait dans la poche de sa veste.

— Croyez-vous qu'il ait trouvé le trésor juste avant de mourir ?

Sara mit un certain temps à répondre. On n'entendait que le martèlement des sabots, le cri d'un oiseau apeuré et le sifflement du vent.

— Non, dit-elle enfin.

— Pourquoi ?

— Il était en route pour prospecter, et non sur le chemin du retour.

— Quand est-il mort ?

— Je ne sais pas.

— Vous dites que Conner l'a suivi.

— Mon frère avait douze ans et il était à pied. Il n'avait jamais quitté la cabane sans moi. Si le cheval de Hal n'avait pas connu le chemin de la maison...

Case voulut demander ce que Conner faisait seul et à pied, mais l'expression de Sara l'arrêta.

— J'ai essayé de revenir sur les traces du cheval, dit-elle, mais il tombait des trombes. Les ravins étaient pleins d'eau. La Rivière Perdue était devenue un torrent boueux, trop large et trop profond pour être traversé.

— Alors à quoi bon continuer ? Que cherchez-vous à présent ?

— Ce que je vous ai dit. Des ruines, une colonne rouge et une gorge étroite. C'est tout ce dont se souvient Conner.

— Combien d'endroits correspondent à cette description, à une journée de cheval ?

— Je ne sais pas.

— Devinez.

— Des centaines.

— Combien en avez-vous exploré ?

— Combien en avons-nous traversé en venant ? demanda-t-elle, sardonique.

Elle ne dit pas qu'il y avait un canyon qu'elle avait peur d'explorer. La pensée de tomber sur les ossements de son mari la glaçait.

— Je ne m'étonne pas que vous n'ayez pas de bois de chauffage ni d'habitation convenable, dit Case. Vous êtes trop occupée à courir après un hypothétique trésor.

— C'est mon affaire.

— Je vous vois grelotter de froid tous les matins !

Comme elle faisait semblant d'ignorer sa remarque, il se remit à scruter les pentes du canyon. Des squelettes de pins, de grandes sauges et des genévriers se détachaient de l'escarpement. Partout, des tronçons de pin apportés par les crues. De quoi faire de bons feux.

— La prochaine fois, il faudra emmener des chevaux de bât. Nous pourrons ramasser du bois tout en cherchant le trésor.

— La prochaine fois, j'emmène Conner. Lui au moins ne se plaint pas tout le temps !

— On verra ça.

Elle se tourna vers lui et le dévisagea, les yeux mi-clos :

— Je suis veuve et adulte. Si je veux venir ici seule, je ne me gênerai pas.

— Vous n'êtes pas assez sotte pour agir de la sorte. Vous savez aussi bien que moi que Ab fait surveiller le ranch.

— Je n'ai vu personne.

— Vous n'êtes pas montée sur la crête.

— Mais...

— Si vous ne me croyez pas, demandez à votre frère.

— Pourquoi le saurait-il mieux que moi ?

— Bonne question. Vous le gardez tellement attaché à vos basques que je m'étonne qu'il puisse même respirer.

— Conner, c'est mon affaire ! Ne vous en mêlez pas.

— Que ferez-vous quand votre frère voudra se marier et partir ?

Au regard stupéfait de Sara, Case comprit qu'elle n'y avait jamais pensé.

— Ce n'est qu'un enfant, protesta-t-elle. Nous avons déjà discuté de tout ça il y a peu de temps.

— Foutaises ! Quand aura-t-il seize ans ?

— Dans quelques mois.

— J'ai connu des jeunes hommes de cet âge avec femme et bébé.

— Je veux que Conner ait de l'instruction.

— Je vous souhaite bien du plaisir !

— Les ruines sont au sud, pas très loin d'ici, dit-elle sèchement. Je les ai repérées la dernière fois que je suis venue, mais il était trop tard. J'ai dû rentrer.

Elle poussa sa petite jument. Shaker, la bien nommée, répondit par un trot nerveux qui faillit faire jaillir les *reales* de sa poche. Grillon adopta, quant à lui, un pas allongé et coulant.

Le torrent asséché contournait un rocher. Une centaine de mètres plus haut, le fond de la gorge se rétrécissait et devenait plus escarpé. Le bas des falaises bordant le canyon ne fut bientôt plus distant que d'une dizaine de mètres.

D'énormes blocs de grès se dressaient ici ou là, preuves silencieuses que même les massifs escarpements subissaient l'érosion du temps, du vent et de la pluie.

Les chevaux se frayaient un chemin au milieu des rochers et des épais taillis. Le mustang semblait plus à son aise que l'étalon mais, lorsque Sara arrêta sa monture, les deux chevaux étaient pareillement trempés de sueur.

— Là, dit-elle en montrant la crête sud du canyon. Vous voyez le château ?

Il fallut un moment à Case pour discerner les murs écroulés contre l'escarpement rocheux. Même à distance, il était impossible de ne pas reconnaître dans ces ruines l'empreinte de la main humaine. Elles étaient peu nombreuses et à demi masquées par des broussailles.

— Un château ? fit-il. On dirait plutôt une écurie.

— Ceux qui habitaient là vivaient mieux que nous au ranch de la Rivière Perdue.

— Au lieu de chercher ce trésor, vous pourriez essayer d'améliorer votre quotidien au ranch. Obturer les fentes entre les rondins, par exemple.

— Ça n'agrandira pas la cabane.

— Mais ça permettrait de conserver un peu de chaleur. Une pièce de plus pour dormir ne serait pas non plus de trop !

— Conner n'en aura pas besoin. Il sera bientôt au collège.

— Je pensais à vous. Pas à votre frère.

— A moi ?

— Une jeune femme ne devrait pas être obligée de partager sa chambre avec des vagabonds blessés. Vous n'aimeriez pas avoir un peu d'intimité ?

Sara ne répondit pas.

Il remarqua son expression fermée, jura tout bas et rejeta son chapeau en arrière.

— Maintenant que nous sommes arrivés à ce prétendu château, que faisons-nous ?

— Nous cherchons le trésor.

— Ne m'avez-vous pas dit qu'il était enfoui au pied d'une grande colonne de roche rouge ?

— En principe, il l'était. Mais je ne sais pas où il est maintenant.

— Si le trésor pesait quelques centaines de livres et que votre mari était trop soûl pour se rappeler l'avoir trouvé, il y a peu de chances qu'il l'ait emporté sur son dos.

Sara y avait songé. D'un autre côté...

— J'ai creusé autour de toutes les colonnes de ce canyon, dit-elle. Il est temps de s'attaquer aux ruines.

— Et s'il n'y a rien ici ?

— J'essaierai le canyon voisin.

— Et ensuite ?

— Je passerai au suivant, puis au suivant, jusqu'à ce que je les aie tous fouillés. Je trouverai ce fichu trésor !

Case sauta à terre et mit son fusil en bandoulière. Puis il attacha les rênes autour du cou de Grillon, sortit la carabine de son fourreau et se tourna vers Sara.

— Après vous, dit-il.

— Vous comptez faire la guerre ? demanda-t-elle en descendant de sa monture.

— Je ne veux surtout pas décevoir le Culpepper qui viendrait chercher sa ration de plomb.

Sans un mot, Sara attacha Shaker, prit fusil et pelle, les mit sur son épaule et monta d'un pas vif vers les ruines. Grâce à Ute, ses mocassins étaient neufs. Malheureusement, les rochers pointus ne tarderaient à en transpercer le cuir.

Avant de gravir la dernière partie de la butte rocailleuse menant aux ruines, elle s'arrêta pour reprendre son souffle.

— Donnez-moi la pelle, dit Case.

— Vous ne devez pas porter... commença-t-elle en se retournant vers lui.

Mais, s'apercevant qu'il n'était pas le moins du monde essoufflé, elle n'acheva pas sa phrase et lui tendit la lourde pelle.

Déchargée de ce poids, elle trouva le reste de la montée beaucoup plus facile. Si Case était gêné par la pelle ou par sa jambe blessée, cela ne se voyait pas, et il arriva en même temps que Sara à l'endroit où se dressaient les ruines.

— Par quoi voulez-vous que nous commencions ? demanda-t-il.

— Faisons d'abord un tour d'horizon. Nous aurons peut-être de la chance.

— Des monticules d'argent brillant au soleil !

— Plutôt des sacs pourris pleins de lingots et de pièces noircis par le temps.

Tournant les talons, elle se dirigea vers ce qui restait de la première salle.

— Ne vous approchez pas des murs. Ils semblent près de s'écrouler au premier éternuement.

Tandis que Case guettait d'éventuels pillards, elle inspecta chacune des pièces, en se tenant ostensiblement éloignée des murs.

Lorsque Sara émergea enfin à l'air libre, elle avait sa veste déboutonnée, son chapeau repoussé sur sa tête et sa chemise en daim délacée.

Entre les lacets desserrés, Case crut entrevoir l'ombre veloutée marquant la séparation de ses seins. Avec violence, il désira soudain enfouir son visage dans cette chair chaude et soyeuse.

— Alors ? fit-il d'un ton rude.

— Pas de trésor.

— Je m'en doutais. Des signes de présence humaine depuis le départ des Indiens ?

— Quelques traces récentes de feu. Mais Ute et Conner chassent dans cette gorge, et Hal a dû passer par ici...

Elle frissonna et se tut.

— Dites-moi où creuser, dit Case.

— Vous ne devriez pas. Votre jambe est à peine guérie.

— Ma jambe a très bien supporté mon dernier maniement de pelle.

Que répondre à cela ? N'avait-il pas en effet aidé Ute et Conner à enterrer les pillards ?

— Très bien, fit-elle d'un air pincé, creusez jusqu'en Chine si ça vous chante !

— Je doute que l'argent soit caché si profond.

A l'époque, on croyait les flammes de l'enfer à quelques millimètres sous terre.

Elle se détourna pour cacher un sourire.

— Je vais vous montrer où creuser, marmonna-t-elle.

C'était une tâche difficile ; le sol était dur ou recouvert de décombres. Case ne tarda pas à retirer son chapeau et sa veste, puis il déboutonna sa chemise de laine noire jusqu'à la taille et commença à en sortir les pans, mais il s'arrêta soudain et regarda Sara.

— Continuez, dit-elle. Je ne m'évanouirai pas.

Elle n'ajouta pas qu'elle l'avait déjà vu sans aucun vêtement. A quoi bon le lui dire ? Ils ne le savaient que trop, l'un et l'autre.

Il retira sa chemise, la posa sur une branche de pin mort et reprit la pelle.

Sara regarda ailleurs. Veuve ou pas, elle était troublée. Et si fascinée qu'elle ne put longtemps détourner son regard.

Il avait des gestes souples et précis qui exprimaient la force et la grâce.

Un jour, peut-être, Conner serait aussi fort que lui, pensa-t-elle.

Grand et viril.

Cette pensée la peinait, parce que son frère grandissait trop vite, et qu'il devrait bientôt la quitter. Elle trouvait cependant quelque réconfort à le voir. Si harmonieusement développé, déjà si masculin. Mais serait-il aussi beau que Case ?

Elle en doutait. Case était pour elle un modèle de beauté et de virilité. Personne ne pouvait l'égaler.

— Il n'y a rien ici que des gravats, dit-il, interrompant ses rêveries.

— Essayez là.

La voix voilée de Sara lui fit lever la tête. Elle cherchait des yeux les chevaux au fond du canyon.

— Ne vous inquiétez pas, dit-il. Bien qu'il ne soit pas entravé, Grillon ne s'éloignera pas.

Sans le regarder, elle acquiesça d'un hochement de tête, puis offrit à la brise ses joues brûlantes. Ce mouvement plaqua ses seins contre sa chemise.

Presque fasciné par ces courbes féminines, Case sentit son rythme cardiaque s'accélérer.

Jamais aucune femme ne lui avait fait un tel effet.

Jurant intérieurement, il se déplaça de quelques mètres et se remit à creuser.

Toujours des décombres.

Il se félicitait de ce travail physique qui l'aidait à maîtriser son désir pour la jeune veuve. Soudain, le fer de la pelle heurta quelque chose qui n'était pas de la pierre. Ignorant sa cuisse endolorie, il s'agenouilla et arracha des blocs rectangulaires. Puis il découvrit des tessons de poteries. Il les étudia avec attention et, enfin, les mit de côté.

— Qu'est-ce que c'est ? demanda Sara avec intérêt.

— 'sais pas encore.

Elle accourut et se planta à côté de lui.

— Ecartez-vous, dit-il. Je ne veux pas que vous restiez près du mur.

— Vous en êtes bien près, vous.

— C'est différent.

Sara ne chercha pas à discuter avec un individu aussi illogique, mais resta où elle était.

Elle était cependant moins intéressée par son

travail que par le jeu de ses muscles. Sa peau était également fort attirante et semblait si soyeuse qu'elle brûlait de lui caresser le dos.

Elle avança la main vers son épaule mais, prenant soudain conscience de son geste, elle la retira vivement, avec l'impression de s'être brûlé les doigts.

Repoussant d'autres gravats, Case plongea la main dans le trou.

— Je l'ai, annonça-t-il triomphalement.

— Le trésor ?

Pas de réponse.

— Qu'est-ce que c'est ? insista-t-elle.

Lorsqu'il leva la tête, il vit qu'elle le regardait avec des yeux avides, ce qui ne fit qu'aviver son désir. Cependant il devait absolument se reprendre. S'il la séduisait, elle risquait de rêver de foyer... et de gosses.

A cette pensée, un frisson le parcourut. Fallait-il pour lui échapper qu'il prît la fuite ?

Mais l'idée d'abandonner cette terre était impensable.

— Attention ! s'écria Sara.

Voulant empêcher un pan de terre de s'effondrer, elle se jeta à genoux et fit un mur de ses mains. Dans le mouvement, elle se cogna à Case, qui ne bougea pas d'un pouce.

Malgré les efforts de Sara, une partie du trou se trouva recouverte.

— Désolée, dit-elle. Je craignais que vous ne vous retrouviez enterré jusqu'aux aisselles.

— Au lieu de quoi nous en avons tous les deux jusqu'aux coudes, dit-il sèchement.

Elle regarda ses avant-bras qui avaient disparu dans les gravats. Comme ceux de Case. Ce spectacle lui sembla si ridicule qu'elle éclata de rire.

Tous les sens en éveil, il se tourna vers Sara, toujours appuyée contre lui. A quelques centimètres de lui, il vit ses yeux gris argent qui pétillaient de rire. Une nouvelle fois, il eut l'impression d'être totalement séduit par la jeune femme.

— Ça va ? fit-elle, suffoquée de rire.

— Bien sûr.

— Vous avez l'air d'avoir mal.

— Vous avez l'air d'une folle, à rire de la sorte.

— Nous avons l'air si ridicules, enterrés jusqu'aux coudes dans un tas de sable comme des gamins !

Ne pouvant supporter son regard moqueur, il baissa les yeux vers ses lèvres entrouvertes.

Il était si près d'elle qu'il sentait la chaleur de son souffle sur ses lèvres. Et il fit ce qu'il n'aurait pas dû faire.

Lorsqu'elle sentit sa bouche contre la sienne, elle cessa de rire et se raidit spontanément, mais il la goûta avec une telle délicatesse qu'elle répondit à sa demande et se détendit peu à peu.

— Pardonnez-moi, dit-il, s'écartant vivement. Je n'aurais pas dû faire ça.

Déconcertée, elle le regarda avec une ingénuité bouleversante.

— Ne vous faites pas d'idées, reprit-il. Je voulais juste... Merde !... Je voulais juste savoir quel goût a le rire !

— Et quel goût a-t-il ? demanda-t-elle, la voix voilée.

— Votre goût.

— Je pensais que c'était le vôtre.

Il marmonna quelque chose et la regarda avec des yeux aussi distants et glacials que la voix avec laquelle il demanda :

— Vous arrivez à sortir les mains ?

Elle tressaillit, se redressa avec une moue résignée et sortit les mains des gravats. Un fragment de rocher lui érafla le poignet, et elle fit une grimace.

— Ça va ? demanda-t-il de mauvaise grâce.

— Oui, répondit-elle en époussetant ses gants. Et vous ?

En réponse, il arracha les mains des décombres, mais les garda jointes, comme s'il avait mal.

— Vous êtes blessé ! s'écria-t-elle.

Il secoua la tête. Ses mains formaient une coupe.

Nichées sur ses grossiers gants de cuir et réunies par les anses, deux tasses trop petites pour être de quelque utilité.

— Ça devait faire partie d'une dînette de petite fille, déclara Sara.

— Prenez-les, dit Case, aussi blanc qu'un linge.

Lorsqu'elle remarqua son expression, Sara ne chercha pas à protester. Elle prit les poteries.

Il se dressa brusquement et s'éloigna à grands pas.

— Où allez-vous ? demanda-t-elle.

— Voir Grillon.

— Il broute un peu plus au nord, près du gros taillis.

S'il l'entendit, il ne changea pourtant pas de direction et fut bientôt hors de vue.

Sara regarda les minuscules tasses en se demandant par quel miracle elles avaient pu faire fuir un homme.

12

— C'est un jouet, dit Conner, ravi. Regarde. Le bout de mon doigt y tient à peine.

— Attention, fit sa sœur. C'est très vieux.

Lola admira les petites tasses blanc et noir posées dans la paume de Sara.

— Comme c'est charmant ! s'exclama Lola. Ça me rappelle la poupée que mon cousin m'avait faite et qui tenait dans un œuf de canard.

Ute regarda l'étrange objet de tous les côtés, poussa un grognement et dit :

— Mariage.

— Comment ? demanda Sara.

— C'est comme... fit-il, cherchant le mot.

— Une tasse de cérémonie ? proposa-t-elle. Utilisée seulement en certaines occasions ?

Il hocha vigoureusement la tête.

— La tribu du frère de ma mère en utilisait quand un couple se mariait, expliqua-t-il. Les Apaches en font aussi, je crois. Mais la forme est un peu différente.

— Aussi petites que ça ? s'étonna Sara.

— Diable, non ! fit-il avec dégoût. Avec ces dés à coudre, on peut même pas s'humecter le gosier !

— Vous saviez ça ? demanda Conner à Case.

Celui-ci haussa les épaules, sans même se donner la peine de se retourner.

Déçu par ce manque d'intérêt, le jeune garçon s'adressa à sa sœur :

— Il y avait autre chose ? s'enquit-il avec avidité.

— Du calme. Ce n'est tout de même pas le trésor espagnol !

— C'est aussi précieux.

— Essaie d'acheter quelque chose avec cette camelote, renifla Ute, et tu verras vite la différence entre la terre et le métal.

— Ce que je voulais dire, expliqua Conner, c'est que les tasses et l'argent espagnol ont tous deux de la valeur, parce qu'ils ont... euh... une histoire. C'est comme toucher quelque chose ou quelqu'un qui a vécu il y a très, très longtemps.

— Oui, approuva Sara, c'est une espèce de fantôme — de bon fantôme.

— Si on trouvait suffisamment d'objets de ce genre, poursuivit-il en regardant, fasciné, la poterie miniature, on comprendrait peut-être mieux ce que pensaient, sentaient et rêvaient ceux qui les ont fabriqués.

— On croirait entendre notre père ! Il aimait les objets anciens.

— Ces vieilleries ne nous apprendront rien de plus, décréta Lola. Tu sais déjà comment étaient ces tribus.

— Pourquoi dis-tu ça ? demanda Conner. Parce que Ute en vient ?

— Ute est plus métissé que ce chien qui essaie de garder les poulets.

Le vieil homme gloussa.

— C'étaient des gens, poursuivit-elle, bons, mauvais, avides, généreux, malins, stupides... Tout comme nous.

— Nous ne faisons pas des tasses comme celles-là.

— Nous faisons des jouets pour nos enfants, qui sont la réplique en plus petit de ce que nous utilisons tous les jours, intervint Sara.

— Des armes miniatures ? demanda Conner.

— Des poupées à la place de bébés, confirma-t-elle avec un sourire. Des dînettes à la place...

La porte de la cabane se referma derrière Case. Violemment.

— Eh ben ! fit Lola. Contente qu'il s'en aille ! Il est comme un ours qu'aurait mal aux dents.

— Il y a des gens qui aiment pas les choses du passé, dit Ute.

— Tu crois qu'il a peur d'un jouet de fille ?

— Pas aimer quelque chose, ça veut pas dire en avoir peur, dit Ute. J'aime pas le poisson, mais j'en ai pas peur.

— Tu manges des serpents, fit remarquer Conner.

— Y sont pas visqueux. Le poisson est visqueux.

Sara se gratta la gorge.

— 'scsez-moi, marmonna Ute. Faut que j'aille ramasser du bois.

— Bonne idée, dit-elle en regardant son frère droit dans les yeux. Prenez la jument pie. Elle est habituée aux grosses charges.

— Je sais bien, dit Conner. Qui l'a habituée, crois-tu, à être chargée comme un âne ?

— Pardonne-moi, fit Sara.

Conner se retourna, étonné, vers sa sœur.

— Je ne devrais pas te traiter en enfant, ajouta-t-elle.

— Ce n'est pas grave, dit-il en lui souriant gentiment.

Elle fut si émue qu'elle s'approcha de lui afin de le serrer contre son cœur. Mais, bien qu'il ne fût pas encore complètement développé, il avait déjà une bonne tête de plus qu'elle.

— J'oublie toujours combien tu es grand ! s'exclama-t-elle en riant.

— Lui aussi, dit Lola. Il met tout le temps ses grands pieds où il faut pas.

— Attends que je te trouve du fil à dévider, la menaça-t-il en sortant de la cabane. Qu'y a-t-il pour dîner ? demanda-t-il de la porte.

— Des haricots, répondirent en chœur Lola et Sara.

— Quel festin ! lança-t-il. Je n'en ai pas eu depuis... oh... deux ou trois heures.

— Il y a aussi des coqs sauvages, ajouta Sara.

— Des coqs sauvages ? fit Conner en rouvrant la porte.

— Case les a tués, dit-elle.

— Bon, au moins, on n'aura pas de mal à se donner pour trouver du plomb. On se le retirera des dents.

— Il ne s'est pas servi d'un fusil.

— Comment les a-t-il eus, alors ? demanda Conner.

— Avec son six-coups.

— Du gaspillage ! marmonna Lola.

— Un coup chacun, précisa Sara. Trois oiseaux. Trois balles.

Lola leva les sourcils.

Conner siffla.

— Ça, c'est du tir ! commenta Lola. Pas étonnant qu'il soit sorti vivant de la bagarre avec les Culpepper.

— Il a quand même bien failli mourir, dit Sara.

— Ma fille, c'est le premier qu'en est pas sorti les pieds devant.

— Moi qui croyais qu'il ne savait pas se servir de son six-coups ! dit Conner.

— Pourquoi ? demanda Sara. Parce qu'il a été touché ?

— Non. Parce qu'il ne vise pas, qu'il n'a pas raccourci le canon, qu'il n'a pas changé la détente pour tirer plus vite.

— C'est ce que Ute t'apprend au lieu de te laisser faire ce que tu as à faire ? demanda Sara.

— *Adios*, nous rentrerons avant la nuit avec du bois, dit son frère, refermant la porte derrière lui.

— Conner Lawson ! le rappela-t-elle.

Seul le silence lui répondit.

— Je ne veux pas que Ute lui apprenne des astuces de brigand, dit-elle en se tournant vers Lola.

— Pas la peine de s'énerver. Je n'y suis pour rien, Ute non plus, d'ailleurs. C'est ton frère qui lui casse sans cesse les pieds à propos de six-coups et autres.

Sara se mordit la lèvre et se détourna pour déposer avec précaution les minuscules tasses dans une niche naturelle au milieu des rondins. Il fallait qu'elle trouvât ce trésor, se répétait-elle. Il le fallait absolument.

Hélas, jusqu'à présent, elle n'avait guère avancé.

Case avait creusé plusieurs autres trous pour ne trouver que des tessons de poteries et des restes de vieux feux de camp.

— Tu m'écoutes ? fit Lola avec impatience.

Arrachée à ses pensées, Sara se retourna :

— Tu disais quelque chose ? Désolée. Je... réfléchissais.

— Tu peux te féliciter si ton petit frère a l'œil vif et pas les mains dans les poches. Ces Culpepper sont pas des enfants de chœur. Ils sont tous pourris jusqu'à la moelle.

— Tu les as connus, hein ? Pas seulement Ab, mais tout le clan ?

— J'ai été élevée près d'eux. M'man a tiré sur un des oncles de Ab qui m'avait violée. Malheureusement, elle l'a pas tué. Il était pas le premier, ajouta-t-elle devant l'expression horrifiée de Sara, et pas le dernier ! M'man m'a mise tôt au boulot.

Lola haussa les épaules et adressa à Sara un sourire édenté.

— Je dis ça pour pas que tu embêtes Conner quand il fait ce qu'y faut pour protéger les siens.

— Je ne veux pas de cette vie pour mon frère.

— L'homme fait ce qu'y veut et la femme suit. A propos, tu sais comment on fait les enfants ?

— Bien sûr.

— Alors tu veux un petit ou tu as ce qu'y faut pour pas en avoir ?

— Il me manque, pour être enceinte, un élément essentiel.

— V'là aut' chose ! Tu crois pas que Case a ce qu'y te faut, et prêt à l'emploi dès qu'il te regarde ?

Se rappelant avoir constaté, en lui faisant sa toilette, qu'il en était bien ainsi, Sara devint écarlate.

— Jamais il ne me contraindrait, dit-elle.

— Il aurait pas à le faire.

— Comment ?

Lola leva les bras au ciel.

— Instruite pour ce qui est des livres, mais nulle pour les histoires de femmes, dit-elle avec dégoût. Tu désires Case ; ça se voit comme le nez au milieu de la figure.

— Que je le désire ou non, lui ne me désire pas.

— Foutaises !

— Je t'en prie, n'emploie...

— M'engueule pas pa'c'que je cause franchement, l'interrompit Lola. Vaut mieux causer franchement, sauf si tu veux accoucher du bébé de Case.

— De toute façon, il ne me touchera pas.

— Ils disent tous ça, en même temps qu'ils nous mettent leur sexe sous nos jupes.

— Ne parle pas ainsi. Et puis, Case ne veut surtout pas se laisser emporter par ses désirs. Il veut bien s'attacher à la terre, mais pas aux êtres. Il me l'a dit.

Lola fit une moue, plongea la main dans sa poche et en retira une chique de tabac, puis, se rappelant où elle se trouvait, elle poussa un soupir.

— Ce que veut la tête à deux yeux d'un homme, on s'en fiche, dit-elle. C'est sa tête à un œil qui a le dernier mot !

Comprenant à quoi faisait allusion Lola, Sara ne put s'empêcher de rire.

— Tu connaissais pas cette expression ? demanda la femme.

Sara secoua la tête.

— Pour une veuve, t'es vraiment naïve, dit Lola. Comment t'as réussi à pas avoir le gros ventre ? Ton mari était trop vieux ou quoi ?

— En partie. Généralement, il était trop soûl pour faire quoi que ce soit.

Lola sortit de la poche de son pantalon un petit sac en cuir et le lui lança. Sara le rattrapa machinalement. Il ne pesait presque rien.

— Qu'est-ce que c'est ? demanda-t-elle.

— Des bouts d'éponge. Case ne boit pas et n'est pas trop vieux !

— Ça sert à quoi ?

— Eh bien, quand tu es excitée, trempe une de ces éponges dans du vinaigre et enfonce-la le plus loin possible là où tu penses. Ensuite, vas-y.

— Et je ne serai pas enceinte, c'est ça que tu veux dire ?

Sara regarda le petit sac en rougissant, puis le tendit à Lola.

— Tiens, fit-elle. Je n'en aurai pas besoin.

Elle le fourra dans la main de Lola qui le remit dans la poche de son pantalon.

— Si tu changes d'avis...

Sara hocha affirmativement la tête en se disant cependant qu'il devait y avoir bien pire malheur que d'attendre un bébé de Case.

— M'dame, vous êtes réveillée ?

A l'appel de Ute, celle-ci se réveilla en sursaut et le cœur battant.

— Qu'y a-t-il ? murmura-t-elle. Des pillards ?

— Non. C'est Case. Il s'agite dans son sommeil et gémit.

Elle ne l'avait pas vu depuis la veille, lorsqu'il était sorti de la cabane, en fureur.

— Il est malade ? demanda-t-elle.

— Non, m'dame. Seulement agité. Il crie des noms.

— Réveille-le.

— Non, m'dame. La dernière fois, quand je l'ai réveillé dans cet état, il m'a presque tué avant de retrouver la raison. Mais je sais qu'il touchera pas un cheveu de votre tête.

— Bien, dit-elle en rejetant ses couvertures. Conner est sur la crête ?

— Oui, m'dame. C'est comme ça que j'ai entendu Case. En revenant, je suis passé près de son campement.

— Va dormir. Je m'en occupe.

— Hé, m'dame ?

— Qu'y a-t-il ?

— Avant de le toucher, je vous conseille de lui parler.

— J'ai déjà eu affaire à des animaux sauvages.

Ute éclata d'un rire métallique.

Sara enfila ses vêtements, empoigna sa veste et sortit dans la nuit.

Le ciel était une explosion d'argent et de noir. Un bref instant, elle en fut tout émerveillée. Puis, comme le froid traversait sa veste, sa chemise et son pantalon en peau, elle se dirigea en frissonnant vers le bouquet de grandes sauges où Case avait établi son « campement ».

Ute avait raison.

Case se tournait et se retournait en marmonnant des paroles incompréhensibles, parmi lesquelles Sara crut discerner le nom d'Emilie.

La jeune femme s'approcha avec précaution. Elle aurait voulu l'apaiser en le prenant dans ses bras, comme elle l'avait si souvent fait avec Conner, après la mort de leur famille.

Mais au lieu de le toucher, elle s'assit sur ses talons, hors de sa portée, afin de prévenir la réaction violente d'un guerrier réveillé en sursaut.

— Case, dit-elle doucement. C'est Sara. Calmez-vous. Je suis là. Vous n'avez rien à craindre.

Elle répéta les mêmes phrases de sa voix la plus douce et, au bout d'un moment, il cessa de se retourner dans tous les sens. Bien que toujours agité, il ne sursautait plus comme un animal pris au piège.

— Voilà, murmura-t-elle. Vous n'avez rien à craindre. Personne ne vous fera de mal. Je suis là.

Elle s'approcha de lui sans cesser de lui parler. Lorsqu'elle lui caressa finalement la main, il poussa un soupir, referma le bras autour d'elle et l'attira à lui.

— Emilie, dit-il d'une voix voilée. Je te croyais partie. Installe-toi ici et dors. Oncle Case chassera tous les fantômes.

Enfin, Case, dans une sorte de demi-sommeil, se mit à caresser tendrement les cheveux de Sara, lui appuya la tête contre sa poitrine et remonta les couvertures sur eux deux. Elle était trop surprise pour réagir.

Rien d'érotique dans ses manières. C'était comme si elle était une enfant, et non une femme. « Oncle Case » ? Sa bien-aimée Emilie était-elle sa nièce ?

Sara voulut le réveiller pour lui dire qu'elle n'était pas Emilie mais, le voyant maintenant si tranquille, elle s'en garda bien.

Il poussa un profond soupir et la serra contre lui. Puis le rythme de sa respiration se ralentit, indiquant qu'il était profondément endormi.

Elle écouta les battements de son cœur sous sa joue et contempla le ciel étoilé par un coin de la couverture qui avait glissé. Grâce à la chaleur qu'il dégageait, elle ne ressentait plus le froid de la nuit.

Sara poussa un soupir de contentement. Il sentait bon la laine, la sauge. Elle se pelotonna contre lui, savourant le contact de son bras autour d'elle, de sa main contre sa joue, et de son souffle chaud dans ses cheveux.

Elle se sentait si détendue qu'elle en était presque étourdie. Jamais, depuis que l'ouragan avait anéanti sa famille, elle n'avait éprouvé un tel sentiment de paix. Au bout d'un moment, elle songea qu'il était temps pour elle de rentrer.

Elle essaya de s'arracher à la tranquillité et à la chaleur de ce nid partagé, mais Case referma le bras sur elle.

— Case, c'est moi, chuchota-t-elle. Vous êtes réveillé ?

Il ne répondit pas, et le rythme de sa respiration resta identique. Elle attendit un instant, puis fit une nouvelle tentative.

Le bras se resserra de nouveau sur elle.

— Bon. Je reste, mais quelques minutes seulement, rectifia-t-elle à voix basse.

Elle n'essaya pas de partir une troisième fois. Elle s'endormit profondément.

13

Case s'éveilla avant l'aube. Réveil paresseux, contrairement à ses habitudes. Il éprouvait un immense sentiment de calme. C'était si doux de dormir contre sa chère petite Emilie, songeait-il, à demi somnolent.

Il se rendit soudain compte que ce n'était pas une enfant qu'il tenait serrée contre lui. Il sentait la souple douceur d'une femme. De longs cheveux soyeux lui caressaient le cou. Il respirait un parfum de femme.

Et de rose.

Sara !

Il ouvrit les yeux. Entre les branches des arbres, les étoiles brillaient encore. La lune avait presque disparu. L'aube n'était encore qu'une lointaine touche de rose à l'orient.

Que diable faisait-elle ici ?

La meilleure façon de le savoir, c'était de la réveiller et de le lui demander. Il abaissa la couverture jusqu'aux épaules de la jeune femme, puis oublia sa question.

La lueur des étoiles baignait le visage de Sara. Ses cheveux brillaient comme de la soie. Elle avait la bouche détendue, presque souriante.

Et extrêmement tentante.

Il se pencha vers elle.

Puis s'arrêta.

Mais il ne pouvait pas davantage s'écarter d'elle qu'un papillon de nuit d'une flamme. Ses lèvres frôlèrent celles de Sara, et ses doigts se glissèrent dans sa somptueuse chevelure. La jeune femme soupira doucement mais ne s'éveilla pas.

Un frisson parcourut le corps de Case. C'était du désir, et quelque chose de plus profond qu'il refusait de reconnaître.

Il se déplaça doucement, jusqu'à la recouvrir à demi. Lorsque la couverture commença à glisser, il la rattrapa avec ses dents et la ramena sur eux, pour que le froid ne la réveillât pas. Mais le parfum de Sara, sa peau et sa saveur le brûlaient vif. Alors, il ne résista plus et commença à lui délacer sa chemise. En lui, une voix disait : « Tu ne devrais pas », une autre lui répondait : « Il y a si longtemps que je n'ai pas approché une femme, et celle-ci est si tentante... »

Dans l'aube naissante, elle avait la peau nacrée. Une ombre satinée s'étalait entre ses seins, dont les bouts ressemblaient à du velours sombre.

Case étouffa un grognement de désir.

Abaissant la tête, il respira profondément et glissa doucement sa bouche sur chaque sein. Puis il prit entre ses lèvres un mamelon et le savoura jusqu'à ce qu'il fût dur contre sa langue.

Sara poussa un gémissement et se cambra légèrement. Tout son être semblait s'abandonner à chacun des gestes de Case.

La jeune femme dormait pourtant encore et, dans son sommeil, elle était caressée par les rayons d'un soleil gigantesque. Enfermée dans son rêve, elle se sentait submergée par des vagues de plaisir successives.

Brusquement, elle prit conscience qu'elle avait les épaules glacées, les seins nus et mouillés, et que quelqu'un haletait tout près d'elle... Elle essaya de rester dans son rêve... encore un instant.

Puis se redressa, l'air épouvantée.

Elle venait de comprendre qu'il ne s'agissait pas de soleil, mais d'une main !

Une main d'homme, qui plus est...

Pour l'empêcher de crier, Case lui couvrit la bouche de la sienne.

Quand elle comprendrait où elle était et qui l'embrassait, elle arrêterait de se débattre, pensa-t-il. Après tout, c'était elle qui était venue le trouver.

Mais elle continua de se défendre comme une sauvageonne, ruant et griffant.

Il s'allongea complètement sur elle, de façon à lui immobiliser les jambes, lui saisit les poignets qu'il tint dans une main et lui couvrit la bouche de l'autre.

— Sara, c'est moi, Case, chuchota-t-il.

Mais elle semblait s'en moquer.

— Sara ! appela Conner, à une dizaine de mètres. Que se passe-t-il ?

Elle essaya de repousser Case, mais il ne céda pas d'un pouce. Il la recouvrait entièrement.

— Ça va ? lança soudain la voix de Conner. Sara !

— Juste un cauchemar, répondit Case. Elle va très bien. Inutile de réveiller les morts.

— Que fait-elle ici ? demanda le garçon.

Sara et Case se regardèrent.

— Si vous criez, dit-il tout bas, il y aura quelques explications à donner. D'abord, pourquoi m'avoir rejoint si vous ne vouliez pas de moi ?

Elle se rappela où elle était et pourquoi.

— Sœurette ? Tu es sûre que tu vas bien ?

Case retira sa main.

— Tout va bien, murmura-t-elle.

— Quoi ?

— Je vais bien, dit-elle plus fort.

— Que fais-tu ici ? Case est malade ?

— En revenant de son tour de garde, Ute a dit qu'il était agité, dit-elle. Je suis simplement venue m'en rendre compte par moi-même.

Case parut surpris, puis son expression se durcit.

— Il y a plusieurs heures de cela, s'étonna

Conner. Je reviens moi-même de mon tour de garde.

— Je me suis endormie.

— Ah bon. Tu rentres ?

Quel spectacle elle devait offrir, avec sa chemise défaite, son pantalon baissé et son air éberlué !

— Va sans moi, dit-elle. J'arrive dans une minute.

— Tu es sûre ?

— Enfin, Conner ! Tu vas me laisser vivre ?

— Oh, excuse-moi ! J'allume le feu ?

— Non. Va te coucher. Je m'en occuperai.

Il y eut un moment de silence. Puis Conner se dirigea vers la cabane.

Lorsque les pas de son frère se firent lointains, elle regarda Case fièrement.

— Laissez-moi, dit-elle entre ses dents.

Il roula sans un mot sur le côté et attendit de voir ce qu'elle allait faire.

— Ayez la décence de vous tourner pendant que je m'habille, reprit-elle.

— Descendez de vos grands chevaux, fit Case en lui tournant le dos. Ce n'est pas moi qui suis venu me glisser dans votre lit.

— Je ne suis pas venue me glisser dans votre lit. Vous avez eu un cauchemar.

— Je ne me souviens d'aucun rêve.

— Vous sursautiez et vous débattiez comme un loup pris au piège.

— Pas très accueillant !

— C'était l'avis de Ute.

— Mais vous vous êtes tout de même glissée dans mon lit !

— Non, dit Sara en achevant de lacer sa chemise. Vous m'y avez fait entrer de force.

— C'est aussi ce qu'a dit Ute, je suppose.

Sara commença à remonter sa culotte et son pantalon.

— Que m'avez-vous fait ? demanda-t-elle soudain, alertée par sa tenue.

— Vous avez été mariée. Que croyez-vous que j'aie pu vous faire ?

— Si je le savais, je ne le demanderais pas...

Silence.

— Et puis, ça ne fait rien. Je n'aurais pas dû vous laisser me serrer contre vous comme si j'étais une enfant. Ensuite, je me suis endormie.

Il ouvrit la bouche, mais aucun son n'en sortit.

Elle sauta sur ses pieds, empoigna sa veste et l'enfila.

— La prochaine fois que vous aurez des cauchemars à propos de votre nièce, ajouta-t-elle, gardez-les pour vous.

— Ma nièce ? De quoi parlez-vous ?

— Difficile à dire, puisque vous m'avez sommée de ne jamais plus prononcer son nom.

— Emilie ?

— En effet.

— Comment savez-vous que je rêvais d'elle ?

— Dois-je comprendre que vous m'autorisez à prononcer le nom sacré ? demanda-t-elle d'une voix mielleuse.

— Dites ce que vous voulez, merde !

— Vous, au moins, vous avez le don de la persuasion !

— Vous allez cracher ?

Elle faillit le prendre au mot, mais son regard glacé l'arrêta.

— Vous sursautiez... commença-t-elle.

— ... et marmonniez. Je sais.

— Qui raconte, vous ou moi ?

— Ni l'un ni l'autre, à mon sens.

Elle ravala une réplique mordante.

Si elle arrivait généralement sans mal à se contrôler, cet homme avait le don de lui porter sur les nerfs.

— Je vous ai parlé un moment, dit-elle. Pour vous apaiser.

— Avec votre voix de miel et de soleil !

Elle haussa les épaules.

— Quand vous avez été un peu calmé, poursuivit-elle, je me suis rapprochée et vous ai touché pour vous réveiller en douceur.

— Vous êtes sûre que vous ne rêviez pas ? Je ne me rappelle rien de tout ça.

— Vous dormiez, rétorqua-t-elle. Quand je vous ai touché, vous ne vous êtes pas réveillé, pas complètement. Vous avez juste prononcé son nom.

Case ne broncha pas, mais se referma comme une huître.

— Continuez.

— Vous avez mis votre bras autour de moi, m'avez attirée sous les couvertures et m'avez dit de ne pas m'inquiéter, qu'oncle Case chasserait les fantômes.

Il eut seulement un tressaillement de paupières.

— Puis vous m'avez tenue tout contre vous, et vous vous êtes rendormi d'un sommeil paisible.

Elle marqua une pause.

— C'est tout ? fit-il.

— Quand j'ai essayé de sortir de votre lit, vous avez resserré votre étreinte et commencé à vous réveiller. J'ai attendu, fait une nouvelle tentative. Même chose. Alors, je me suis endormie. C'était si bon d'être tenue comme ça ! Je ne m'étonne pas qu'Emilie soit venue auprès de vous quand elle avait des cauchemars !

Une expression douloureuse traversa le visage de Case. Sara eut envie de le prendre dans ses bras et de le réconforter à nouveau. La vie était parfois trop dure pour être supportée seul.

— Emilie est morte, n'est-ce pas ? murmura-t-elle.

Silence.

— C'est pour ça que vous poursuivez les Culpepper ?

— Je les enverrai tous en enfer, grommela-t-il d'une voix glaciale.

Elle en eut un frisson.

— Je n'en doute pas, dit-elle. A moins que vous ne vous fassiez tuer le premier.

— Si je meurs, personne ne portera mon deuil.

— Si, moi.

— Il ne faut pas.

— Il ne faut pas quoi ?

— S'attacher à moi. Ça ne vous donnera que des souffrances.

Case déchargea une brassée de bois dans la cabane. Assis sur les talons, il rangea soigneusement les bûches près du feu.

Sara leva les yeux de son fuseau. Bien qu'exténuée après une journée à moudre du grain avec Lola, faire la lessive et fabriquer du savon, elle devait encore filer. Le tissu qui sortait de ses mains servait non seulement à confectionner leurs vêtements, mais était aussi une de ses rares sources de revenus.

Elle n'était malheureusement pas assez fatiguée pour ne pas rougir à la pensée de ce qui s'était passé ce matin.

Elle détourna vivement les yeux de Case. Le bois qu'il apportait venait apparemment du haut pays, au-delà du canyon de la Rivière Perdue. Outre le genévrier, il y avait même du pin.

— Merci, dit-elle. Vous êtes très habile avec cette hache que Ute a... trouvée.

Elle soupçonnait Ute d'avoir « trouvé » la hache — et bien d'autres objets — dans le camp des pillards.

— Pas la peine de me remercier, dit Case. Je mange de la nourriture cuite sur ce feu tout comme Conner.

La porte de la cabane s'ouvrit, et le jeune homme passa la tête dans l'embrasure.

— Si vous avez fini avec ce bois, dit-il à Case, j'aimerais avoir un coup de main.

— De quoi s'agit-il ? demanda Sara en levant la tête.

— T'occupe pas, répondit son frère.

— Dans ce cas, Case n'a pas non plus à s'en occuper. Il a travaillé toute la journée comme un forçat à ramasser du bois.

— Ce ne sera pas long.

Case jeta un regard au garçon efflanqué et se leva avec souplesse. Depuis que Conner les avait quittés le matin, il s'attendait à une intervention de sa part.

— J'arrive, dit-il.

Conner disparut, laissant la porte ouverte.

— Ce garçon ! marmonna Sara en posant son ouvrage. On le croirait né dans une écurie !

— Je fermerai en sortant, dit Case.

Il trouva Conner à l'écart, près d'un bouquet de grandes sauges. Le six-coups qu'il portait formait une protubérance noire sur sa cuisse, et il s'était placé à contre-jour, certainement pour que Case ait le soleil dans les yeux. Voilà un garçon qui promettait ! pensa ce dernier.

— Que s'est-il passé ce matin ? demanda Conner dès que Case fut à portée de voix.

— Tu as entendu ta sœur.

— Comment vous êtes-vous blessé à l'œil ?

— Qu'est-ce qui te tracasse ?

— Sara. Laissez-la tranquille.

Case enfila les pouces dans sa ceinture et prit une attitude décontractée.

— Qui est censé dormir dehors et qui est censé dormir dans la cabane ? demanda-t-il. N'y aurait-il pas erreur sur la personne à sermonner ?

Conner pinça les lèvres. Il y avait dans ses yeux verts une expression beaucoup trop mûre pour un garçon de quinze ans.

— Jamais Sara ne se détournerait d'une créature souffrante, dit-il. Ute a dit que vous l'étiez. Elle est allée auprès de vous et vous avez abusé d'elle.

— Ta sœur est venue me trouver. Je n'ai pas abusé d'elle. C'est tout ce que tu as besoin de savoir. Si tu ne me crois pas, demande-lui. Elle ne te dira rien d'autre.

Conner mesura Case du regard.

— Même si vous l'aviez violée, ma sœur ne le dirait pas, dit-il. Elle aurait trop peur que je ne vous en demande raison et que je ne me fasse tuer.

— Mais toi, tu n'as pas peur !

— Je ne suis pas si bête. Je ne peux pas davantage vous battre dans un combat loyal que Sara vous résister dans la nuit. Je serais donc obligé de vous prendre en traître. Vous n'aurez pas d'autre avertissement. Laissez Sara tranquille.

— Et si elle revient me trouver ? demanda Case après un moment de réflexion.

— Ce ne sera pas pour coucher avec vous.

Case leva un sourcil.

— Ce n'est pas parce que Sara est votre sœur qu'elle n'a pas de désirs.

— Sexuels ? fit Conner d'un ton moqueur.

— Sexuels.

— Comment une femme pourrait-elle désirer ce qui la laisse gémissante et ensanglantée ? En tout cas, dès qu'elle le pouvait, Sara prenait ses jambes à son cou.

— Qu'as-tu dit ?

— Vous m'avez entendu.

— Pour toi, c'est ça, l'amour physique ?

— Ce n'est pas ça ?

— Non.

— Et pourquoi les hommes payent-ils pour coucher avec des femmes ?

— Ce n'est pas le cas de tous les hommes.

— Alors ils se marient pour ça, fit le garçon en haussant les épaules. En fin de compte, c'est pareil. Le mari donne le vivre et le couvert et, en échange, la femme doit supporter ce genre d'attentions.

Case pensa à Hunter et à Elissa, à leur amour et à leur union si réussie.

— L'amour peut tout changer, dit-il enfin.

— Hum, hum, fit Conner, dubitatif.

— C'est vrai. Quand une femme aime un homme, elle le désire. Physiquement. Il ne s'agit ni de corruption, ni de menace, ni de violence.

Juste de l'amour, de celui qui donne plus d'éclat au soleil.

— Je ne connais rien de semblable.

— Je ne connais pas Paris, mais ça ne veut pas dire que cette ville n'existe pas.

— Vous voulez dire que ma sœur vous aime ?

— Je ne dis rien de tel, marmonna Case, regrettant ces derniers propos.

— C'est ce que j'ai cru comprendre.

— Beaucoup de gens ne connaissent jamais le véritable amour. Ce qui ne veut pas dire pourtant qu'ils n'ont pas plaisir à faire l'amour avec quelqu'un qu'ils aiment bien.

Conner regarda longuement son aîné, puis se détendit peu à peu.

— Vous n'avez pas contraint Sara ?

— Non. Et la prochaine fois que tu insinues une chose pareille, je te fous une raclée.

Le garçon rit de bon cœur.

— Je suis désolé de vous avoir insulté, dit-il. Je voulais être sûr que Sara n'était pas de nouveau victime de violences sexuelles.

— Tu étais bien jeune quand elle s'est mariée. Peut-être n'as-tu pas compris le sens de tous ces gémissements...

— Un bébé connaît la différence entre une caresse et un coup de poing.

— N'y avait-il donc aucune tendresse entre Sara et son mari ?

— Tendresse ?

— Des baisers, par exemple.

— A ce que je sais, ma sœur a reçu son premier baiser la nuit où vous l'avez ramenée sur votre cheval.

— Pourquoi diable a-t-elle épousé ce vieux... ? Et puis, tant pis, ça ne me regarde pas.

Le visage de Conner se durcit, laissant deviner l'homme fort et honnête qu'il deviendrait.

— Pourquoi croyez-vous que ma sœur l'a épousé ?

— Par nécessité, je suppose.

— Exactement. Elle avait à peine quatorze ans, et j'en avais neuf. Pas de parents. Nous mourions de faim. Elle a répondu à une annonce du journal.

— Et a épousé Hal ?

Conner hocha affirmativement la tête.

— Comment as-tu tué Hal ?

Pris au dépourvu, le jeune homme jeta un regard rapide autour de lui.

— Comment l'avez-vous su ? demanda-t-il.

— Je ne le savais pas... jusqu'à maintenant.

— Ne le dites pas à ma sœur. Jurez-le.

— Tu es sûr qu'elle ne le sait pas déjà ?

— Oui !

— Raconte. Que s'est-il passé ?

— Qu'importe ? fit Conner avec un geste brusque. Il est mort.

— Pris en traître ?

— Non. Je ne comptais même pas le tuer, ce vieux salaud.

Case leva un sourcil et attendit.

Conner poussa un soupir, passa une main dans ses cheveux, remit son chapeau et commença :

— Il l'avait violentée, la nuit précédente. Une des rares fois où il avait réussi à l'attraper. Quand il est parti prospecter, le lendemain, il était encore fin soûl. Je l'ai suivi.

— A pied ?

— Le cheval de Hal était aussi vieux que lui, mais il marchait bien. Je l'ai rattrapé dans l'après-midi. J'ai dit à Hal d'arrêter de maltraiter ma sœur. Il a commencé à me frapper avec son revolver. Ce n'était pas la première fois, mais ça a été la dernière.

— Tu lui as tiré dessus.

— Le coup est parti, et Hal s'est plié en deux.

Case devinait tout ce qu'il y avait de ressentiment et d'horreur dans les propos du jeune garçon.

— Je n'arrive pas à éprouver de remords, murmura Conner. J'en ai eu davantage quand j'ai dû descendre un mustang qui s'était cassé la jambe.

— Quel âge avais-tu quand Hal est mort ?

— Douze ans.

— Ce n'est pas la meilleure façon de grandir.

— J'ai grandi à neuf ans. Après, seule comptait Sara.

— De même que tu es tout pour elle.

— Moi et la terre. Et maintenant, vous.

— Et Ute et Lola ? fit Case, éludant les derniers mots de Conner.

— Ce n'est pas pareil. Oh, nous nous entendons tous bien, et Ute se battrait jusqu'à la mort pour Sara, mais... ma sœur ne s'inquiète pas pour eux comme elle le fait pour moi.

— Je crois qu'elle tient beaucoup plus à toi qu'à moi.

Conner hésita, puis haussa les épaules.

— Peut-être, dit-il.

Mais ses yeux verts disaient le contraire.

Case pensa à la terre et comprit qu'il ne pourrait pas partir, même s'il voulait fuir Sara. Désormais, il était lui aussi pris au piège.

Comme un loup.

14

Dégoûté, Case s'appuya sur la pelle et regarda le trou qu'il avait creusé au pied d'une colonne de roche rouge. Il ressemblait à tous les autres.

Vide. Et cela faisait deux semaines qu'il prospectait...

Pour rien.

Avant de se mettre à creuser, il avait pourtant remarqué des traces de campement dans le coin. Mais impossible de dire si le rocher avait été noirci par un feu de camp vieux de trois, trente ou trois cents ans.

Ou trois mille. L'air sec du désert conservait tout intact : le bois, les os, les petites poteries...

La bise glacée qui s'engouffrait dans la gorge en hurlant semblait lui dire combien il était absurde de s'acharner ainsi.

Pourtant, Case souleva sa pelle une nouvelle fois et se remit à l'ouvrage. L'extrémité métallique crissa contre un mélange de terre, de sable et de gravats. Il soupira, puis se détourna un instant de sa tâche. Il lui avait semblé entendre Sara.

— Voyons, Sara ! hurla-t-il, soudain furieux, je vous avais dit de me laisser porter ce qui est lourd !

— Je voudrais que vous voyiez... ce que j'ai laissé... là-haut, haleta-t-elle.

Malgré le vent et la gelée qui scintillait sur les rochers exposés au nord, Sara ne portait qu'une chemise et un pantalon. Elle traîna sa prise avec acharnement sur quelques mètres encore, la laissa tomber sur le tas de bois qu'elle avait ramassé, pendant qu'il la regardait faire d'un air glacé.

— Il devrait y avoir de quoi charger les deux chevaux de bât, sans compter mon petit mustang, dit-elle.

— Shaker est davantage un cheval de bât qu'une monture. Elle a un trot à vous déchausser les dents.

— D'où son nom !

Il regarda le tas de bois. Ce que Sara venait d'y ajouter n'était pas une branche, mais un tronc.

— Vous auriez dû me laisser m'occuper de cette bûche, dit-il.

Elle fit comme si elle n'avait pas entendu.

Il n'en fut pas surpris. Il avait découvert au cours des deux dernières semaines qu'elle était experte dans l'art de ne pas entendre ce dont elle ne voulait pas discuter.

Elle s'étira, poussa un soupir et prit la scie passe-partout que Ute avait dénichée en même temps que la hache.

— Je vais débiter ce dernier tronçon, dit Case.

— Vous creusez et je scierai ce que je peux.

— Et si on se reposait ? Je suis fatigué.

Elle posa immédiatement la scie et se précipita vers lui.

— Désolée, dit-elle. J'oublie toujours vos blessures.

Lui aussi, mais pourquoi le lui dire ? Il aimait son expression inquiète, son corps souple, et le balancement inconscient de ses hanches quand elle marchait.

Il aimait tout en elle.

— Case ? Ça va ?

Plongeant le regard dans ses magnifiques yeux gris, il comprit qu'elle lui parlait.

— Posez la pelle, dit-elle d'un ton ferme. Il est temps de se reposer. Nous allons déjeuner. Asseyez-vous là, sous le...

Le sifflement de balles ricochant dans le canyon coupa le reste de sa phrase.

Case empoigna aussitôt Sara et roula avec elle entre deux colonnes rocheuses.

— Mon fusil est... commença-t-elle.

Il lui couvrit la bouche de la main.

Ils écoutèrent sans bouger.

Un bruit de sabots ferrés martelant la crête rocheuse leur parvint soudain.

— Peut-être à cent cinquante mètres, lui murmura-t-il à l'oreille. Une mule. Peut-être un autre cheval.

— Comment pouvez-vous... Oh, c'est vrai ! Moody ne ferre pas ses mustangs.

Case se représenta mentalement le plan du canyon. Ils étaient à l'amont d'un réseau ramifié de gorges sèches dont le canyon de la Rivière Perdue était le centre. L'endroit où le petit canyon latéral qui les abritait bifurquait vers le sud était le lieu idéal pour tendre une embuscade.

Plus aucun bruit ne leur parvint. Sentant que Sara allait parler, Case lui colla la main sur la bouche.

Elle lui mordit la base du pouce.

Doucement.

Il prit feu.

Ce n'était pourtant pas le moment de badiner, pensa-t-il.

La mâchoire serrée, il essaya d'écouter les

bruits lointains plutôt que le souffle de la femme à ses côtés.

Il entendit ce qu'il redoutait d'entendre : une cavalcade et un fracas de pierres. Et le bruit de sabots dévalant une pente.

Il roula sur le côté.

— Quoi qu'il arrive, restez cachée ici, dit-il tout bas.

— Où allez-vous ? chuchota-t-elle.

— Chercher ma carabine.

— Où est-elle ?

— Au pied de cette colonne.

— Je vais ramper jusque-là.

Une main puissante lui empoigna la cuisse droite, la clouant sur place.

— Qu'est-ce que vous faites ? demanda-t-il, furieux.

— Ce que j'ai dit : je vais chercher votre carabine.

— Restez ici.

— Je n'ai pas de jambe blessée, moi !

— Restez ici, répéta-t-il sèchement, et quoi qu'il arrive, ne vous montrez pas. Le premier qui lève la tête se prend une balle entre les deux yeux. La patience fait partie du jeu.

— Je comprends. Je ne bougerai pas.

Elle sentit de l'acier froid contre sa main droite. Un bref coup d'œil lui apprit que c'était le six-coups de Case.

— Si vous voyez quelque chose qui ne vous plaît pas, tirez, dit-il. Au-delà de trente mètres, il tire un peu sur la gauche. Au-delà de soixante mètres, déplacez le canon de deux centimètres sur la droite. Compris ?

Sara acquiesça.

— Il y a une cartouche dans la chambre,

ajouta Case. Essayez de ne pas me tirer dessus par erreur.

— Je ne tire pas sur ce que je ne vois pas.

— Je serais rassuré si, de fureur, vous n'étiez pas près de m'écorcher pour faire une descente de lit.

— Vous feriez un beau tapis. J'en ai assez de cette terre battue.

— Si vous ne me tirez pas dessus, je vous ferai un plancher.

— Marché conclu.

Elle ne pouvait pas voir son visage, mais elle le sentait amusé. Un jour, peut-être, elle le verrait même sourire...

Puis il quitta le couvert de roche rouge et s'éloigna en rampant. Pas une fois il ne leva la tête. Sa peau et ses vêtements couverts de poussière se fondaient parfaitement dans le paysage.

Il disparut.

Un frisson la traversa.

Sara avait peur à la fois pour lui et pour elle. Elle avait des sueurs froides à l'idée qu'une ombre pût lui tomber dessus et la tuer avant même qu'elle n'ait eu le temps d'appeler au secours.

Elle souleva lentement le six-coups. Il était trop lourd pour qu'elle le tienne longtemps ainsi, et elle dut amasser quelques pierres à la va-vite et en faire un petit monticule où poser le canon.

Elle scruta l'horizon et attendit.

Un coup de fusil déchira le silence. La réponse fut immédiate, provenant de la direction où Case avait disparu. Des balles sifflèrent et ricochèrent sur le rocher.

Sara frémit et pointa le canon du six-coups vers le fond de la gorge.

Le bruit d'un cheval au galop monta du canyon, mais elle fut incapable de localiser vraiment l'animal.

Soudain, la tête et la carabine de Case apparurent au-dessus des broussailles. Il tira, réarma, fit feu, réarma et tira de nouveau. Les balles étaient si proches que les détonations se mêlèrent pour éclater en un unique coup de tonnerre.

Le bruit de la cavalcade ralentit, puis cessa.

Des balles partirent d'une autre direction.

Elle attendit, mais Case ne riposta pas.

Comme la nuit où les pillards avaient attaqué. Il ne restait à Sara qu'à attendre et écouter, le cœur battant et la terreur au ventre.

Elle brûlait d'aller voir. Et puis, pensa-t-elle, Conner n'était pas là pour l'arrêter. Elle hésita un instant, puis décida ne pas bouger. Elle avait donné sa parole à Case. S'il était vivant, elle ne voulait pas distraire son attention en s'approchant de lui. S'il était mort, elle ne... Cette pensée lui fut insupportable.

Au bout de quelques minutes, elle entendit le cri d'un faucon.

Les lèvres tremblantes, elle répondit par un sifflement.

Peu après, Case sortit des broussailles en rampant. Il était en sueur, sale et égratigné.

Sa carabine était propre et prête à tirer.

— Combien ? demanda Sara.

— Trois.

— Où ?

— Deux remontent la gorge.

— Où est le troisième ?

— En route pour l'enfer !

— Et maintenant, qu'est-ce qu'on fait ? chuchota-t-elle.

— On attend.

— Et si Ute et Conner ont entendu les coups de feu ? Les sons portent parfois loin dans ces canyons.

— Ute est trop avisé pour se jeter à l'aveuglette dans une bagarre.

— Conner... dit-elle seulement.

Case ne répliqua rien. Il visa, retint sa respiration et appuya sur la détente. Il y eut un détonation et, dans le canyon, sur le versant opposé, un homme tomba en avant. Il dévala la pente, face contre terre, jusqu'à ce qu'un rocher l'arrêtât.

— Culpepper ? murmura-t-elle.

— Non. Trop petit. Trop brun.

A nouveau le silence... et le vent froid qui s'immisçait dans chaque crevasse et chaque pli rocheux du canyon.

Au bout d'un quart d'heure, Sara fut parcourue de frissons. Tant qu'elle traînait du bois mort, sa chemise et son pantalon suffisaient à lui tenir chaud. Mais maintenant, immobile et aux aguets, elle se sentait glacée jusqu'à la moelle.

Du coin de l'œil, elle regarda Case, qui était torse nu. Il scrutait le territoire avec attention. S'il ressentait le froid, il ne le montrait pas.

Quelques instants passèrent, et ses mains se mirent à trembler si fort qu'il lui fut impossible de tenir le six-coups. Case lui prit l'arme des mains et la rangea dans son étui.

— Mettez-vous contre moi, dit-il. Je suis plus chaud que la pierre.

Elle s'approcha de lui. Il s'allongea sur le côté et la serra contre lui, puis se coucha à demi sur elle pour la protéger.

— Maintenant, pelotonnez-vous comme un chat, murmura-t-il.

— Je... Je vais vous gêner.

— Si vous me sentez bouger, bouchez-vous les oreilles.

Ils attendirent.

Après quelques minutes leur parvint un bruit de sabots. Un cheval seul qui s'éloignait à toute allure. Les sabots sonnaient clair contre la pierre. C'était comme un marteau frappant la roche.

— Ferré, rermarqua Case.

— Pourvu qu'il s'en aille, c'est tout ce que je demande, dit Sara.

— Arrêtez de remuer.

Ils restèrent ainsi longtemps immobiles, l'un contre l'autre, tous les sens en alerte. Puis Case sut qu'ils étaient partis. Il n'y avait plus de danger. Case en était sûr ; il n'avait plus la nuque raide.

Il respira profondément, se détendit. Il sentait Sara à ses côtés. Et, brusquement, le désir le submergea.

— Case ? dit-elle doucement.

— Oui ?

— Ils sont partis ?

— Je crois.

Elle commença à se lever.

Sans réfléchir, il la retint contre lui. Puis il la regarda. A la pensée qu'elle aurait pu être tuée par un de ces pillards, il eut froid dans le dos.

— Pour être sûrs qu'il n'y a rien à craindre,

continua-t-il, nous allons attendre ici encore un moment.

— Il est vrai que j'adore le contact de la pierre froide !

— Je ne suis pas en pierre.

— On pourrait s'y tromper. Vous êtes dur comme un rocher.

— Une dame convenable n'est pas censée le remarquer, lui souffla-t-il à l'oreille.

— Que voulez-vous dire ? Je ne...

Elle venait de comprendre de quoi il parlait.

— Prenez garde. Je ne suis pas si convenable !

Case fut parcouru d'un frisson de désir.

— Continuez de parler ainsi, et je vais oublier que les Culpepper ont la sale habitude de laisser un homme derrière eux pour achever les blessés.

— De parler comment ?

— De ce qui est convenable ou pas... dit-il en lui mordillant le bord de l'oreille.

Elle frissonna.

— Vous avez froid ? demanda-t-il.

— N... non.

— Vous tremblez.

— Personne ne m'a jamais mordue comme ça.

— Comment ?

Elle lui mordilla la poitrine.

Le rythme cardiaque de Case s'accéléra.

— Comme ça, murmura-t-elle.

— Je l'ai déjà fait. Seulement, vous ne vous le rappelez pas.

— Quand ?

— Il y a deux semaines. Lorsque vous vous êtes glissée dans mon lit.

— Je ne voulais pas dire ça, dit-elle en se raidissant.

— L'amour physique ?

— Oui.

— Sara... commença-t-il en cherchant ses mots. Ma chérie, l'amour physique peut être tendre et taquin, il peut aussi être violent et passionné.

— Pour un homme, peut-être. Pas pour une femme.

— Vous n'avez pas aimé la manière dont je vous ai mordue ?

— Si, admit-elle.

— Vous n'avez pas aimé quand je vous ai embrassée, caressé les seins, il y a deux semaines ?

— Case !

— Vous avez aimé, oui ou non ?

— Comment le saurais-je ? Je dormais !

— A quoi rêviez-vous ?

— J'étais allongée au soleil. J'avais chaud, comme si... comme si... Je ne sais pas. Je n'avais jamais ressenti cela.

— Vous avez aimé.

— Comment le savez-vous ? Vous n'étiez pas dans mon rêve.

— Non, mais j'étais dans votre corps. Je sentais que vous aimiez le contact de ma bouche et de mes mains sur vous.

Elle fut parcourue d'un frisson.

A l'exception de son mari, jamais un homme n'avait été aussi proche d'elle. Mais elle ne gardait de Hal que des souvenirs de peur, de souffrance et de rage.

— Dans mon corps ? répéta-t-elle.

— Pas comme vous pensez. Juste... Je vous caressais, ajouta-t-il tendrement. C'est tout.

— Dedans ? demanda-t-elle, choquée.

— Dedans. Je ne vous ai pas fait mal, n'est-ce pas ?

— Je ne sais pas.

— Mais si. A la fin, vous étiez réveillée.

— Je ne veux pas en parler.

— Pourquoi ?

— Je ne veux pas, c'est tout !

— Vous affrontez des pillards un fusil dans les mains, mais vous refusez de dire si quelque chose vous fait mal ou pas ? Ce ne sont que des mots, pas des balles.

Elle resta muette.

— Votre mari était un pauvre type, dit Case. La plupart des hommes sont plus convenables avec leur femme.

— Mais non, voyons ! C'est d'ailleurs pourquoi les hommes payent des femmes. Eh bien, tout l'or du monde ne me déciderait pas à supporter de nouveau ça.

— Et ce rêve où vous vous laissiez caresser par les rayons du soleil ?

— Eh bien ?

— C'était moi.

— Comment ?

— J'étais le soleil. Je vous touchais, et vous aimiez ça, Sara. Je le sais.

Elle s'immobilisa, retenant sa respiration.

— Quand vous m'avez demandé, ce matin-là, ce que je vous avais fait, dit Case, j'ai cru que vous plaisantiez.

— Je ne plaisantais pas, fit-elle en secouant la tête. Je... n'avais jamais... Je ne savais pas... Il n'y avait jamais...

Elle renonça à essayer d'expliquer et enfouit le visage contre la poitrine de Case.

— Je suis une idiote, murmura-t-elle.

— L'idiot, c'était votre mari.

— Pourquoi ?

— Parce qu'il ne vous a pas aimée. Parce qu'il ne vous a pas révélé la passion qui dormait en vous.

Sara leva si vivement la tête qu'elle faillit lui heurter le menton.

— La passion ? demanda-t-elle, incrédule. Vous voulez dire que j'aime l'amour physique ?

— Vous avez aimé ce que je vous en ai fait connaître.

— Mais je n'ai pas... euh... tout eu. Je suis partie avant que vous ne me fassiez mal.

— Qu'est-ce qui vous fait croire que j'allais vous faire mal ?

Malgré son embarras, Sara parla à Case. Elle voulait lui faire comprendre son erreur. Elle n'aimait pas l'amour physique. Un point, c'est tout !

— Je vous ai vu nu, dit-elle. Vous êtes grand. Hal l'était beaucoup moins, et il me faisait souffrir.

Case ferma les yeux, espérant montrer moins de gêne qu'elle. Il était plus difficile de parler d'amour que de le faire.

— Ça vous faisait mal, parce que vous n'étiez pas prête, dit-il enfin.

Elle fronça les sourcils, déconcertée.

— Prête ? demanda-t-elle. Qu'est-ce que ça veut dire ?

— Le corps d'une femme... change, quand elle est prête pour un homme.

— Lola ne m'en a jamais rien dit. Quand l'homme est prêt, il fait son affaire, c'est tout.

— Lola était une prostituée. Les hommes qui venaient la trouver voulaient faire l'amour vite. Ils la payaient pour ça.

— Et alors ?

Il ouvrit la bouche et la referma.

— Avez-vous parlé de séduction avec Lola ? demanda-t-il enfin.

— Bien sûr. C'est là que les femmes croient que ça ne fera pas mal.

— Ça ne fait pas mal !

— Pas à l'homme.

Posant son fusil avec précaution, il prit le visage de Sara dans ses mains.

— Me permettez-vous de vous embrasser ? demanda-t-il.

— Juste embrasser ?

— Juste embrasser.

Pendant qu'elle réfléchissait, il leva la tête et plongea le regard dans ses yeux gris troublés.

Elle lui sourit soudain, presque timidement.

— D'accord, chuchota-t-elle.

Case faillit sourire.

15

Case baissa la tête et ferma les paupières. Sara soupira et frissonna sous ses lèvres.

— Vous avez encore froid, dit-il d'une voix rauque. Je vais vous chercher votre veste.

— Je n'ai pas froid.

— Vous tremblez.

— Pas de froid. C'est... Lorsque vous m'avez embrassée, je me suis sentie si bien !...

— Alors je vais continuer.

Il lui effleura de nouveau les lèvres et, de nouveau, elle frissonna. Il lui mordilla le menton, le lobe d'une oreille, puis lui embrassa le cou.

A chacun de ses mouvements, Case éveillait en elle mille sensations voluptueuses.

— Vous êtes sûre que vous n'avez pas froid ?

Tout en hochant la tête, elle se mit à soupirer.

— Vous aimez ? demanda-t-il.

— Oui, murmura-t-elle.

— Bon. Mettez vos bras autour de moi et rapprochez-vous le plus possible.

— Je n'ai pas froid. Vraiment.

— Moi, j'ai froid, mentit-il.

— Oh, fit-elle, désolée. Jamais je ne l'aurais cru.

Sara se plaqua à lui et lorsqu'elle bougea contre son torse, un étrange frisson lui traversa le corps. C'était si bon qu'elle se cambra et se frotta de nouveau contre lui.

— Vous avez un rocher sous le dos ? la taquina-t-il.

— Non. C'est juste que j'aime...

— Qu'est-ce que vous aimez ?

Elle humecta ses lèvres sèches.

— D'après la couleur de vos joues, fit-il, je crois que je sais ce que vous essayez de dire. Je vais vous aider.

Elle le regarda, interloquée.

— Je vais d'abord enlever mes gants et mettre ma main ici, dit-il.

Il posa les doigts entre les omoplates de Sara et la pressa contre lui.

— Oh ! s'exclama-t-elle, surprise.

— Chérie, dit-il, j'ai été trop brusque ?

Elle le regarda en secouant la tête.

— Vous avez des yeux magnifiques, murmura-t-il.

— C'est vrai ? s'étonna-t-elle.

— Oui. Ils sont parfois comme une brume, parfois comme un orage. J'y vois aussi des profondeurs argentées.

Elle avait la bouche sèche et s'humecta les lèvres du bout de la langue.

— Vous avez raison, dit-il. Passons à autre chose.

— Quoi ?

— Ne vous inquiétez pas. Juste un autre baiser.

— Oh, oui !

Haletante, elle ouvrit la bouche et il plongea la langue en elle en un baiser d'une insupportable douceur.

Elle aurait aimé lui dire, mais craignait d'y mettre ainsi un terme. Elle répondit donc à son baiser, puis lui prit délicatement la langue entre les dents.

Il poussa un soupir.

Elle le lâcha immédiatement.

— Je suis désolée, dit-elle. Je ne connais rien à cela. Vous êtes la seule personne que j'aie jamais embrassée, en dehors de ma famille, et c'était différent. Je ne voulais pas vous faire mal.

— Vous ne m'avez pas fait mal, dit-il, bouleversé.

Le besoin de la chérir domina en lui toute autre émotion.

— Vous avez gémi, insista-t-elle.

— Vous aussi, il y a deux semaines.

— Je ne me le rappelle pas.

— Cette fois, vous vous le rappellerez.

Sara se raidit. Elle se rappelait seulement

s'être retrouvée, le matin, le pantalon autour des genoux et la main de Case entre les jambes.

— Vous ne faisiez pas que m'embrasser, remarqua-t-elle.

— Chut, dit-il, cherchant à nouveau sa bouche. Juste un baiser.

Oubliant tout, elle se laissa envahir par un flot de sensations délicieuses.

Le corps alangui de Sara apprit à Case qu'elle n'avait plus peur. Elle répondait à son baiser avec une telle fougue qu'il en était tout étourdi. Il en oublia même le rocher qui lui entrait dans le flanc et le vent froid sur son dos nu. Il oublia tout, sauf les secrets de la bouche de Sara dans laquelle il se fondit. Et presque malgré lui, il délaça sa chemise de peau. A cet instant, elle retira brusquement la bouche.

— Vous aviez dit juste un baiser ! l'accusa-t-elle.

— C'est difficile d'embrasser à travers le daim.

Lorsqu'elle comprit ce qu'il disait, elle écarquilla les yeux. Ses lèvres et ses joues étaient rouges de plaisir.

— Je n'ai pas de daim sur ma bouche, dit-elle en balbutiant.

— Je ne parle pas d'embrasser votre bouche.

Elle le regarda, interloquée, les yeux étincelants.

— Vous voulez arrêter de m'embrasser ? fit-elle.

— Non. Je veux continuer à vous embrasser jusqu'à ce que vous soyez douce comme du miel et moi... et que nous...

Il s'arrêta à temps. Sara attendit, partagée

entre la passion et l'inquiétude. Mais la passion fut la plus forte.

Les lèvres et la barbe de Case semblaient de la soie contre sa peau. Lorsqu'il passa la langue sur sa gorge, tout son corps frémit.

Elle était si troublée qu'elle ne saurait jamais comment sa chemise se trouva entièrement délacée. Elle constata seulement que ses seins se dressaient contre la fine mousseline de sa chemisette.

Il abaissa les lèvres sur un sein voilé.

— Case ? fit-elle, hésitante.

— Juste un baiser, dit-il d'une voix profonde.

— Mais je ne vous embrasse pas.

— Il y a plus d'une façon de s'embrasser. Regardez.

Il lécha lentement le fin tissu qui séparait sa langue du mamelon.

Gênée mais fascinée, parcourue de délicieuses sensations, elle regarda la mousseline s'assombrir sous la langue de Case. Puis elle vit son sein disparaître dans la bouche de son compagnon. Elle se cambra violemment tout en poussant un gémissement. Il intensifia son baiser. Longtemps il l'embrassa ainsi, et lorsqu'il releva la tête, la mousseline de la chemisette semblait s'être dissoute, et Sara avait les joues en feu.

Elle aimait ses baisers, elle aimait ses caresses. Elle aurait voulu que jamais il ne cessât. A nouveau, il approcha sa bouche de son sein, et quand il referma tendrement les dents autour de son mamelon, elle frissonna et poussa un cri.

Il leva la tête.

— Je vous ai fait mal ? s'inquiéta-t-il.

Elle secoua la tête et regarda son sein.

— Qu'avez-vous fait ? demanda-t-elle. Je n'ai

jamais été comme ça, même par les matins les plus froids.

— Ça ? demanda-t-il en lui touchant la pointe avec le bout de sa langue.

— Oui.

— C'est votre corps qui dit combien il aime être embrassé. C'est sa façon de m'embrasser en retour.

— Juste... embrasser ?

Il acquiesça en souriant.

— Bien sûr, dit-il, si vous n'y voyez pas d'inconvénient, j'aimerais aussi caresser ces jolis seins tout en les embrassant.

Elle frissonna sous son regard. Il contemplait ses seins comme un homme affamé.

— Juste caresser ? demanda-t-elle d'une toute petite voix.

— Juste caresser.

— Ça laissera des marques ?

— Il vous meurtrissait ? demanda-t-il en levant la tête.

— Seulement quand je ne restais pas tranquille. Alors il...

Elle ne put continuer.

— Que faisait-il ?

— Il m'enfonçait les ongles dans les seins jusqu'à ce que j'arrête de me débattre.

Case en resta muet. Somme toute, Conner avait bien fait de le tuer accidentellement. Lui, il l'aurait fait délibérément.

— Jamais je ne vous ferai mal, la rassura-t-il enfin.

— Bon, dit-elle après une hésitation. Faites ce que vous voulez.

— Ce serait mieux sans votre chemisette. Pour nous deux.

— Rien pour me couvrir ?

— Ma bouche. Mes mains.

A cette pensée, elle fut parcourue d'un frisson.

— D'accord, balbutia-t-elle.

Il lui retira complètement sa chemise de peau, puis glissa les pouces sous la chemisette et la souleva au-dessus de ses seins dressés.

— Sacrée femme ! fit-il, admiratif. Vous feriez honte au soleil et à la lune !

Bouleversé à la pensée des mauvais traitements qu'elle avait subis, il s'appuya sur les coudes et enfouit le visage entre ses seins. Que ne pouvait-il prendre ses souffrances pour lui ? A cette idée, il trembla et redoubla ses caresses.

Pour Sara, cela ressemblait de nouveau à son rêve, le soleil caressant sa peau nue. Elle soupira, et gémit lorsqu'il referma la bouche sur son mamelon.

— Je n'ai jamais fait ça à une femme, murmura-t-il en soulevant la tête. Dites-moi si je fais quelque chose que vous n'aimez pas.

Dominée par les vagues de plaisir qui la traversaient, elle ne comprit pas tout de suite ce qu'il disait.

— Jamais fait ça ? répéta-t-elle enfin.

— Pas ainsi, non.

— En quoi est-ce différent ?

— Je veux prendre toute votre souffrance passée et vous donner en échange de la volupté. Avant, je voulais seulement... Je ne me rappelle même pas comment c'était. Je sais seulement que ce n'était pas comme ça. Il y a d'autres parties de votre personne que j'aimerais caresser, ajouta-t-il. Me le permettrez-vous ?

Pour toute réponse, elle ramena la tête de Case vers ses seins.

— Vous aimerez encore plus, insista-t-il. Laissez-moi découvrir votre corps, ma chérie.

— Ça ne... fera pas mal ?

— Avez-vous déjà ressenti quelque chose de si délicieux que cela fasse presque mal ?

— Vous voulez dire, comme le chant de l'alouette au printemps ?

Ces mots emplirent Case d'une joie douloureuse. Personne ne lui avait jamais parlé ainsi. Il aimait tant le chant de cet oiseau...

— Oui, dit-il. Ce n'est pas une véritable souffrance ?

— Non. C'est merveilleux. Comme vous, à la fois si fort et si délicat.

Il l'embrassa tendrement.

— Je donnerais mon âme pour effacer ce que ce vieux barbare vous a fait, dit-il.

Les larmes aux yeux, elle lui effleura la bouche du bout des doigts.

— Vous ne pouvez pas revenir en arrière, murmura-t-elle. Vous ne pouvez qu'aller de l'avant.

Alors, tout en soupirant, il posa son front sur le cœur de Sara et laissa le battement régulier de sa vie pénétrer en lui. Lentement, très lentement, tout en continuant à lui caresser les seins, il fit glisser sa bouche jusqu'à son nombril et l'explora du bout de la langue.

Submergée de sensations voluptueuses, la jeune femme se mit à pousser de petits cris et à cambrer les reins.

Conscient de lui faire découvrir le plaisir, Case fut soudain lui-même emporté par une vague de passion. Les mains tremblantes, il entreprit de lui défaire son pantalon et le descendit sur ses hanches.

— Case ? fit-elle d'une petite voix.

— Le soleil, la lune, les étoiles, fit-il. Rien n'est plus beau que vous.

Il la dévorait du regard, mais ses mains et sa bouche avaient sur le corps de Sara la douceur de l'ombre dorée de la flamme.

Déchirée entre la gêne et la passion, elle le regardait la caresser. Elle ne s'offusqua pas quand il lui frôla le haut des cuisses avec son front, ses joues envahies de barbe, sa bouche soyeuse, ses mains rudes et puissantes, ses dents.

Elle oublia le vent froid et la roche dure, elle oublia tout, sauf le plaisir qui s'intensifiait à chaque baiser, à chaque frôlement, à chaque mot tendre. Elle était perdue dans un rêve lumineux fait de soleil, de lune et d'astres qui lentement l'embrasaient de leurs voluptueuses caresses. Elle savait cependant qu'un homme était là, et qu'il lui embrassait et lui caressait l'intérieur des genoux, les cuisses...

— Case ! Vous êtes en moi ! s'exclama-t-elle d'une voix aiguë.

— Oui. Vous êtes si tendre, si délicieuse, dit-il sans s'interrompre.

Elle essaya de parler, mais en fut incapable. Emportée par une vague de jouissance, elle s'abandonna à lui avec une confiance qui l'enchanta.

— Ça fait mal ? lui demanda-t-il, soudain inquiet.

Mais elle ne pouvait plus dire un mot, et ce fut son corps qui répondit, ouvert et tendre comme une fleur. Case s'agenouilla entre ses jambes et répéta sa caresse, découvrant le centre du plaisir. Changeant de nouveau de position, il la submergea doucement. Il était partout en elle, chaud et puissant, tendre et caressant.

— Dites-moi si je vous fais mal, fit-il d'une voix rauque.

Elle l'entendit à peine.

— Sara ? Je vous fais mal ?

— Je me sens tellement... bizarre. Ça ne fait pas mal. Pas vraiment.

Il roula sur lui-même et l'entraîna dans son mouvement.

— Que faites-vous ? demanda-t-elle en se retrouvant au-dessus de lui.

— Vous êtes si étroite. Ainsi placée, vous pourrez décider de ce que vous voudrez. Vous serez seule maîtresse.

— Je ne comprends pas.

— Baissez les yeux, dit-il, amusé.

Quand Sara vit que leurs corps étaient unis, elle écarquilla les yeux d'un air éberlué.

— Nous sommes... commença-t-elle.

— Si vous voulez plus de moi, c'est à vous de jouer.

Avec hésitation, elle remua les hanches.

— Que ressentez-vous ? lui demanda-t-il tendrement.

— Je crois... que j'aime.

Elle recommença à bouger doucement.

Il soupira profondément. Elle se figea.

— Ça fait mal ? demanda-t-elle.

— Comme le chant de l'alouette...

— Vous aimez aussi ?

— Je ne suis pas sûr, ironisa-t-il. Essayez encore.

Quelque chose de sauvage et de tendre monta de leurs deux corps. Sara avait les pupilles dilatées de plaisir. Elle frissonna et ressentit un désir furieux de se fondre en Case.

Soudain, il se raidit et se répandit en elle avec des cris d'amour. Alors, bouleversée et craignant de l'avoir blessé, elle regarda le visage de son compagnon. Il avait les traits tirés, et son front brillait de sueur.

— C'est votre blessure ? demanda-t-elle.

Il ne comprit pas. Il savait seulement qu'elle se soulevait. Il ne voulait pas cela. Il voulait rester encore à l'intérieur de son corps.

— Ne bougez pas, dit-il.

— C'est votre blessure, insista-t-elle en s'écartant de lui.

Avec un gémissement, il glissa les mains sur les hanches de Sara et s'enfouit de nouveau en elle.

A nouveau, il la désirait.

Haletante de plaisir, elle se referma sur lui, quêtant quelque chose qu'elle ne pouvait pas définir. Mais, comme un faucon chaperonné, elle savait que la liberté du ciel était là, presque à sa portée.

Case la prit par les hanches et s'enfonça violemment en elle. Et, comme le faucon enfin libéré, elle fut alors soulevée vers des hauteurs inconnues, clamant son extase en cris de plaisir.

Submergé par la jouissance de Sara, il fut à son tour emporté par sa passion.

Une fois ces instants de folle union passés, Case prit brutalement conscience de ce qu'il venait de faire.

Et si, par malheur, elle se retrouvait enceinte ?

Cette pensée lui fut comme une douche d'eau glacée. Il la repoussa d'un geste furieux.

— Case ? fit-elle, interloquée.
— Habillez-vous avant d'attraper mal.

Elle frissonna, mais ce n'était pas de froid. Il avait les yeux aussi glacés que la lune en hiver.

16

— Je me demande ce qui leur a fait changer d'avis, dit Conner.

Sa voix résonnait étrangement fort dans la cabane. Sans doute parce que le déjeuner avait été inhabituellement silencieux.

En fait, le silence s'était installé depuis que Case et Sara étaient arrivés quelques heures auparavant. Ils semblaient tous deux épuisés et d'humeur maussade. Sans doute à cause de l'embuscade, se dit Conner.

— Sara ? insista-t-il.
— Pardon. Tu me parlais ?
— Merde... euh... zut ! Mais non, je parlais au ragoût de lapin ! Qu'est-ce qui leur a fait changer d'avis, selon toi ?

Elle le regarda, l'air désorientée.

— Qu'est-ce qui leur a pris, à ces pillards ? insista Conner. Ils nous laissaient tranquilles depuis quelque temps.
— Il commence à faire froid dans le canyon des Sources, dit Case.
— Est-ce une raison pour tuer une femme par surprise ?
— C'est une raison comme une autre !

Son ton tranchant et son regard glacial signifiaient qu'il valait mieux changer de sujet, pourtant Conner ignora l'avertissement.

— Il semble que Ab ait des ennuis avec sa famille et avec Moody, continua-t-il.

Case ne répondit pas et se contenta de mâcher ce qu'il avait dans la bouche.

— Que veux-tu dire ? demanda Sara.

— Tu m'as dit que tu avais entendu Ab ordonner à Moody de ne pas piller à moins de trois jours à cheval du canyon des Sources.

Elle acquiesça d'un hochement de tête.

— Le canyon où vous vous trouviez n'est pas si loin, insista son frère, non plus que cette cabane, pourtant il y avait au moins un Culpepper dans chacun des pillages.

— Et alors ? fit-elle.

— Alors, il est clair que Ab ne contrôle plus les siens, et encore moins la bande à Moody.

Tout en parlant, Conner passa le bras devant Case pour attraper la poêle. La chaise du garçon grinça de façon alarmante.

— Demande qu'on te passe le plat, dit Sara d'un ton sec.

— Pourquoi ? Je n'ai pas eu à me pencher beaucoup.

— Ça ne se fait pas.

— Ça ne se fait pas non plus de déranger quelqu'un qui est en train de ruminer !

— Reste poli, Conner, et quand tu auras fini, repasse-moi la poêle, grogna-t-elle entre ses dents.

— S'il te plaît ?

— *S'il te plaît.*

— Arrête d'ennuyer ta sœur, dit Case. Elle a eu une dure journée.

Sara espéra que la rougeur soudaine de ses joues passerait inaperçue.

— Désolé, sœurette, dit Conner. Ce n'est pas drôle en effet de passer son après-midi à étreindre des rochers, pendant que...

— Passe-moi le plat, l'interrompit Sara. S'il te plaît.

Elle ne regarda pas Case. Elle ne l'avait pas regardé une seule fois depuis qu'il l'avait repoussée cet après-midi. Elle ne savait pas ce qu'elle avait fait, et préférait oublier cette aventure.

Elle n'avait pas non plus l'intention de lui parler de ce qui s'était passé entre eux. Il lui suffisait de savoir qu'il ne voulait pas non plus la regarder.

— Merci, dit-elle en prenant le plat.

— Je t'en prie. Tu crois que Ab et Moody vont régler leurs comptes à coups de feu ?

Elle haussa les épaules.

— Qu'en pensez-vous, Case ? demanda-t-il.

— Je crois que Ab ramènera ses parents dans le droit chemin en leur offrant des femmes.

— Des femmes ? s'étonna Conner. Ne vont-elles pas créer des ennuis ?

— Elles ne sont bonnes qu'à ça. Mais il y a des moments où il n'y a rien d'autre à faire.

— Ah bon. Que dis-tu de ça ? fit le garçon en se tournant vers sa sœur.

— Je crois, dit-elle en se levant, que j'en ai assez !

— Assez ? fit-il en regardant l'assiette de Sara. Une bouchée de pain frit et une bouchée de ragoût ?

— Oui.

Par habitude, elle plia la loque qui lui servait

de serviette et la posa sur la table, puis elle prit sa veste et se dirigea vers la porte.

— Où vas-tu ? demanda son frère.

— Dehors.

— Quand rentres-tu ?

Pour toute réponse, elle claqua violemment la porte de la cabane.

Conner se tourna vers Case en fronçant les sourcils. Ce dernier regardait la porte fermée avec un visage impassible.

— Qu'est-ce qui lui prend ? demanda le garçon.

— Elle est préoccupée.

— Elle l'est presque toujours, mais elle n'a jamais agi ainsi.

— Chercher un trésor qu'on ne trouve pas est éprouvant.

— Elle adore chercher. Je crois que c'est une excuse pour sillonner le territoire.

Case joua quelques instants encore avec son ragoût, puis il posa sa fourchette et repoussa sa chaise.

— Vous aussi ? fit Conner.

— Quoi ?

— Pas d'appétit. Ce n'est pas mauvais, c'est du lapin, pas du serpent. C'est moi qui l'ai fait.

— J'ai mangé plus d'une fois du serpent. C'est plutôt bon si on oublie ce que c'est.

Conner fit une grimace.

D'un mouvement vif, Case remit son étui à revolver sur la hanche, boucla son ceinturon et se dirigea vers la porte. Comment expliquer à Sara qu'ils ne devaient pas être amants ? se demanda-t-il avec angoisse. Il savait que jamais il n'aurait dû la toucher... En outre, elle était peut-être déjà enceinte ! Il en eut froid dans le dos.

— Case ?

Il se retourna immédiatement, revolver en main. Mais ce n'était que Conner qui se tenait dans l'embrasure de la porte. Il rengaina aussi vite qu'il avait dégainé.

Le garçon siffla d'admiration.

— Quelle vitesse !

— Pardon, dit Case. Je ne t'ai pas entendu ouvrir la porte. Je suis un peu nerveux aujourd'hui.

— Vous pourriez m'apprendre à le faire ?

— Pas avec ton tromblon. Il est bien trop lourd.

— Et les revolvers des pillards ?

Case regarda autour de lui. Sara n'était pas en vue.

— Elle est probablement partie pour le canyon du Cerf, dit Conner. C'est un de ses deux refuges.

— Quel est l'autre ?

— Le surplomb où vous l'avez découverte, le premier jour.

— Pourquoi y va-t-elle ?

— Elle dit que ça l'apaise. Mais depuis l'arrivée des pillards, elle va généralement dans le canyon du Cerf. Si elle y est en ce moment, c'est que l'attaque l'a davantage bouleversée qu'elle ne le dit.

L'attaque, ou ce qui s'est passé ensuite, pensa Case. Pourtant, au souvenir du corps généreux et passionné de Sara, il fut envahi par une nouvelle vague de désir.

— Va chercher un des ceinturons des pillards, dit-il d'un ton brusque.

Conner n'hésita qu'un instant. Il avait renoncé à demander à son aîné de lui apprendre à manier un six-coups. Entre chasser le trésor, rapporter du bois et de l'eau, monter la garde, réparer la cabane et découper des planches pour le sol, Case était plus occupé que trois hommes.

— Je reviens tout de suite, dit Conner avec empressement.

Case avait les yeux fixés sur le canyon du Cerf. Dans la lumière de cette fin d'après-midi, chaque buisson, chaque branche, chaque brin d'herbe se détachait avec netteté. De même que la silhouette gracieuse de Sara gravissant une pente rocailleuse à l'entrée de la gorge la plus proche.

— Ne vous inquiétez pas, dit Conner en refermant la porte derrière lui. Ce canyon n'a que cette entrée. Elle ne risque pas d'être surprise par des pillards.

Case attendit qu'elle ait disparu de sa vue pour se tourner vers le garçon.

— Alors, lequel as-tu choisi ?

— Celui-ci, répondit le garçon. Il est facile à dégainer.

— Peut-être, fit Case, mais c'est un arrosoir.

— Que voulez-vous dire ? demanda Conner.

— Tu as tiré avec ?

— Ute m'aurait scalpé si j'avais fait ça. Ce n'est pas le moment de gaspiller des balles.

— Apprendre n'est pas du gaspillage. Suis-moi. Pas la peine d'affoler les poulets.

— Je m'exercerais bien sur ce grand coq orange !

— Il est méchant, admit Case, mais il engendre le genre de poulets qu'il faut dans ce pays : rapides et résistants.

— Je sais. Je me suis fait les dents dessus. Et vice versa !

Le coin de la bouche de Case se souleva. Il aimait l'humour de Conner, qui lui rappelait celui de sa sœur.

— Cours prévenir Ute qu'on va tirer. Je pars installer les cibles.

Le jeune garçon se précipita à la hutte et revint tout aussi vite.

— Prêt, dit-il en enfonçant son chapeau. Sur quoi je tire d'abord ?

— La petite pierre, sur ce grand rocher, à trente mètres.

Conner dégaina et tira d'un geste harmonieux.

Raté.

En fait, la balle ne lui passa pas loin du pied.

— Merde ! s'exclama-t-il en regardant le revolver. Cette détente est aussi sensible qu'une langue de serpent.

— Elle a été limée pour tirer plus vite.

Tout en parlant, Case sortit son arme, la retourna et la tendit au garçon.

— Regarde la différence.

Conner s'empara de l'arme et la compara à celle qu'il venait d'utiliser.

— Le canon de votre revolver a au moins deux centimètres de plus, dit-il.

— Oui. Un poil plus long à dégainer, mais je ne rate presque jamais ma cible.

— Sur celui du pillard, le cran de mire a été limé aussi.

— Pareil. La vitesse au détriment de la précision.

— Je peux tirer avec le vôtre ?

— Rengaine d'abord. Puis vise ce petit rocher.

Le deuxième essai de Conner sembla aussi rapide que le premier, mais Case savait qu'il ne l'était pas. Pas tout à fait.

Un morceau de pierre sauta du rocher.

— Encore raté, fit Conner, dégoûté.

— Tu n'étais qu'à sept centimètres de la cible. Ça suffit pour arrêter un homme.

Le garçon secoua la tête et rengaina.

— Arrêter, c'est presque aussi bien que tuer, le consola Case. Ça te laisse plus de temps pour la seconde balle, à moins que le type ne soit pas seul...

— C'est ce qui est arrivé à l'Eglise espagnole ?

— En partie. Ces Culpepper étaient fichtrement rapides. Mais ils ont tiré trop tôt, comme toi, et pour la même raison. Des armes trop sensibles.

— Et ils n'ont pas eu de seconde chance ?

— S'ils l'avaient eue, ce serait moi qui serais enterré là-bas, et pas eux !

— Ils étaient à quelle distance de vous ?

— Presque six mètres. A trois mètres, j'étais un homme mort.

— Cette idée ne semble pas vous troubler.

— Les joueurs disent que celui qui a peur de perdre ne gagne jamais. Même chose pour le tir. Le jour où tu as peur, tu peux ranger ton arme.

— Vous voulez dire que vous n'avez jamais peur ?

— Pas au moment de tirer. Avant et après, oui.

Conner regarda de nouveau les deux revolvers.

— Laisse-moi essayer celui du pillard, dit Case en tendant la main.

Le garçon le lui tendit, crosse en avant.

— Je vois que Ute t'a appris la politesse.

— Avec une arme, la politesse s'impose. A table, ce n'est qu'une gêne de plus !

Case rengaina, baissa les mains, puis dégaina et tira dans le même mouvement. Trois coups en continu.

Des éclats de roche volèrent en tous sens.

— Ça, c'était du rapide ! siffla Conner. Vous devriez limer le cran de mire et raccourcir le canon de votre revolver.

— Une sur trois, ce n'est pas bon.

— Quoi ?

— Il n'y a qu'une balle qui a touché le rocher. Si je m'étais trouvé face à trois hommes, j'aurais été transformé en passoire.

— Oh ! s'exclama Conner.

— Tu vois ce morceau de bois, sur le rocher, à droite ?

Le garçon hocha la tête.

— Rengaine mon revolver et tire lorsque je te le dirai.

Conner s'exécuta et attendit en regardant Case.

— Quand Ute a-t-il commencé à t'apprendre ? demanda Case.

— Dès qu'il a été rétabli. Six blessures. C'est un dur. Il s'en est bien tiré.

— Tu l'as harcelé pour qu'il t'apprenne ?

— Non, il a dit qu'un homme qui ne savait pas bien se servir d'un revolver était un homme mort. Et voyant que Sara m'aimait tellement, il a pensé...

— Dégaine.

L'ordre était inattendu, mais Conner n'hésita pas. Il dégaina et fit feu.

Le bois sauta et retomba en mille éclats.

— Bien tiré, dit Case.

— Trop lent, fit Conner, déçu.

— Tu es assez grand pour encaisser un peu de plomb. Mieux vaut être le dernier à tirer que le premier.

— Je préfère être le premier *et* le dernier.

— Comme tout le monde, dit Case, amusé. Mais si bon que tu sois, il y en aura toujours un qui sera meilleur que toi. Autant que tu le saches.

— On croirait entendre Sara.

— Elle a un bon sens peu commun.

— Elle me traite comme un gosse.

— Elle t'a élevé. C'est difficile à oublier, pour toi comme pour elle. Ute a raison. Tu es ce qu'elle a de plus cher.

— Je mourrais pour elle, déclara Conner.

— Elle te préfère vivant !

— J'ai bien l'intention de le rester.

— Bien. Ce qui veut dire que tu ne discuteras pas quand je te dirai d'aller chercher le troisième revolver, celui qui n'a pas été limé.

Le garçon hésita, puis sourit.

— Ute m'a recommandé de vous écouter, si vous vouliez bien m'apprendre.

Case leva un sourcil interrogateur.

— Il a dit, expliqua Conner, que vous étiez le seul homme à être sorti sur ses jambes d'un échange de coups de feu avec des Culpepper.

— J'ai bien failli y rester. C'est pourquoi je ne vais pas seulement t'apprendre à tirer. Je vais te faire un cours sur les Culpepper, te révéler leurs vilains tours : embuscades, otages vendus comme esclaves aux Indiens, etc.

— Vous les connaissez bien ?

— Mon frère et moi les poursuivons depuis la fin de la guerre.

Conner aurait voulu savoir pourquoi, mais le regard de son aîné l'en empêcha. Alors il demanda :

— Combien en avez-vous eus ?

— Pas assez, répondit Case évasivement.

17

— Tu peux lui monter sa nourriture ? demanda Lola.

Sara regarda, en cherchant une excuse, le pain de maïs et le ragoût que lui tendait son amie.

Case montait la garde sur la crête.

Ces trois derniers jours, elle avait réussi à ne pas se retrouver seule avec lui. Deux jours plus tôt, elle était même partie à la recherche du trésor sans le prévenir.

— Etre têtue est une chose. Etre une imbécile en est une autre, lui avait-il dit à son retour. Si vous refaites une chose pareille, je vais vous chercher et je vous ramène ligotée sur ma selle.

Elle n'était pas repartie...

Mais elle ne pouvait pas non plus se résoudre à chercher le trésor avec Case. La pensée de ce qui s'était passé la dernière fois la bouleversait profondément. Elle en avait eu des sueurs froides pendant plusieurs nuits.

— Il me manque une chèvre, expliqua Lola. La petite noir et blanc au joli poil.

Sara en oublia immédiatement ses préoccupations.

— Depuis quand a-t-elle disparu ?

— Quand Fantôme les a ramenées, elle n'était pas avec les autres.

— Je vais monter son dîner à Case, dit soudain Sara. Va chercher la chèvre. C'est la meilleure.

Lola lui adressa un sourire.

— Mais si Case s'en prend à moi pour être montée seule sur la crête, je te l'envoie ! lui cria la jeune femme.

Lorsqu'elle arriva là-haut, le soleil descendait à l'horizon. Comme d'habitude, elle fut bouleversée par la sérénité du paysage baigné d'une lumière dorée. Sara contempla immobile les innombrables lacis de canyons plongés dans l'ombre et bordés par des pics et des plateaux éclairés par le soleil.

Les lignes déchiquetées et sauvages étaient pour elle plus belles que n'importe quel paysage de collines verdoyantes. La richesse et la subtilité des couleurs du désert de pierre, le vent chargé de mystère et les vastes mouvements de terrain avaient toujours un effet bénéfique sur son moral.

Pas très loin d'elle, un faucon se laissa porter par le courant ascendant. Le vol de l'oiseau était à la fois puissant et libre. L'âme de Sara vibrait à l'unisson. Les yeux à demi clos, elle s'imprégna de la paix du moment.

Case, caché derrière un buisson, l'observait. Il lui fallut déployer tous les efforts de sa raison pour ne pas sortir de sa cachette et lui faire à nouveau l'amour. Il se demandait pourquoi aujourd'hui elle était venue jusqu'à lui alors que depuis trois jours elle avait tout fait pour l'éviter.

Peut-être était-elle enceinte ?

A cette pensée, le souffle lui manqua.

— Que faites-vous ici ? demanda-t-il rudement.

Elle se tourna vers lui et le regarda comme s'il était un animal sauvage.

Ou un Culpepper.

— Lola cherche une de ses chèvres, expliqua-t-elle. Elle m'a chargée de vous apporter votre dîner. Conner et Ute dorment tous les deux.

— Merci, dit-il.

— Je vous en prie.

— Inutile de me traiter en étranger. Nous ne le sommes pas !

Elle rougit, puis blêmit.

— Où voulez-vous que je dépose votre dîner ? demanda-t-elle d'une voix pincée.

— Pas en pleine figure en tout cas !

Sara se rendit compte qu'elle tenait en effet l'assiette comme si elle allait la lui lancer.

— Désolée, marmonna-t-elle de mauvaise grâce. Vous m'avez fait peur. Je me croyais seule.

— Vous êtes enceinte ?

— Pardon ? fit-elle, abasourdie.

— Vous m'avez entendu.

— Vous êtes très grossier...

— Répondez, la coupa-t-il. Gardez vos sermons pour Conner.

— Je ne sais pas.

— Quoi ?

— Je. Ne. Sais. Pas. Content ?

— Aucune raison de l'être ! marmonna-t-il.

— Arrêtez de parler dans votre barbe.

— Je croyais que vous aimiez ma barbe, surtout à l'intérieur de vos cuisses.

Elle sursauta, comme frappée.

— Pardonnez-moi, dit-il. Je n'ai pas le droit. C'est simplement quand je pense...

La fin de sa phrase fut étouffée par un martèlement de sabots.

Case reprit immédiatement le contrôle de lui-même.

— Entrez là-dedans, dit-il. Vite, et sans bruit.

Avant même qu'il n'eût achevé sa phrase, Sara se glissa à ses côtés dans le buisson qui lui servait d'abri.

— Vous avez apporté une arme ? chuchota-t-il.

Elle secoua la tête.

— Désolée, dit-elle. Je ne pensais pas avoir besoin...

— Vous ne pensez pas, et vous avez tort, la coupa-t-il.

Inutile de discuter. Il avait raison. Jamais on ne devait s'éloigner du ranch sans être armé. Mais elle était tellement troublée à l'idée d'être seule avec lui qu'elle n'avait pas songé à prendre un revolver ou un fusil.

— Passez derrière moi, dit-il tout bas. A cinq mètres environ, vous trouverez une fissure dans le rocher. Vous y serez hors de vue. Et ne bougez plus jusqu'à ce que je vous appelle.

Sara contourna Case, prenant au passage le revolver qu'il lui tendait. Il ne se retourna pas pour la regarder, mais il savait que cette fois elle suivrait ses directives.

Enfin !

Le bruit de sabots cessa.

Il n'y avait qu'un sentier descendant de la

crête. Case garda son arme pointée dans cette direction. Puis, sans quitter des yeux l'endroit où les cavaliers ne manqueraient pas d'apparaître, il s'enfonça dans l'ombre du buisson.

Une alouette grisolla sur la gauche. La réponse partit de la droite.

Il poussa un soupir de soulagement qui était aussi le chant de l'alouette.

— Que celui qui est dans ce buisson sache que nous ne cherchons pas les ennuis fit une voix.

— Alors, ce n'est pas là qu'il fallait venir, Hunter ! cria Case. Il n'y a que ça, ici.

Un instant plus tard un grand type à la carrure impressionnante apparut.

— Case ? interrogea-t-il, incrédule.

— Lui-même, dit le cadet sortant de sa planque. C'est Morgan qui est avec toi ?

— Mon Dieu !

Saisissant son frère, Hunter l'étreignit violemment. Case manifesta quelque étonnement, puis l'embrassa avec tout autant de fougue.

— Grâce au ciel, dit Hunter. Morgan, viens. Case est vivant !

— Bien sûr que je suis vivant. Tu as encore écouté des sornettes ou des rumeurs.

Hunter donna une tape dans le dos de son frère, l'écarta pour le regarder, l'étreignit de nouveau et le relâcha.

Morgan sortit du couvert. Le cavalier noir portait un fusil en bandoulière.

— Salut, Case, dit-il. Drôlement content de te voir !

Case lui serra la main et lui tapa sur l'épaule.

— Vous avez l'air en forme, tous les deux, dit-il. Mais que faites-vous ici ?

— On a appris dans les Ruby que tu avais été tué par les Culpepper, dit Hunter.

— Il s'en est fallu de peu.

— Comment ça ?

— Reginald et Quincy sont les Culpepper les plus rapides sur lesquels j'aie jamais tiré.

— Que s'est-il passé ?

— Avant même que j'aie eu le temps de les achever, ils ont chacun tiré deux coups. J'ai pris un peu de plomb.

— Tu as l'air plutôt en forme !

— J'ai eu une bonne infirmière. Sara, venez, que je vous présente des amis.

Elle sortit avec méfiance de sa cachette, le six-coups de Case à la main. La vue de Hunter la rassura.

— D'après votre stature, fit-elle en souriant, vous devez être un parent de Case.

— Madame Kennedy, dit celui-ci avec cérémonie, je vous présente mon frère, Hunter Maxwell, et notre ami Morgan Nueces.

— Madame, fit Morgan en soulevant son chapeau. Enchanté.

Hunter retira lui aussi son chapeau et s'inclina :

— Merci d'avoir sauvé la vie de mon frère. Si jamais vous avez besoin d'aide, envoyez-moi chercher dans les montagnes Ruby. J'arriverai à bride abattue.

— Vous ne me devez rien. D'ailleurs, je vous invite tous les deux à dîner, dit-elle avec un sourire. Ragoût de daim et pain de maïs. Le temps que je prépare une fournée.

— C'est très gentil à vous, madame Kennedy, dit Hunter.

— Merci, madame, fit Morgan avec enthousiasme. Depuis plusieurs jours, nous sommes aux biscuits et à l'eau.

— Nous étions pressés, expliqua son compagnon. Un vagabond m'a annoncé que Case était mort.

— Mon pauvre ! s'exclama-t-elle. Pas étonnant que vous ayez l'air fatigué. Je sais ce que c'est !

— Vous êtes gentille, madame Kennedy, dit Hunter, touché par la compassion de Sara.

— Je suis sûre que votre frère n'est pas de cet avis. Et, je vous en prie, appelez-moi Sara. Je n'ai pas été mariée longtemps, et je ne peux pas dire que ce nom m'ait porté bonheur.

— Sara, dit-il en souriant, appelez-moi Hunter.

Elle sourit en retour. Son sourire était comme sa voix, féminin et généreux, mais sans rien d'aguicheur.

— Vous pouvez garder vos artifices pour un autre, lança Case. Hunter est marié à une femme formidable.

— J'ai encore moins d'artifices que vous de politesse, rétorqua-t-elle.

Morgan et Hunter s'esclaffèrent.

— Vous êtes son frère aîné ? demanda-t-elle à ce dernier.

Il acquiesça d'un hochement de tête.

— Vous avez eu, dirait-on, autant de mal à lui apprendre la politesse que moi à mon petit frère !

Hunter lissa sa moustache noire pour dissimuler un sourire.

— Nous nous disputions parfois, admit-il.

— Je n'en doute pas. Mais vous étiez de taille

à le corriger. Conner n'a que quinze ans, mais il est deux fois plus large que moi.

— Plutôt trois, intervint Case. Et il dévore comme une nuée de sauterelles.

— Evidemment, répliqua-t-elle en souriant.

Hunter se mit à rire. C'était certainement sa manière de montrer à tous combien il était heureux d'avoir retrouvé son frère sain et sauf.

— Inutile de continuer à monter la garde, persifla Case. Avec vos braillements, vous devez avoir alerté tout le pays.

Sans cesser de rire, l'aîné prit son frère par les épaules et le serra contre lui. Case répondit à cette étreinte.

Sara fut émue par l'affection des deux frères.

— J'amène les chevaux, mon colonel ? demanda Morgan.

— Je viens avec toi, dit Hunter. Six, c'est beaucoup.

— Six ? fit Sara, soudain affolée. Vous ne m'aviez pas dit que vous étiez aussi nombreux.

— Non, madame, il ne s'agit pas d'hommes, dit Morgan. Nous ne voulions pas épuiser les chevaux, et nous en avons pris trois chacun.

— Vous avez dormi pendant le voyage ?

— Sur la selle, dit Hunter. C'est un truc de soldat.

— Depuis combien de temps êtes-vous partis ?

— Je ne sais pas. Mais je suis soulagé de ne pas arriver pour un enterrement !

— Nous avons eu à manier la pelle, dit-elle, mais ce n'était que pour des hommes de Moody et un Culpepper.

Hunter regarda son frère, et dans ses yeux passa un éclair de dureté.

— Les Culpepper sont dans le coin ? demanda l'aîné.

Case acquiesça.

— Nous n'avons entendu parler que des deux de l'Eglise espagnole, fit Hunter. Ab est ici ?

— Je l'ai même eu dans ma ligne de mire !

— D'autres Culpepper ?

— Tous, sauf celui que j'ai tué il y a quelques semaines : il comptait nous surprendre de nuit.

— Lequel était-ce ? demanda Hunter.

— Parnell, je crois.

— Bon, on s'occupera d'eux dès qu'on sera un peu reposés.

— Que voulez-vous dire ? demanda Sara.

— Ne vous inquiétez pas, madame, dit Morgan. Juste un travail à terminer.

— Vous n'êtes que quatre, en comptant Ute. Ils sont au moins douze.

— A peu près, confirma Case. Un ou deux des hommes de Moody viennent de filer. Ils n'aiment pas Ab.

— Quand les as-tu comptés pour la dernière fois ? demanda Hunter.

— Il y a deux jours. Des traces fraîches quittant le camp, et aucune en sens inverse.

— Nous avons du pain sur la planche.

Sara regarda successivement chacun des trois hommes. Elle voulut poser une question, mais resta silencieuse. Il était clair à leur expression que rien de ce qu'elle dirait ne les ferait changer d'avis.

— Mangez votre dîner, dit-elle à l'adresse de Case.

— Pouvez-vous monter quelque chose à manger pour Hunter et Morgan ? Nous avons à discuter.

— Ça attendra, dit-elle. Ils ont surtout besoin de repos. Ils ressemblent à des chevaux à bout de forces et remis mouillés à l'écurie, comme dirait Ute.

Hunter ébaucha un sourire puis il se tourna vers Case. Celui-ci ne souriait pas. Il regardait Sara avec une émotion évidente et semblait fasciné par le moindre de ses mots.

— Vous n'aurez qu'à suivre la piste qui descend, dit-elle en se tournant vers les deux cavaliers. Je pars en avant pour prévenir Ute et Lola.

— Lola ? fit Morgan. La Grande Lola ?

— C'était. Maintenant, c'est juste Lola.

— Je vois ce que vous voulez dire, madame. Et ce Ute ? Un petit, peu bavard et plein de bon sens ?

— Oui, c'est lui.

— Jamais je n'aurais cru les revoir vivants. J'ai entendu dire que Ute avait été tué par un détachement. Après ça, la Grande... euh... Lola a disparu.

— Sara a sorti Ute du même genre de trou que celui où j'étais, expliqua Case. Pour lui elle est un ange.

— On le comprend, dit Hunter. Un homme ne peut avoir que de bons sentiments pour la femme qui l'a sauvé.

— Ce n'est pas le cas de votre frère. Vous n'avez pas à vous inquiéter pour lui ; son regard sur le monde n'a pas changé.

Case cacha son irritation. Comme il cachait le désir qui le tenaillait dès que le vent changeait et qu'il lui apportait un délicat parfum de rose.

Morgan regarda tour à tour Sara et Case, puis il s'éclaircit la voix :

— Tu en as pour combien de temps ?

— Quelques heures de garde encore, dit Case à contrecœur.

— Je te remplace.

— Tu es plus fatigué que moi.

— Plus affamé aussi. Et je suis sûr que le dîner ici sera plus copieux que ce que Hunter me laisserait en bas !

— Je le surveillerai, dit Sara. Chez moi, les parts sont égales.

— Je plaisantais. Pour ses hommes, le colonel se priverait de sa ration. Descends avec ton frère, fit-il en se tournant vers Case. Il est si heureux que tu sois vivant.

— Merci, accepta Case après une hésitation.

— Quel est le signal d'alerte ? demanda Morgan.

— Comme au Texas. Et on se sert du cri du faucon pour signaler que tout va bien. Sara les adore.

— Des tueurs de poulets ! marmonna le cavalier.

— Quand tu auras fait la connaissance du coq orange de Sara, tu feras des vœux pour les faucons. Viens, Hunter. Allons chercher les chevaux.

— Je vous apporte votre dîner, dit Sara à Morgan. Il doit être froid.

— Tant que je n'ai pas à le tuer avant de le manger, je ne me plaindrai pas.

Lorsqu'elle émergea du buisson avec le dîner, Case et Hunter étaient déjà revenus avec les six chevaux. Ils étaient manifestement fourbus. L'une des montures était un grand étalon dont les contours et le large poitrail rappelaient Grillon. Les autres étaient des mustangs.

Hunter sauta en selle avec une grâce toute féline.

— Je pars en avant prévenir Ute, annonça Sara.

— N'y allez pas à pied, dit Hunter. Clairon est un gentleman. Il acceptera de porter double charge.

— Si elle monte avec quelqu'un, ce sera avec moi, intervint Case d'un ton cassant. Clairon a l'air épuisé, ajouta-t-il.

Hunter leva les sourcils. Son frère se montrait bien possessif envers la jolie veuve...

Au sifflement de Case, Grillon arriva en trottant. Sans un mot, son maître dénoua les rênes de son cou, puis se tourna pour aider Sara à monter.

Mais elle avait déjà disparu.

— Elle est partie à toute vitesse, remarqua Hunter. L'idée de monter à deux ne l'enchante apparemment pas.

Case manifesta d'un haussement d'épaules une indifférence qu'il était pourtant loin d'éprouver.

18

— Je suis désolée, s'excusa Sara. Il faudra que quelqu'un reste debout. Je n'ai pas assez de chaises pour tout le monde.

— Je suis resté assez longtemps assis, dit Hunter avec un sourire. Je peux tout aussi bien manger debout.

Tandis qu'elle servait le dîner, le regard de

Conner passait alternativement de Hunter à Case.

— Deux gouttes d'eau ! dit-il. Hunter a les yeux gris, mais si on rasait Case et si on lui collait un sourire...

— Sois poli, le coupa Sara.

— Cessez donc de l'embêter, intervint Case. En tout cas, pour ce qui est du maniement des armes, Ute lui a appris les bonnes manières !

Sara regarda froidement Case.

— Conner est mon frère. Mêlez-vous de ce qui vous regarde.

— Non.

— Pardon ?

— Conner a la stature d'un homme et fait un travail d'homme. Cessez de le garder dans vos jupons. Nous avons besoin d'un homme, pas d'un petit garçon.

Sara blêmit, ouvrit la bouche, prête à l'attaque.

— Ce n'est pas grave, dit Conner à Case. Ma sœur et moi avons traversé des moments difficiles. Elle a pris l'habitude de me materner, et moi de me faire du souci pour elle.

La jeune femme se tourna vers son frère et, devant son air tranquille, elle s'apaisa, lui sourit et se remit à servir le ragoût.

Hunter sembla soulagé, et Case changea de conversation.

— Comment va Elissa ? demanda-t-il à son frère.

— Plus belle que jamais. Et tu seras de nouveau oncle avant l'automne.

— Encore des enfants ? Tu es plus courageux que moi !

— Ou plus bête. Mais je suis drôlement heureux. La vie avec Elissa rend mes jours et mes nuits éclatantes.

Sara se rappela que Case lui avait dit qu'un certain type d'amour entre un homme et une femme rendait le soleil plus brillant. Il devait parler de Hunter et d'Elissa, se rappela-t-elle.

— Pourquoi un homme doit-il être courageux pour avoir des enfants ? demanda Conner. Ce sont les femmes qui accouchent.

— Les enfants meurent parfois, dit Case.

Sara se racla la gorge.

— Mange, maintenant, avant que cela ne refroidisse, ordonna-t-elle en se tournant vers son frère.

Il ne se le fit pas dire deux fois.

Sans le regarder, Sara mit une assiette entre les mains de Case. Les deux hommes commencèrent à manger. Ils n'étaient pas aussi rapides que Conner, mais ils n'en laissèrent pas une bouchée.

Voyant la jeune femme remplir de nouveau les assiettes sans prendre le temps de se nourrir elle-même, Case lui demanda :

— Où est votre dîner ?

— J'ai déjà mangé.

N'en croyant rien, il lui offrit sa part.

— Mangez, dit-il sèchement. Si vous maigrissez, vous n'aurez plus besoin de sortir par la porte, vous passerez par les fentes des murs.

Elle essaya de lui rendre l'assiette.

— J'ai du maïs à moudre, dit-elle.

— Je le ferai.

— Vous êtes assez occupé à faire le guet, apprendre le tir à Conner, fabriquer des balles, ramasser du b...

— Mangez. Combien de fois faut-il vous le dire ?

Conner s'étrangla. Déjà, au petit déjeuner, il avait assisté à la même scène. Case lui donna une grande tape dans le dos.

— Va te coucher, dit-il. Tu dois être à minuit sur la crête.

— Laisse-le dormir, intervint Hunter. Morgan et moi nous prendrons son tour.

— Merci, mais non, dit vivement Conner. Vous avez eu une dure chevauchée. Nous pourrons commencer demain à nous partager la garde de nuit.

Pendant la guerre de Sécession, Hunter avait rencontré nombre de garçons de l'âge de Conner. Il savait combien leur énergie était grande. Et, même si Conner avait des cernes sous les yeux, son regard était clair et vif. Il était loin d'avoir épuisé ses forces.

— D'accord, dit Hunter. Merci.

— Je vous en prie, mon colonel ! Tu me trouves bien ? demanda-t-il en jetant un regard timide à sa sœur.

Tout en riant, Sara regarda son frère avec des yeux embués.

— Très bien. Comme toujours d'ailleurs. C'est seulement que je mets du temps à m'en rendre compte.

— Ne perds ton temps à me féliciter d'agir selon mon âge.

— Tu te trompes, murmura-t-elle, la larme à l'œil. Je n'ai rien de plus important à faire.

D'un mouvement brusque, Conner la souleva de terre. Elle poussa un cri de surprise.

— Conner Lawson !

— C'est moi. Ton seul et unique frère.

— Dieu merci ! Que ferais-je avec deux comme toi ?

— Tu t'amuserais deux fois plus.

La serrant contre lui, il se mit à tournoyer. Après quelques pas de danse, il la reposa à terre, pas même essoufflé.

— Bonsoir, tout le monde, dit le garçon en se dirigeant vers la porte. Dites à Lola de me réveiller pour mon tour de garde.

Comme Case, Conner dormait à présent derrière la cabane. Bien que personne n'en parlât, chacun avait peur que les Culpepper ne reviennent par là.

— Vous en avez fait un bon garçon, observa Hunter.

— Je n'y suis pour rien, répondit-elle en souriant.

— Ça m'étonnerait.

— Demandez à Case. Il me considère comme une très mauvaise mère.

— Je n'ai jamais dit ça.

— Vous ne cessez de me reprocher de le garder dans mes jupes.

— Tenez, dit-il en lui tendant la main. Faites-vous donc les dents là-dessus.

— Avez-vous remarqué que le manque de sommeil rend votre frère irritable ? demanda-t-elle en se tournant vers Hunter. S'il voulait bien me laisser faire le guet, il pourrait dormir davantage.

Hunter se lissa la moustache en essayant de ne pas sourire.

— De quel côté es-tu ? lui demanda Case.

Hunter ne répondit pas mais il regarda son frère d'un air amusé.

— Allez, cessons nos enfantillages, fit Sara.

Mangez de bon appétit. J'ai du grain à moudre et de la laine à filer.

— J'ai dit que je moudrais le maïs, dit Case.

Hunter sourit et se mit à manger. Vite. Il sentait qu'un orage s'annonçait.

— Vous avez besoin de sommeil, dit sèchement Sara à Case.

— Et pas vous ?

— Je ne suis pas aussi irritable.

— C'est vous qui dites ça ?

Case se tourna vers son frère, qui, son ragoût achevé, se dirigeait vers la porte.

— Hunter ? dit-il.

— Bonsoir, les enfants, fit celui-ci sans se retourner.

La porte de la cabane se referma derrière lui.

— Où va-t-il dormir ? demanda Sara.

— Dehors, avec nous.

— Je suis donc si infréquentable ?

— Quoi ?

Les yeux embués de larmes, Sara se retourna et prit la marmite pendue au-dessus du feu. Qu'est-ce qu'elle avait donc ?

Elle qui ne pleurait jamais, elle se sentait sans cesse au bord des larmes, ces temps-ci.

— On me fuit comme la peste, marmonna-t-elle.

Et elle referma la main sur ce qu'elle croyait être la poignée en bois de la marmite. Hélas, c'était une partie du trépied en fonte rougi par le feu.

— Aïe ! s'exclama-t-elle en lâchant prise.

— Pourquoi avez-vous fait ça ? demanda Case.

— Je suis idiote, c'est tout.

— Pas plus que moi. Montrez-moi ça.

— Ce n'est rien, fit-elle en cachant sa main.

Il lui saisit le poignet.

— Vous êtes têtue ! grommela-t-il en la tirant vers lui. Faites-moi voir votre main. Je suis sûr que vous ne diriez rien même si vous vous étiez brûlée jusqu'à l'os. Je vais regarder.

— Qui vous a donné le droit de... ?

— Vous, la coupa-t-il.

— Quand ?

— Quand vous m'avez invité en vous.

Elle rougit et blêmit tour à tour, puis essaya de parler, mais en vain.

Avec une tendresse infinie, Case lui ouvrit la main, découvrant une marque rouge à la base de chaque doigt. Il poussa une exclamation, puis porta la main blessée à ses lèvres et baisa chacune des brûlures.

Elle frissonna. Le souffle de Case et le frôlement de sa bouche lui rappelaient les souvenirs intimes qu'elle essayait d'oublier.

— Non, balbutia-t-elle. Ne faites pas ça.

Il leva vers elle ses yeux d'un vert profond.

— Je vous fais mal ? demanda-t-il.

— Pas encore.

— Vous ai-je déjà fait mal ?

— Oui.

— Quand j'étais en vous ?

Elle ferma les yeux et détourna la tête.

— Chérie ? Est-ce que je vous ai fait mal ?

— Pas... à ce moment-là.

Se penchant sur sa main, il la couvrit de baisers légers.

— Quand vous ai-je fait mal ?

— Après. En vous débarrassant de moi.

Il leva vivement la tête. Elle ne le regardait pas. Elle fixait le sol, gênée.

— Je ne sais pas ce que j'ai fait pour vous dégoûter, murmura-t-elle.

— Vous...

— Non. Ne me le dites pas. Ça ne fait rien. Ça ne se reproduira pas.

— En effet.

A l'idée de ne plus jamais goûter à tant de délices, quelque chose en lui se révolta.

Une larme glissa sur la joue de Sara et s'arrêta au coin de sa bouche. Alors, s'approchant d'elle, il l'enleva d'un baiser.

— Arrêtez, dit-elle, tremblante. Je ne le supporterai pas une seconde fois.

— Sara. Ma douce, passionnée, innocente Sara ! Vous ne m'avez pas dégoûté. Je vendrais mon âme pour être de nouveau en vous.

— Alors pourquoi... ? souffla-t-elle.

— C'est ce qu'il m'en coûterait d'être votre amant. Ce qu'il me reste d'âme.

— Je ne comprends pas.

Il lui souleva le visage et l'embrassa avec une tendresse et une passion qui les laissèrent tous deux haletants.

— Je ne sais pas comment vous expliquer, dit-il. Je suis parti à la guerre à l'âge de quinze ans. J'ai entraîné mon frère avec moi. Il était marié à une petite allumeuse. Ils avaient deux enfants : Ted et Emilie.

Malgré son air impassible, Sara sentait combien il lui était pénible de parler de son passé. Elle aurait voulu lui dire de se taire mais, plus encore, elle désirait pénétrer les ténèbres de son âme.

— Hunter ne tenait pas à partir, à cause des enfants, poursuivit-il, mais Bélinda et moi l'en avons convaincu.

— Votre frère ne me semble pas être du genre à se laisser mener par le bout du nez.

— Peut-être était-il aussi content d'être débarrassé de sa femme qu'elle de coucher avec les voisins ! Je suis donc parti tout feu tout flamme pour sauver la civilisation. Mais j'ai vite compris que la guerre, c'est l'enfer pour les femmes et les enfants. Pour les hommes aussi, ajouta-t-il gravement.

Afin d'apaiser la tension qu'elle sentait monter en lui, Sara lui effleura la joue de la main.

— Seule la pensée de mon neveu et de ma nièce m'a empêché de devenir fou, dit-il. Surtout Emilie. Elle était vive et rieuse. Elle aimait tant la vie.

Il hésita, puis reprit d'une voix monotone :

— Quand les choses allaient vraiment mal, je sortais la petite tasse et la soucoupe en porcelaine que je lui avais achetées. Je les regardais et je priais pour que cette fichue guerre finisse vite.

Sara passa les bras autour de Case et l'étreignit en silence. Elle aurait voulu lui dire qu'il n'était pas seul avec ses souvenirs, qu'elle les partagerait avec lui.

— Je suis rentré de la guerre quelques semaines avant mon frère, poursuivit-il. J'ai trouvé... J'ai trouvé...

— Ne me dites pas.

Il s'accrocha à elle avec passion.

— Les Culpepper, dit-il enfin d'une voix tremblante. Des sudistes comme moi. Ils étaient passés dans notre ranch trois jours avant mon arrivée. Ils avaient tué tous les hommes de la vallée, volé ou massacré les animaux, brûlé les maisons et les granges. Après avoir achevé les femmes, ils ont emmené les enfants et...

Le silence qui suivit était plus insoutenable encore que ses paroles.

— Quand j'ai enfin retrouvé Em et Ted, je n'avais pas de pelle, murmura-t-il. J'ai creusé leur tombe avec mes ongles. Et puis je suis parti à la recherche des Culpepper.

Sara se mit à pleurer en silence. A présent elle savait pourquoi le rire, l'espoir et l'amour avaient quitté Case.

— Vous comprenez maintenant pourquoi je vous ai repoussée ? demanda-t-il. La mort d'Em et de Ted... Ça a tué quelque chose en moi. Je ne peux pas vous donner ce que vous méritez.

— Ce que je mérite ?

— Un mari. Des enfants. De l'amour. Tout cela est mort, comme la petite Em.

— Je n'en crois rien. Quelqu'un d'aussi tendre que vous n'a pas perdu la faculté d'aimer.

— Il ne me reste que le désir, dit-il en la regardant droit dans les yeux. Quand un homme a la volonté de séduire, il fait ce qu'il faut pour obtenir au plus vite l'objet de son désir. Vous vouliez de la tendresse, je vous en ai donné.

— Ai-je demandé autre chose ?

— Vous n'avez pas à me demander. Ça se voit dans vos yeux.

— Que j'ai envie de vous planter un couteau dans le dos ? dit-elle en souriant à travers ses larmes.

— Vous ne pouvez pas me tromper, répliqua-t-il. Vous êtes comme une ruche. Sous vos piqûres, il n'y a que douceur.

— Vous voulez quelque chose que je peux vous donner et que je veux aussi.

Il secoua la tête.

— Vous venez de dire que vous me désiriez, insista-t-elle. Et moi je vous désire tout aussi fort que vous.

Il regarda ses joues rouges, ses yeux remplis de larmes et ses lèvres tremblantes.

— Du miel sauvage, dit-il d'une voix rauque. Ne me tentez pas.

— Pourquoi ?

— Parce que je pourrais faire un bébé avec vous.

— Un bébé, répéta-t-elle en souriant.

— Je ne veux pas d'enfants, dit-il en la repoussant. Jamais.

Elle le serra dans ses bras et, se dressant sur la pointe des pieds, lui embrassa le coin de la bouche, puis lui effleura la lèvre inférieure du bout de la langue.

Il se rejeta subitement en arrière, comme s'il s'était brûlé.

— Ne me poussez pas trop loin, dit-il rudement. Je ne veux pas d'enfants, je vous haïrais. C'est ce que vous voulez ?

Alors, sans un mot, elle s'écarta de lui, alla prendre son fuseau et se mit filer.

Quelques instants plus tard, le craquement du maïs écrasé entre deux pierres retentit à l'autre bout de la pièce.

19

— Cet *hombre* est un imbécile, dit Lola en regardant le tas de maïs de Case.

Sara ne broncha pas.

— Tu as beaucoup filé, toi aussi, fit-elle encore remarquer.

— Conner grandit plus vite que de la mauvaise herbe !

— Et Case a les nerfs à fleur de peau.

— Je n'avais pas remarqué.

Lola éclata de rire.

— Tu ne sais pas encore comment soulager un mâle ? demanda-t-elle.

— Il faut le vouloir.

— Tu vas pas me dire que tu le désires pas ?

— Non. Je dis que *lui* ne me désire pas.

— Foutaises.

Sara maniait le fuseau avec une telle ardeur que le tas de laine sous ses doigts se transformait en fil à une étonnante vitesse.

— Il est fou de toi, poursuivit Lola. Il lui suffit de te regarder pour devenir dur comme un pieu !

Le fuseau sursauta. Le fil se tendit à se rompre.

— Bon, marmonna Sara entre ses dents. Case me désire, mais il ne me touchera pas. Il a trop peur que je tombe enceinte. Contente ?

— Ma fille, renifla Lola, où avais-tu les oreilles quand je t'ai parlé d'éponges et de vinaigre ?

Sara leva les yeux de son ouvrage. Ce que Lola vit dans ses yeux la fit sourire. Elle tira de son pantalon la petite bourse en cuir et la lança en direction de la jeune femme.

— T'avais oublié ?

Le fuseau s'arrêta. Sara regarda le sac de cuir avec des yeux ébahis.

— Et si ça ne marchait pas ? murmura-t-elle.

— Et si le soleil se levait pas demain ?

— C'est sûr ? insista Sara.

— Rien n'est jamais sûr, à part le péché et la mort. Ça marche mieux chez certaines que chez d'autres.

— Pour toi ça a marché ?

— J'ai jamais mis bas. Je me suis fait prendre quelques fois, mais ça n'a jamais tenu. Ça arrive souvent chez les putains.

Sara accepta le sac de cuir, les doigts tremblants, et le fourra dans la poche de son pantalon.

— Bon, dit Lola. Maintenant, on va pouvoir arrêter de marcher sur des œufs autour de Case. Tu te rappelles comment utiliser ces éponges ?

— Oui, fit la jeune femme en reprenant son travail.

Lola vida un sac de poil de chèvre à côté de la chaise de Sara et sortit en riant.

— Le pain brûle, cria-t-elle de l'extérieur.

Sara bondit, retira la poêle du feu et mit le pain à refroidir sur un chiffon. Puis elle ajouta de la pâte dans la poêle, attisa le feu et retourna à son ouvrage et à ses pensées. Comment, se demandait-elle, aller chercher le trésor, alors que Case ne voulait pas la laisser partir seule et ne voulait pas non plus l'accompagner ?

— Madame ? appela une voix de l'extérieur. C'est Morgan et Hunter. Si vous voulez bien nous donner du pain et des haricots, nous ne vous dérangerons pas.

Elle posa hâtivement son ouvrage et ouvrit la porte.

Les deux hommes retirèrent leurs chapeaux. Ils étaient lavés et rasés de frais.

Elle leur sourit.

— Vous ne me dérangez pas du tout, dit-elle.

Entrez et asseyez-vous. Je vais vous préparer votre petit déjeuner.

— Pas la peine, dit Morgan. On a l'habitude de se débrouiller !

— Parle pour toi, dit Hunter. Depuis ces derniers mois, je suis habitué à la grande cuisine !

— Elissa te gâte trop...

Son compagnon sourit d'un air satisfait et ne répondit rien.

Sara se demanda tristement si Case souriait, lui aussi, avant la mort de la petite Emilie, de ce sourire chaud et bienheureux.

— Hélas, ce n'est pas un festin qui vous attend ici, dit-elle en se ressaisissant. Du pain de maïs, de la bouillie, des piments et des haricots, et quelques autres légumes... Si les rats n'ont pas tout dévoré !

— Ça sera parfait ! s'exclama Morgan avec ferveur.

— Ne faites pas attention à lui, dit Hunter avec un clin d'œil. Il s'entraîne pour la fille qui l'attend au Texas.

— Certains ont besoin de s'entraîner, répliqua Morgan. Pas moi.

Sara disposa deux assiettes, emplit deux tasses d'eau et servit les haricots.

— Tu as encore du café dans tes sacoches ? demanda Hunter à Morgan.

— J'suis trop bête ! Excusez-moi, m'dame. Mettez de l'eau à bouillir, j'arrive tout de suite.

— Du café ? fit-elle, croyant avoir mal entendu. Vous avez du café ?

— Oui, m'dame. Mais on s'est jamais arrêtés assez longtemps pour le préparer.

— Vous avez intérêt à le surveiller avec un fusil, dit-elle à Hunter. Nous n'en avons pas eu depuis que Ute en a troqué contre des mocassins et du tissu à l'Eglise espagnole.

Hunter grimaça, à l'évocation du village où son frère avait failli mourir.

— On devrait nettoyer ce nid de vipères, dit-il.

— Ce serait une perte de temps, répliqua-t-elle. On a l'impression qu'il y en a toujours plus !

— Oui, mais il y en a de pires que d'autres.

— Les Culpepper ?

— On ne les chasse pas. On leur coupe la tête et on les enterre sous un rocher.

Sara fut parcourue d'un frisson. A cet instant, Hunter ressemblait terriblement à son frère. Tout aussi dur et glacial. Elle fut soulagée lorsque Morgan revint avec un petit sac en toile et un moulin à café. L'odeur du café moulu ne tarda pas à emplir la cabane. Ute et Case apparurent peu après. Ce dernier était lavé de frais.

— J'espère que vous avez apporté vos tasses, dit-elle d'un ton pincé. Je n'en ai plus.

Ils sortirent chacun leur tasse en fer-blanc. Elle y versa du café et tâta le pain.

— C'est prêt, dit-elle. Attention de ne pas vous brûler les doigts.

Ute emplit son assiette de haricots et de pain, se choisit un coin près du feu et mangea, assis sur ses talons, avec l'aisance d'un homme se servant rarement d'une chaise ou d'une table.

Lorsqu'il s'aperçut que Sara ne prenait pas de café, Case lui demanda :

— Vous n'aimez pas le café ?

— Si, mais Conner a emporté sa tasse sur la crête...

Hunter et Morgan se levèrent immédiatement et lui tendirent leur gobelet.

— Asseyez-vous, dit Case. Elle peut se servir de ma tasse.

Après quelques instants d'hésitation, ils retournèrent à leurs places respectives.

Sara remplit une assiette et la tendit à Case.

— Je suppose que Conner a aussi emporté son assiette, dit-il.

— Pleine à ras bord.

— Alors nous allons partager.

Sur ces mots, il lui mit une cuillerée de haricots dans la bouche. Interloquée, elle ne se rebiffa pas aussitôt. Puis, comprenant qu'elle était en train de manger la part de Case, elle se mit à protester.

— On ne parle pas la bouche pleine, dit Case.

Morgan toussa.

Hunter lança à son frère un regard en coin.

Trop occupé à nourrir Sara, celui-ci ne remarqua rien. Et il ne recommença à manger que lorsque Sara eut avalé à peu près la moitié de sa part.

— Prenez du café, dit-il. A moins que vous ne vouliez que je continue à vous donner la becquée comme à un oisillon ?

— Je ne pense pas que ce soit une bonne idée. Et puis, le café est brûlant !

Le calme retomba, et on n'entendit bientôt plus dans la cabane que le bruit des hommes raclant leurs assiettes.

Dès qu'il eut terminé, Hunter poussa un soupir satisfait.

— Je n'ai pas mangé de si délicieux haricots depuis le Texas, s'extasia-t-il.

— Ce sont ces méchants petits piments, dit Sara. Ute m'a appris à m'en servir.

— Il faudra que je rapporte des graines pour Elissa, fit Hunter.

— Je vous en donnerai, promit Ute.

— Ma femme sera ravie. La plus grande partie de son potager a été saccagée par des pillards. Depuis, nous essayons de trouver des graines et des boutures.

— Nous avons des courges, des pommes de terre, des haricots, du maïs et des graines de légumes verts, dit Sara. Prenez ce dont vous avez besoin. Si vous voulez des graines de lin pour du tissu ou de l'huile, ou des œufs fécondés, nous en avons en trop.

— Désormais, je m'occuperai de ramasser les œufs. C'est trop de travail pour Conner, dit Case. Et je construirai un poulailler dès que ma cabane sera terminée.

— Tu as l'intention de t'installer ici ? demanda Hunter, éberlué.

— Oui. La terre...

Il hésita, puis haussa les épaules.

— La terre m'apaise, acheva-t-il. Et je me sens bien ici.

Hunter regarda Sara, très occupée à nettoyer la marmite des haricots.

— Dans ce cas, nous devons nous occuper sérieusement des Culpepper, dit-il.

— Si on doit venir à chaque fois que tu as des ennuis avec eux ! Ça fait une longue route, ajouta Morgan.

— Ils sont bien installés ? demanda Hunter à son frère.

— La plupart ont des huttes en branchages qui n'arrêteraient pas une balle.

— Et Ab ?
— Lui et deux de ses parents sont retranchés à flanc de canyon.
— De bons angles de tir ?
— Un seul, et il est bien gardé.
— On peut les enfumer ?
— Possible, mais je n'aimerais pas ça.
— L'eau ?
— On l'appelle le canyon des Sources, parce que l'eau y coule toute l'année.
— Vivres et munitions ?
— Suffisamment pour un long hiver ou un siège raisonnable.
— Points faibles ?
Ute adressa à Hunter un regard approbateur.
— L'indiscipline, répondit Case. Certains ranchs du haut pays ont été pillés sans ordre.
— Des pillards tués ?
Case regarda Ute, qui secoua la tête.
— Ces fumiers d'éleveurs rateraient une vache dans un couloir, déclara le métis d'un ton méprisant.
— Des pillages ici ? demanda encore Hunter.
— Votre frère sait tirer, lui, dit Ute. On a dû manier la pelle.
— Pas assez, dit Case.
— Ils surveillent le ranch ? insista son aîné.
Ute et Case hochèrent affirmativement la tête. Hunter jeta un regard rapide à Sara, qui récurait toujours la marmite.
— C'est une des raisons de leur présence ici, dit Case. L'autre étant le trésor espagnol.
— J'en ai vaguement entendu parler, fit Morgan.
— Les Culpepper et la bande à Moody aussi ! ajouta Case.

— Ils ne le trouveront pas, dit Sara en levant la tête.

— Comment pouvez-vous en être si sûre ? demanda Hunter.

— J'y ai réfléchi.

— Et ? fit Case.

— Ils ne cherchent pas au bon endroit.

— Qu'est-ce qui vous fait dire ça ?

— Comme je l'ai dit, j'ai réfléchi.

— A quoi ?

— Je n'en dirai pas plus tant que je n'aurai pas été me rendre compte par moi-même.

— Vous croyez que je le volerai ? demanda Case.

— Quelle idée ! s'exclama-t-elle, offusquée. Mais je suis la seule à pouvoir chercher cet argent.

— Ce n'est pas prudent.

— Je sais. Mais vous allez et venez sans arrêt. J'en ai assez d'être enfermée ici.

Case jura dans sa barbe et regarda son frère, qui lui sourit, puis il se tourna de nouveau vers Sara avec un regard glacial.

— Où voulez-vous commencer ? demanda-t-il.

— Je vous le dirai quand nous serons sur place.

— Plus entêtée...

— On dirait que tu vas être occupé, le coupa Hunter. Morgan et moi nous partagerons les tours de guet.

Case voulut discuter, mais son frère ajouta :

— Tant que Sara n'est pas seule, elle est plus en sécurité que dans la cabane.

— Mais... commença Case.

— En fait, poursuivit Hunter, peut-être

devrait-elle sortir à la nuit tombée et dormir dehors avec une surveillance. Cette cabane brûlerait comme une torche. Nous sommes quatre à la protéger. Si tu ne peux pas le faire, l'un de nous le fera.

— Conner pourrait... commença-t-elle.

— Non, firent en chœur Ute et Case.

— C'est un bon garçon, mais il manque d'expérience, insista Ute.

— Je me chargerai de Sara, dit Case froidement, sauf quand tu auras besoin de moi pour aller en reconnaissance au canyon des Sources.

— Je suis pas mauvais à la chasse à l'approche, déclara Morgan fièrement. Surtout la nuit.

— Tu as failli m'avoir, au Mexique, dit Ute avec un large sourire.

— Ça a été moins une ! acquiesça Morgan.

— Tu en as toujours après moi ?

— J'aimais le cheval que tu m'as volé, c'est vrai, dit-il. Mais c'est du passé. A moins que je ne te trouve près de mes chevaux...

Ute gloussa.

— On a plein de chevaux maintenant, dit-il. Conner et Sara apprivoisent les sauvages. Les mustangs sont attirés par eux comme des mouches par la confiture.

Hunter regarda les deux hommes et hocha la tête, satisfait de les voir réconciliés.

— Tu connais bien la région, dit-il à Ute.

Le vieux hors-la-loi avala sa dernière goutte de café et se leva.

— Je la connais.

— Montre-moi les meilleurs observatoires autour du ranch, les meilleurs coupe-gorge près du canyon des Sources, ceux en cul-de-sac et ceux qu'un homme à pied peut escalader.

— Si Hunter avait été général, dit Case, le Sud aurait gagné la guerre.

— J'en doute, fit Morgan.

— Moi aussi, marmonna Hunter. La tactique est une chose. Le fusil à répétition en est une autre. Les fusils des Yankees étaient des merveilles.

Il se leva et s'adressa à Ute :

— A pied ou à cheval ?

— D'abord à cheval. Ensuite à pied.

— Quand vas-tu sur la crête ? demanda Morgan à Ute.

— Midi.

— Moi, je prends mon tour de midi au coucher du soleil. Merci, m'dame, pour le petit déjeuner. Une femme aux fourneaux, c'est le rêve pour un homme !

— Je vous en prie, dit Sara. C'est le moins que je puisse faire. Ce n'est pas votre combat.

— S'il y a un Culpepper, c'est mon combat.

Remarquant le visage soudain durci de Morgan, Sara pensa que les Culpepper avaient dû lui en faire voir à lui aussi de toutes les couleurs. Cependant, elle n'osa pas l'interroger sur son passé.

— Pourquoi ne leur tirez-vous pas dans le dos ? demanda-t-elle à Hunter. Ils sont tous « recherchés morts ou vifs ».

— Si c'était tellement facile, ils seraient déjà morts depuis longtemps au Texas. Mais ils sont rusés.

— J'ai été dans leur camp, dit Ute. La prochaine fois, j'en descends quelques-uns !

— Non ! s'exclama-t-elle. Surtout si Conner est avec toi !

— Vous ne pouvez pas le protéger éternellement, intervint Case.

— Je ferai ce que j'ai à faire.

— Il serait préférable, dit Hunter à Ute, que tu ne donnes pas de coup de pied dans la fourmilière, il vaut mieux attendre que nous leur ayons tendu quelques pièges.

— Aujourd'hui, demain, la semaine prochaine, c'est pareil. Les Culpepper sont des hommes morts.

— Tu as quelque chose contre eux ? demanda Hunter.

— Ils ont, entre autres crimes, criblé de balles la veste de Sara. Ils croyaient que c'était elle. Des hommes morts, jusqu'au dernier.

Case regarda Ute, étonné. Il ne l'avait jamais vu dans cet état.

— On y va ? demanda Ute à Hunter.

— A cheval, acquiesça-t-il. Ensuite on avancera à pied.

— Je vais faire un tour d'inspection, annonça Morgan.

— Ne piétinez pas Conner, le pria Sara. Il dort près d'un de ces bouquets de grandes sauges.

— Je marcherai comme sur des œufs, m'dame, dit-il en se dirigeant vers la porte de la cabane.

Hunter et Ute lui emboîtèrent le pas. Le battant se referma derrière eux.

Se retrouvant seule avec Case, Sara se tourna vers lui. Il la regardait avec des yeux embrumés.

— Mettez des haricots à tremper, dit-il, je vais seller Grillon et Shaker.

— Pour quoi faire ?

— Chercher le trésor.

— D'accord. Je mets les haricots à tremper.
— On aura assez avec trois chevaux de bât ?
— Pour tout l'argent ?
— Pour tout le bois. Ça brûle mieux que vos absurdes rêves de trésor !

20

Un vent glacé balayait le pays. Des nuages sombres roulaient bas dans le ciel, s'accumulant contre les pics et les plateaux pour former une masse d'un noir bleuté.

— Ça sent la neige, remarqua Sara.

— Si c'est le cas, demain, nous chasserons le cerf plutôt que le trésor ! dit Case en remontant son col.

Elle aurait aimé discuter mais elle savait qu'il avait raison. Elle avait désormais de nouvelles bouches à nourrir, et non des moindres ! Les traces d'animaux seraient visibles sur la neige fraîchement tombée ; ils ne pouvaient laisser passer cette chance.

— Rien à redire ? fit-il.

— J'ai envie de manger, comme tout le monde.

— D'après ce que j'ai pu constater ces derniers temps, je ne l'aurais pas deviné.

Case avait besoin de la provoquer, préférant sa mauvaise humeur à la manière dont elle l'évitait sans cesse. Cependant, il savait aussi qu'il était responsable de cette attitude. Elle faisait tout ce qu'elle pouvait pour ne pas le tenter.

Hélas, il ne pouvait oublier la sensualité de la

jeune femme, l'éclat de la lumière sur ses cheveux, le parfum de sa peau, le murmure du fuseau quand elle filait, la courbe de son menton quand elle regardait un faucon voler dans le ciel... Tout en elle le séduisait. Le moindre de ses mouvements, le moindre de ses regards...

— Venez, têtes de mules, marmonna-t-il en tirant sur la longe.

Les chevaux s'ébranlèrent à contrecœur. Puis ils s'engagèrent dans le canyon. Humains et bêtes allaient lentement, glacés par le vent d'hiver qui soufflait sans répit.

Le canyon où ils se trouvaient allait en se resserrant et devait probablement se terminer par un mur rocheux que seuls les faucons pouvaient franchir. L'idée n'était guère plaisante, et tous savaient que les pillards pouvaient s'y être réfugiés et les y attendre.

Case se sentait des fourmillements dans la nuque. Il avait le sentiment d'être épié. Il scruta chaque point du canyon mais ne vit rien d'anormal. Il observa également les chevaux pour savoir s'ils avaient repéré une présence étrangère.

Soudain, Sara arrêta sa monture devant un amas d'arbres morts et de rocaille qui barrait le canyon.

— J'en ai pour une minute, dit-elle en descendant de cheval.

Case sauta à terre et la saisit par le bras avant qu'elle n'ait eu le temps de faire le moindre pas.

— Où allez-vous ? demanda-t-il d'une voix qui trahissait son désir.

Elle en eut la chair de poule.

— Si vous me dites ce que vous avez en tête, je pourrai peut-être vous aider, ajouta-t-il.

— Je veux grimper là-dessus pour avoir une

meilleure vue sur les flancs du canyon, dit-elle en montrant un monticule.

— Si vous voyez distinctement le canyon, un homme avec un fusil vous verra tout aussi distinctement.

— Vous pensez vraiment...

— Oui, vraiment, la coupa-t-il. Vous devriez essayer de réfléchir un peu, sinon vous allez mal finir. A marcher contre le vent comme nous le faisons, les chevaux ne peuvent pas sentir si quelqu'un nous suit. Cependant, je suis presque sûr que nous sommes observés.

Sara humecta de la langue ses lèvres desséchées. C'était plus qu'il n'en pouvait supporter. Déchiré de désir, il lui étreignit le bras, puis, se reprenant, il desserra son étreinte.

— Que cherchez-vous ? demanda-t-il d'une voix soudain caressante.

— Je cherche des ruines.

— Où ?

— En haut de la gorge. Sur le flanc sud. J'ai cru repérer quelque chose en ramassant du bois.

— Je vais voir, dit-il, lui lâchant le bras. Attendez ici. Si les chevaux entendent quelque chose, mettez-vous à couvert.

Case escalada le monticule fait d'une accumulation de bois, de terre et de rochers de toutes tailles. Plus il montait, plus il devenait patent que, durant ces dernières années, une crue avait envahi le canyon jusqu'en haut. Il pensa que cela avait peut-être eu lieu l'année de la mort de Hal. Sara n'avait-elle pas dit qu'à cette époque les canyons latéraux étaient pleins d'eau et que la Rivière Perdue avait même débordé ?

Il atteignit enfin le sommet du monticule,

s'aplatit dans une crevasse et scruta le haut de la gorge avec sa longue-vue.

Rien ne bougeait.

Case regarda de nouveau, se concentrant cette fois sur les flancs du canyon, où des fissures et de petits surplombs sculptaient le rocher. Finalement, il distingua quelque chose qui ressemblait à des ruines. Et après avoir repéré un chemin d'accès, il reporta son attention vers le bas du canyon.

Quelque chose brilla à l'entrée de la gorge. Ce devait être une longue-vue. Il avait donc eu raison. Ils étaient épiés. Et ce, où qu'ils aillent...

Case dévala la butte pour rejoindre Sara.

— Alors ? demanda-t-elle. Qu'avez-vous vu ?

— Au moins un homme qui surveille l'entrée du canyon.

— A quelle distance ?

— Hors de portée de fusil.

— Il doit y faire bien froid. Le vent fouette violemment l'entrée des canyons.

— Il y a des ruines sur le flanc sud, ajouta-t-il. Rien de très frappant.

— On peut y aller d'ici ?

— Ce ne sera pas facile.

— Mais c'est possible ?

— Oui, soupira-t-il.

Elle se hâta vers les chevaux de bât et détacha la pelle.

— Qu'attendez-vous ? demanda-t-elle.

— Vous êtes sûre que vous n'aimeriez pas mieux... ?

— Oui, je suis sûre.

S'approchant de sa selle, il détacha deux couvertures roulées dont il fit des ponchos.

— Mettez ça sur votre veste, lui ordonna-t-il.

— Mais...

— Ne discutez pas, pour une fois, dit-il, jetant le poncho par-dessus le chapeau de Sara.

Leurs souffles se mêlèrent, lorsqu'il se pencha pour le mettre en place.

— Merci, marmonna-t-elle.

— Je vous en prie, répliqua-t-il d'un ton moqueur.

Sur ce, il enfila son poncho, empoigna la pelle et recommença l'ascension du monticule, Sara sur ses talons.

La neige commençait à tomber. Les premiers flocons tournoyaient comme des pétales. Puis le vent forcit, la neige tomba plus dru, couvrant le pays d'un manteau de silence.

— Nous devrions rentrer, dit-il en atteignant le sommet.

— Pourquoi ? Seule la pluie est dangereuse dans ces canyons.

— Et les congères ?

— Pas ici. A la rigueur dans le haut pays.

— Et si on meurt de froid ?

— Il fait plus doux depuis qu'il neige.

— Merde ! marmonna-t-il.

— En tout cas, nous n'avons pas à craindre d'embuscade. On n'y voit pas à cinq mètres.

— Ne me suivez pas de trop près, recommanda Case en se tournant vers le flanc sud de la gorge. Si je tombe, je ne veux pas vous entraîner dans ma chute.

— Vous avez mal à la jambe ?

— Ne vous collez pas à moi, dit-il entre ses dents.

Vingt minutes plus tard, il se hissait sur une saillie rocheuse. Là, il découvrit une sorte de plate-forme sur laquelle il pouvait presque se tenir debout. Le surplomb courait sur une dizaine de mètres, s'enfonçait dans la muraille en formant une crevasse, et se terminait par une pointe rocheuse qui avait dû être autrefois une haute aiguille de pierre. Etait-ce hier ou un millier d'années plus tôt ? Impossible à dire. Un petit mur semblait avoir été construit dans la crevasse mais il était difficile de l'affirmer. Ce n'était peut-être après tout qu'un simple tas de pierres.

— On est arrivés ? demanda Sara, en contrebas.

— On dirait.

Case s'agenouilla, et tendit la main à Sara pour la hisser sur la plate-forme. Ce faisant, il remarqua, dépassant d'un des murs, ce qui ressemblait à un morceau de bois tordu. Il regarda plus attentivement.

Les restes d'une boucle y étaient attachés.

— Attrapez ma main, dit-il. Il fait meilleur ici. Nous sommes un peu abrités.

— Ce sont vraiment des ruines ? s'impatienta Sara. C'est parfois difficile à déterminer.

— Décidez par vous-même, dit-il en la tirant.

Elle s'accroupit sur la roche glacée et regarda autour d'elle.

— Attention à votre tête, fit-il.

Voyant quelque chose dépasser de derrière un des murs écroulés, elle tira vivement à elle une vieille lanière de cuir, durcie par le temps.

— C'est aussi vieux que je le crois ? demanda-t-elle, la voix étranglée.

— Je ne sais pas. Tout ce que je sais, c'est que ça n'a pas été laissé par un Indien. Ils n'avaient pas de métal.

— Les Espagnols en avaient, chuchota-t-elle en se tournant vers lui, radieuse.

— Et beaucoup d'autres depuis. Entre un bout de harnais et trois cents livres d'argent, il y a du chemin.

A l'éclat de son regard, Sara comprit qu'il était cependant tout aussi excité qu'elle.

Elle aurait aimé savoir s'il y avait autre chose derrière le mur écroulé, mais avant d'avancer sa main une nouvelle fois elle hésita.

— Sara ? fit Case en lui touchant le bras. Ça ne va pas ?

— Tant d'espoirs ! dit-elle simplement.

— Ne vous laissez pas atteindre par l'espoir. Cela ne peut que vous faire du mal.

— Non. Les souvenirs font mal. L'espoir guérit.

Il lui lâcha le bras.

Contournant le mur, elle scruta l'obscurité, mais ne vit rien. Glissant alors la main sous son poncho, elle en sortit une boîte d'allumettes. Quelques instants après, une flamme jaillit.

Rien derrière le mur que d'autres morceaux de pierre. La flamme vacilla et mourut, brûlant légèrement son gant.

Sara resta longtemps immobile, puis sentit que Case s'accroupissait derrière elle.

— Il y a d'autres canyons, dit-il gentiment.

Elle acquiesça, mais ne fit aucun mouvement pour s'en aller.

— Y avait-il d'autres ruines dans ce canyon ? demanda-t-elle.

— Je n'en ai pas vu.

— Il n'y a pas d'aiguille rouge dans les parages, dit-elle après un temps de silence. J'ai pensé qu'elle avait pu tomber pendant la dernière grande crue, il y a quelques années.

— Quand votre mari est mort ?

— Oui. Hal a dit à Conner qu'il ne trouverait jamais le trésor tant que les vieux ne reviendraient pas ouvrir leurs cachettes, et que l'aiguille rouge montrerait le chemin.

— Hal parlait beaucoup de sa chasse au trésor avec Conner ?

— Il l'a fait une seule fois ; au moment de mourir.

— C'est dans ce canyon que ça s'est passé ?

— Je crois.

Case regarda Sara. Elle fixait la neige sans rien dire. Et soudain il la vit tressaillir.

— L'argent d'un mort, chuchota-t-elle. Comme vous le disiez. Si ce n'était pour mon frère, jamais je n'y toucherais.

— Jusqu'où vont les ruines ? demanda-t-il en scrutant l'obscurité.

— Je ne sais pas. Il y a un tas de décombres à environ un mètre cinquante devant moi.

— Je peux voir ?

Elle s'aplatit contre le petit mur rocheux afin que Case pût se glisser à l'intérieur de la crevasse. Il posa la pelle et s'avança. Son poncho accrocha le tas de ruines, délogeant une pierre rectangulaire qui se détacha et disparut dans la neige qui tombait à gros flocons. D'après le bruit, elle dut heurter plusieurs fois le flanc du canyon avant d'atteindre le fond.

La neige étouffait les échos.

Il frotta une allumette et remarqua que sous les pierres brisées le sol avait été aplani. Il mesura la hauteur des ruines, la profondeur de la crevasse et l'importance du tas qui lui barrait le passage. Quelque chose clochait.

L'allumette s'éteignit.

Case s'avança jusqu'à se trouver coincé entre la muraille rocheuse, le petit mur et le tas de pierres. Il songea qu'il y avait vraiment trop de gravats. Bien plus que le mur n'avait pu jamais contenir de matériau ! En outre, la plupart des décombres auraient dû tomber dans le canyon comme la pierre qu'il venait de détacher.

Il frotta une autre allumette et étudia l'amas. Il n'atteignait pas tout à fait le plafond et devait permettre de voir ce qu'il y avait de l'autre côté.

La deuxième allumette s'éteignit.

— Vous voyez quelque chose ? demanda Sara.

— Des rochers.

Retirant son chapeau, Case se hissa au sommet du tas de décombres et gratta une nouvelle allumette. Mais l'obscurité était toujours aussi épaisse et il n'avait pas assez de place pour avancer davantage.

Il souffla la flamme.

— Reculez-vous le plus possible, lui dit-il. Je vais essayer de dégager le sommet de ce fatras.

— Faites attention. Certaines de ces ruines sont dangereuses.

— Vous venez de le découvrir ?

La réponse de Sara fut noyée sous le choc des roches et des gravats qu'il remuait. Une poussée plus forte déclencha une cascade de pierres qui roulèrent avec un bruit sourd. Puis il y eut un son métallique.

— C'était la pelle ? demanda Sara.

— Je l'ai laissée en arrière.

— Mais cela ressemblait au bruit du métal.

— Restez où vous êtes.

Il dégagea encore quelques pierres, retira un gant, et passa la main sur la surface qu'il venait de découvrir.

Il sentit de la pierre. Encore de la pierre, rugueuse et froide. Puis quelque chose d'encore plus froid.

Et de lisse.

Il frotta une allumette et regarda. Il ne vit que des roches rectangulaires et quelques pierres si noires qu'elles semblaient absorber la lumière. Or, il n'avait jamais vu de roche noire dans ces canyons, à part des veines de charbon. C'était peut-être un gisement de charbon... Il plongea la main dans les décombres. Ses doigts se refermèrent sur un rectangle noir.

Froid. Lisse. Lourd.

Beaucoup trop lourd pour du charbon !

— Case ? Ça va ? fit une voix inquiète.

— Ça va très bien.

— Que faites-vous ?

— Je trie les débris.

— Ce silence soudain m'a fait peur.

— Je reprends tout simplement mon souffle.

L'allumette vacilla et s'éteignit, mais Case le remarqua à peine. Il n'avait pas besoin de lumière pour sentir qu'une croix était gravée dans le bloc. A nouveau il gratta une allumette.

Un éclair d'argent brilla.

— Je veux bien être pendu ! s'exclama-t-il.

— Quoi ?

— Il est ici. L'argent est ici.

Sara poussa une exclamation de surprise et rampa jusqu'à lui.

— Poussez-vous, dit-elle.

Il roula sur le côté.

— Je ne vois rien, fit-elle, déçue. Vous êtes sûr qu'il y a de l'argent ?

Elle essaya de sortir une allumette de sa veste, mais elle n'y parvint pas.

— Ne vous donnez pas cette peine, dit-il.

— Mais...

— Enlevez votre gant.

D'un geste impatient, elle s'exécuta.

— Soutenez-vous avec l'autre main.

Un poids froid et lisse atterrit sur sa paume.

— Un lingot, souffla-t-elle. Un lingot d'argent.

— Il y en a d'autres.

— D'autres ? répéta-t-elle, abasourdie. Je ne peux pas le croire !

— Laissez-moi de la place pour creuser. Vous le croirez.

— Je vais vous aider.

— Il n'y a pas assez de place pour creuser ensemble.

— Mais... Oh, zut, vous avez raison.

Traînant la lourde barre d'argent, Sara se faufila dans l'étroit passage, puis s'accroupit à moins d'un mètre du tas de décombres, le lingot dans les deux mains.

— Je vais vous passer les barres une à une, annonça-t-il.

— Combien y en a-t-il ?

— Je ne sais pas, dit-il en lui tendant un lingot. Comptez.

— Ouh !

— Déjà fatiguée ? Nous en sommes à deux. Et voilà la troisième ! Je peux y aller ?

— Prête, fit-elle en tendant les bras.

Une autre barre d'argent heurta ses paumes.

— Trois.

Sans faire de pause, elle la posa à côté d'elle.

Au cinquième lingot, ils avaient trouvé un rythme qui ne variait que lorsque la barre était difficile à sortir des décombres. Sara pouvait alors se reposer, pendant que Case marmonnait dans sa barbe, frottait une allumette et dégageait finalement de nouveaux lingots.

— Nous en avons combien ? demanda-t-il enfin.

— Quarante, répondit-elle, frissonnante de froid.

— C'est plus que ce que nous pouvons prendre dans nos sacoches. Surtout avec ça en plus.

Il s'écarta du trou et se retourna. Des pièces noires coulèrent de ses mains et tombèrent par terre avec un tintement métallique.

— De quoi remplir mes sacoches et les vôtres, dit Case. Nous devrons laisser les lingots pour plus tard.

— Et les chevaux de bât ?

— Pas le temps.

— Nous ne pouvons tout de même pas laisser les lingots ici.

— Pourquoi pas ?

— On pourrait les trouver.

— Personne ne les a encore trouvés.

— Je vais les garder. Rentrez...

— Non, la coupa-t-il. Vous ne me quittez pas.

— Nous ne pouvons pas rester tous les deux ici.

— Nous partons donc tous les deux.

— Mais le reste du trésor...

— Dépêchons-nous, dit Case, ça ne va pas être facile de descendre cette pente enneigée avec des sacs aussi lourds.

Sara claqua des dents. A la vue du tas de lingots et des sacoches de cuir désagrégé qu'il dégageait avec précaution des décombres, elle sentit son excitation retomber.

L'argent était vraiment trop lourd !

— Qu'attendez-vous ? demanda-t-il.

— D'avoir des ailes !

— N'arrêtez pas de bouger, chérie. Vous tremblez comme un chien malade.

Avec maladresse, Sara l'aida à descendre quelques lingots jusqu'au fond du canyon, puis à remonter les sacoches vides.

A nouveau, elle insista pour emporter jusqu'au dernier lingot trouvé. Elle cherchait depuis trop longtemps son trésor pour le laisser maintenant lui échapper.

Lorsque Case hissa les lourdes sacoches sur le dos de Grillon et les y fixa, la neige avait pratiquement cessé de tomber. La petite jument de Sara portait aussi sa part du trésor. Ecrasés sous le poids, les chevaux de bât semblaient exténués.

Puis le froid recouvrit le pays comme un manteau de silence. La lune se leva, projetant des ombres sur la neige.

Pas signe de pillards à l'entrée du canyon.

Sara poussa un soupir et commença à se détendre. Maintenant que s'estompait l'excitation provoquée par la découverte du trésor, sa joie était plus mitigée.

L'avenir de Conner était assuré, mais une partie du ranch de la Rivière Perdue appartenait désormais à Case Maxwell.

— Vous êtes sûr que vous ne voulez pas changer d'avis et prendre la moitié de l'argent à la place de la moitié du ranch ? demanda-t-elle soudain. L'argent vaut beaucoup plus.

— Pas pour moi.

Sara regagna en silence la maison qui ne lui appartenait plus. Ses yeux erraient sur le paysage, gravant dans sa mémoire sa beauté blanche et rouge.

De son ranch bien-aimé, il ne lui resterait bientôt que des souvenirs.

21

Sara se réveilla le cœur battant. Elle regarda désespérément autour d'elle.

Bien qu'elle fût dehors et que la nuit fût épaisse, la nature n'était pas menaçante.

Elle reprit son souffle et essaya de s'orienter.

Pas de lune dans le ciel étoilé. La neige recouvrait presque entièrement le paysage.

Soudain elle se ressaisit, se rappela où elle se trouvait, et pourquoi. Sur le conseil de Hunter, elle n'avait pas dormi dans sa cabane, comme elle en avait l'habitude. A la nuit tombée, pour ne pas être vue, elle était sortie avec son couchage.

Adossée à une paroi de canyon, elle avait des buissons à sa droite et à sa gauche. Des chevaux entravés erraient devant elle. Ils sentiraient d'éventuels intrus bien avant elle. De toute façon, Case était dans les parages, veillant sur elle et sur le trésor espagnol.

Sara prit une profonde inspiration. L'air était froid et très légèrement parfumé. Elle devait reprendre ses esprits ; elle venait de faire un cauchemar, mais il n'y avait pas de quoi se mettre dans tous ses états.

Conner allait bien. Bientôt, il pourrait faire des études...

Elle-même était saine et sauve.

Pourtant, elle ne parvenait pas à se rassurer. Elle n'avait pas éprouvé une telle angoisse depuis la mort des siens.

Grâce à cet argent, Conner ne manquerait plus de rien, et elle non plus, songeait-elle pour échapper à son inquiétude.

Grâce à lui, elle n'aurait pas à se marier ou à se prostituer pour survivre.

Pourquoi donc cette peur ?

Elle se rappela alors que le prix du trésor espagnol était très élevé : la moitié du ranch de la Rivière Perdue. Mais après tout, elle s'en remettrait. Elle avait surmonté des pertes plus graves.

— Sara ? appela tout bas Case.

— Je suis réveillée, chuchota-t-elle. Quelque chose ne va pas ?

— C'est ce que j'allais vous demander, dit-il en s'approchant d'elle. Vous vous débattiez comme un poisson au bout d'une ligne.

Son buste cachait un morceau du ciel étoilé. Son poncho était tire-bouchonné autour de ses genoux.

Elle respira une odeur de cuir, de laine et d'homme.

— Ce n'était qu'un mauvais rêve, expliqua-t-elle.

— La crue ou votre mari ?

— Les deux, je crois. Je ne me souviens que de la peur, dit-elle, la voix encore tremblante.

Case s'assit au pied de son couchage. Puis, avec une infinie douceur, il l'enveloppa dans une couverture et la serra contre lui.

— Il faut parfois du temps pour oublier les vieux cauchemars.

Pas plus que la mort de sa famille, elle ne pouvait oublier la perte du ranch. Mais elle ne refusa pas le réconfort qu'il lui offrait.

— Regardez autour de vous, murmura-t-il au bout d'un moment. C'est beau comme le chant de l'alouette.

Elle n'avait pas besoin de regarder. Le paysage emplissait ses yeux, son cœur, son âme.

— Demain, la neige fondra, dit-elle. Mais jusque-là, tout sera comme un ange de Noël, étincelant de lumière.

— Votre famille mettait un ange au sommet de l'arbre de Noël ?

— De toutes les décorations, c'était ma préférée.

— Comme Emilie.

Alertée par la tonalité douloureuse de sa voix, Sara changea de position et lui passa les bras autour du cou. A son tour, il la serra contre lui.

— Toujours peur ? demanda Case.

— Je sais faire la différence entre un cauchemar et la nuit.

Il la serra plus étroitement et lui cala la tête sous son menton, s'imprégnant du parfum qui se dégageait de ses cheveux.

Il était partagé entre la tendresse et le désir.

— A quoi pensez-vous ? demanda-t-il au bout d'un moment.

— Au pays, à l'argent et à Conner.

— Il était tellement excité qu'il dansait sur place.

— Jusqu'à ce que je parle de l'envoyer à l'école dans l'Est.

— Conner pensait dépenser cet argent à acheter du bétail et à creuser des puits.

— Il pourra le faire après avoir étudié à l'université. S'il en a toujours envie.

Case aurait voulu lui dire que l'avenir de Conner ne regardait que lui, mais il s'en garda.

— Hunter n'était pas très excité par la découverte du trésor, ajouta-t-elle.

— Ça ne peut apporter que des ennuis.

— Nous étions pauvres et nous avions beaucoup de préoccupations. Maintenant nous sommes riches et en avons toujours. Je préfère la deuxième situation.

Si Sara réalisait enfin à quels dangers les exposait la découverte du trésor, elle partirait peut-être immédiatement avec Conner, et ils pourraient s'occuper tranquillement des Culpepper.

— Après avoir quitté le canyon latéral, nous avons été suivis, dit Case.

— Ce n'est pas la première fois.

— Les autres fois, nous transportions du bois.

— Et alors ?

— Nous sommes sortis de ce canyon sans chargement de bois visible, mais nos bêtes ont laissé des empreintes plus profondes qu'à l'aller.

Sara se raidit.

— Ab Culpepper est un bon pisteur, reprit-il. Comme le reste de sa famille. Tous savaient que vous cherchiez le trésor espagnol.

— Et maintenant, ils savent que nous l'avons trouvé.

— Si j'étais à leur place, c'est ce que je penserais.

— Mais, en dehors de nous deux, personne ne sait où l'argent est caché.

— Si Ab se met dans la tête de vous interroger, vous ne tiendrez pas longtemps. Et moi non plus. Il est d'une rare cruauté.

— Vous devrez donc me protéger jusqu'à ce que j'aie mis cet argent à la banque.

— J'ai une meilleure idée. Prenez Conner, quelques lingots d'argent et six chevaux. Courez sans vous arrêter jusqu'à Santa Fe. Ute vous servira d'escorte. Vous reviendrez dès que nous aurons réglé leur compte aux pillards.

— Conner ne partira pas, dit-elle.

— Comment le savez-vous ?

— Je ne suis pas complètement idiote. Je voudrais éloigner mon frère mais il ne partira pas. Quand je lui ai dit que je ne lui donnerais pas d'argent s'il restait, il a haussé les épaules.

Elle poussa un soupir.

La lueur des étoiles se reflétait sur la neige. Sara ferma les yeux, oubliant tout sauf le réconfort des bras de Case. Elle fut parcourue d'un frisson.

— Ne pensez pas au cauchemar, fit-il.

— Je n'y pensais pas.

— Vous trembliez.

— Je me disais qu'il serait bon de passer la nuit ici avec vous et d'oublier tout le reste ; les mauvais souvenirs et la peur...

Il ferma à son tour les yeux.

— Vivre l'instant ? demanda-t-il.

— Oui. Comme un rêve dont on s'éveille en souriant.

— Rien avant et rien après. Juste un doux rêve, murmura-t-il en posant ses lèvres sur le coin de la bouche de Sara.

— Case ? chuchota-t-elle.

— Juste un rêve. C'est tout.

Du bout de la langue, il lui effleura la lèvre supérieure. Bouleversée par cette tendre caresse, elle se rappela soudain qu'il ne fallait surtout pas aller plus loin sans prendre de précautions. Le sac de cuir que lui avait donné Lola était dans la cabane. Mais si elle allait le chercher, Case lui en voudrait peut-être. Il se replierait sur lui-même et redeviendrait inaccessible.

Qu'importait, après tout. Elle quitterait le ranch bien avant de savoir si elle était enceinte.

Elle lui mordilla la lèvre inférieure. Il en soupira de surprise. Elle en profita pour glisser la langue dans sa bouche. A ce contact, elle frissonna de plaisir.

— J'aime ton goût, chuchota-t-elle. J'aime tes dents lisses et dures, et ta langue chaude et veloutée.

— Tu ne devrais pas dire ça, fit-il en resserrant son étreinte.

— Pourquoi ?

— Tu vas me faire perdre la tête.

— Juste un moment. Juste un rêve. C'est tout.

Il voulut parler, mais il n'émit qu'un gémissement étouffé. Conscient qu'elle le désirait autant qu'il la désirait, il cessa de lutter contre ce qui lui était plus vital que le sang dans ses veines. Il chercha ses seins sous la couverture et les caressa avec avidité. Puis il déboutonna vivement sa chemise de flanelle et défit les liens de sa chemisette.

Il avait les doigts froids. Sara sursauta lorsqu'il lui effleura les mamelons. Alors qu'il hésitait, elle plaqua les mains sur les siennes, les maintenant sur ses seins.

— N'arrête pas, murmura-t-elle.

— J'ai les mains froides.

— Froides ? C'est du feu. Un feu merveilleux. Je les veux partout. Mais je veux surtout t'avoir en moi.

Il laissa échapper un grognement et l'entraîna avec lui sur le tapis de couchage. Puis elle sentit qu'il lui écartait les cuisses. Elle enroula alors ses jambes autour des hanches de Case et, dans un spasme tout son corps, se colla contre lui. Il la pénétra profondément, étouffant le cri qu'elle allait pousser, et imprima à ses hanches un voluptueux mouvement de va-et-vient.

Lui plantant les ongles dans les cuisses, elle se souleva vers lui. Et pendant qu'il se répandait en elle, la nuit éclata autour d'eux.

Hésitante, Sara le caressa et lui baisa délicatement le front, les paupières, les lèvres. Alors il leva la tête et la regarda avec des yeux brillants.

— Je t'ai fait mal ? demanda-t-il.

— C'est moi qui ai cru que tu souffrais. J'ai pensé que tu allais mourir. Est-ce que je... t'ai de nouveau dégoûté ?

— Me dégoûter ? Qu'est-ce que tu racontes ? Tu ne m'as jamais dégoûté.

— Même pas la première fois ?

— Voyons, c'est impossible !

Elle poussa un soupir de soulagement.

— En revanche je me dégoûte, murmura-t-il. Jamais je n'ai perdu ainsi le contrôle de moi-même. Je t'en demande pardon.

Il voulut s'écarter d'elle, mais elle referma les jambes sur ses cuisses.

— Tu as dit que je ne te dégoûtais pas, murmura-t-elle.

— Tu ne me dégoûtes pas, murmura-t-il en

la regardant dans les yeux. Tu m'excites comme jamais aucune femme ne l'a fait.

— Alors pourquoi t'en vas-tu ?

— Parce que je t'écrase.

— Tu ne m'écrases pas, murmura-t-elle. Tu me tiens chaud. C'est bien pratique par une nuit d'hiver.

Il poussa un drôle de soupir et appuya son visage contre l'épaule de Sara.

— Case ? Ça va ?

— Non. Tu me donnes envie...

Il ne pouvait expliquer les émotions complexes qui l'agitaient.

— ... de rire, dit-il enfin. Je ne veux ni rire, ni sentir, ni aimer. Plus jamais. Je ne peux pas.

Sara comprenait ce qui l'éloignait d'elle. Elle ne lui en voulait pas.

Elle l'aimait.

— Qu'importe, chuchota-t-elle. Ris, pleure ou ne fais rien. Ce n'est qu'un rêve. Les rêves ne comptent pas.

Elle le désirait encore.

Un frisson le traversa. Son rythme cardiaque s'accéléra. Un flot de sang l'envahit. Il se raidit en elle.

— Oh, comme c'est bon ! murmura-t-elle en remuant les hanches.

— Sara, tu m'enflammes !

— C'est bon ou mauvais ?

Il répondit par un baiser passionné. Quand elle fut hors d'haleine, il s'écarta d'elle et arracha en hâte les vêtements qu'il n'avait encore qu'entrouverts.

— Attends, dit Sara. Où vas-tu ?

— Nulle part. Mais je suis aussi pressé que toi.

Elle comprit qu'il se déshabillait. La lumière de la lune éclairait sa peau. Allongé sur le dos, il se libéra de son pantalon. Son sexe se tendit vers elle.

Elle le regarda en tremblant puis elle souleva les couvertures. Il y eut une bouffée d'air froid, et il se glissa à côté d'elle. Elle était allongée sur le côté, face à lui. Froide au début, la peau de Case devint délicieusement tiède contre la sienne, son sexe, dur contre son ventre.

— Cela m'impressionne... Je n'ai pas l'habitude... d'un corps d'homme... balbutia-t-elle.

Une ébauche de sourire effleura les lèvres de Case.

— Il ne faut pas avoir peur, murmura-t-il tendrement.

— C'est dur à croire.

— C'est dur, c'est tout.

— J'ai remarqué.

— C'est pourquoi les femmes sont si douces, fit-il tendrement.

Prenant la main de Sara, il s'écarta pour la guider vers le bas de son corps.

— Tu vois ? dit-il. Ce n'est pas si dur.

— C'est dur comme pierre.

— Une pierre ne bat pas. Moi, oui.

Emerveillée, elle sentait le sang battre contre sa paume.

Il la caressa entre les jambes jusqu'à ce qu'elle s'abandonnât totalement.

— Mets ta jambe sur mes hanches, murmura-t-il.

Ce faisant, elle s'ouvrit à lui et il la taquina délicieusement, insupportablement. Malgré elle, Sara se mit à gémir.

— Donne-moi ta bouche, dit-il.

Sa langue glissa dans la bouche de Sara, pendant que ses doigts sondaient les secrets de son corps.

Elle leva le visage vers lui.

— Maintenant, ajouta-t-il contre ses lèvres, tu es à moi.

Elle frissonna, elle aurait voulu crier mais sa bouche, comme le reste, était totalement occupée par Case. Il étouffait ses cris de plaisir, ses pudeurs et ses inhibitions. Puis, soupirant de désir, il plongea une nouvelle fois en elle.

Jamais il ne l'avait tant désirée. Mais, confusément, une voix en lui tentait de l'arrêter. Elle lui disait qu'il devrait faire marche arrière, qu'il devrait avoir peur de ce désir qui le consumait, mais l'extase provoquée par leurs corps enlacés était plus forte que cette voix. Plus forte que la peur.

— J'aimerais t'allonger sur un grand lit de plume, chuchota-t-il. Tu as froid ?

— Je ne sens que toi.

— Comment me trouves-tu ?

— Merveilleux.

Il poussa un long soupir et lui mordit délicatement les lèvres. Elle venait d'atteindre le sommet du plaisir et il ne la croyait pas prête à poursuivre leurs ébats. Aussi fut-il étonné par l'accélération de sa respiration.

— Si tu continues, je vais recommencer à bouger, murmura-t-il.

— Continuer à quoi faire ?

— A me caresser.

Sans remuer les hanches, Sara l'étreignit de l'intérieur.

— Comme ça ? demanda-t-elle.

— Exactement.

— Mais c'est si bon ! Je ne veux pas que ça s'arrête.

Elle lui laboura le dos de ses ongles et les enfonça dans ses cuisses, ce qui enflamma Case encore davantage. Il aimait la violence sauvage de Sara ; il lui fallait quelque chose d'aussi primitif que le désir qui tendait son corps.

Elle se débattit pour se fondre en lui et atteindre une nouvelle fois l'extase. Puis, tout à coup, le plaisir l'atteignit comme une grande vague océane.

Avec un cri rauque, Case s'abandonna à son tour au feu qui lui brûlait jusqu'à l'âme.

Il se passa un long moment avant que Case ou Sara ne prononcent une parole. Ils se tenaient serrés, tendres et passionnés, avides et rassasiés, nus et comblés.

— Tu es incroyable, murmura-t-il en lui effleurant la bouche. Si vivante...

— C'est toi, pas moi.

— Non, c'est toi, insista-t-il.

— Nous avons toute la nuit pour discuter de qui brûle qui, dit-elle en riant.

— Il y a certains arguments qu'un homme ne peut avancer qu'une ou deux fois par nuit, dit-il.

— Vraiment ?

— Absolument.

Elle sourit et s'étira voluptueusement contre son corps puissant.

— Cela veut-il dire que je peux te caresser jusqu'à ce que tu t'endormes dans mes bras ? demanda-t-elle.

Il bâilla et roula sur le côté, l'entraînant avec lui.

— Si tu veux, dit-il tout bas. Juste un moment.

Juste un rêve. C'est tout, se rappela-t-elle soudain. Et, malgré les larmes qui lui brûlaient les yeux, Sara continua de le caresser. Elle le couvrit de baisers, goûtant avec passion sa peau lisse, tendre et salée.

Il n'y avait pas de séduction dans ses caresses, pas d'exigence. Elle explorait simplement ce corps inconnu. Avec candeur et naturel. Et lorsque de sa bouche elle effleura le bas de son ventre, elle leva la tête. Case la regardait avec une telle intensité qu'elle en frémit.

— C'est un état permanent chez toi ? demanda-t-elle, perplexe.

— Non, c'est nouveau.

— Nouveau ?

— C'est toi qui en es la cause.

— Vraiment ? C'est... agréable ? s'enquit-elle.

— Je l'ignore encore. Je te le dirai.

Elle posa la joue contre lui. L'embrassa. Du bout de sa langue, elle dessina un trait de feu sur la chair palpitante.

— Je rêve, lâcha-t-il, tu es une fée.

— Tu rêves, oui. Et je rêve aussi.

— Rêvons encore. Rêvons jusqu'à l'aube.

Sara ferma les yeux.

A l'aube, les rêves s'achèveraient. Mais jusque-là elle pouvait en faire provision. Elle aurait de quoi rêver jusqu'à sa mort.

— Jusqu'à l'aube, dit-elle.

Puis, tout doucement, pour qu'il n'entendît pas, elle murmura :

— Je t'aime, Case.

Malgré ses précautions, il perçut ou devina sa si fragile confession. Il aurait aimé protester, lui dire qu'il ne voulait pas de ça. Qu'elle allait souffrir, qu'elle devait s'éloigner de lui. Mais il ne pouvait pas parler...

La pression de la bouche de Sara contre lui l'empêchait presque de respirer.

Il renonça à parler, penser ou respirer. Il tendit les bras vers elle.

Et la vie vint à lui, chaude, douce et généreuse.

22

Sara s'éveilla dans la chaleur de Case. Elle sentait son cœur battre sous sa joue. Elle murmura quelque chose, se serra contre lui et se rendormit.

Lorsqu'il la sentit bouger, il fut déchiré entre la douleur et la paix.

Douleur, parce qu'il n'aurait jamais dû être dans son lit.

Paix, parce qu'il y était.

Mais, à nouveau, il se demanda si elle était enceinte.

Cette interrogation l'avait empêché de dormir, l'emplissant d'une indicible terreur. Pourtant, auprès d'elle, il avait ri de bonheur ; il s'était oublié dans la généreuse passion de Sara.

Avec un soupir, Sara se serra tout contre lui. La confiance qu'elle lui manifestait, à la fois exaltante et terrifiante, menaçait toutes ses certitudes. Il était sûr qu'elle l'aimait et que, lui, il ne le pouvait pas. Elle souffrirait de cette situation, et cela, il le refusait.

Ces pensées se bousculaient dans sa tête, le harcelaient.

— Sœurette ? appela Conner. Ça va ?

Case sentit Sara se raidir.

— Que se passe-t-il ? demanda-t-elle.

— Le soleil est levé, et pas toi, dit son frère. Je me demandais si tu allais bien.

— Très bien, je ne me suis jamais sentie aussi bien, répéta-t-elle à voix basse.

Elle bâilla, s'étira... et se rendit compte qu'elle était nue sous ses couvertures.

Son expression fit sourire Case.

— Hunter m'a dit de te laisser tranquille, que tu avais dû avoir une nuit difficile, mais j'étais tout de même inquiet.

— Euh... oui... marmonna-t-elle, en rougissant.

Case s'efforça de cacher son sourire, mais il ne put refouler la tendresse qu'il éprouva lorsqu'elle cacha son visage rougissant contre sa poitrine.

— Qu'y a-t-il ? demanda Conner. Tu es bizarre.

Elle se racla la gorge.

Case ouvrit la bouche, mais elle lui plaqua la main dessus.

— Je vais très bien, dit-elle. Hunter a raison. Dormir dehors n'a pas été de tout repos, c'est tout.

— Tu t'y habitueras, fit gaiement son frère.

Comment s'habituer à Case dans son lit, dans son corps, dans son âme ? Le paradis à minuit, l'enfer à l'aube, lorsque s'achèvent les rêves.

Les yeux de son amant disaient que l'aube était venue.

— Va dans la cabane, dit-elle à son frère. Je

viens dans quelques minutes préparer le petit déjeuner.

— Morgan est en train de le faire. Tu as vu Case ?

Un sourcil noir se souleva au-dessus de la main de Sara.

— Oui, j'ai vu Case, dit-elle.

— Où est-il ? J'ai une idée pour espionner les Culpepper qui...

— Il est ici, le coupa-t-elle.

Il y eut un bref silence.

— Ah, fit Conner. Euh...

— Oui. Euh... l'imita Sara. Maintenant, pourrais-tu nous laisser nous réveiller en paix ?

— Je ne pouvais pas deviner.

— Tu pouvais faire marcher ta cervelle.

— Tu es sûre... euh... que tu vas bien ?

— Je n'ai jamais été aussi bien, dit-elle, radoucie.

— Tu ne me demandes pas comment je suis ? demanda Case, narquois. Ta sœur est féroce.

— Case Maxwell, si vous n'étiez pas aussi grand, je...

— Mais je le suis, la coupa-t-il. Tu ne le feras donc pas. Va, Conner. Nous arrivons tout de suite.

Le rire du jeune homme traversa le fourré comme une seconde aube. Il riait encore, lorsque la porte de la cabane se referma sur lui.

Mais il n'y avait pas de rire dans les yeux de Case.

— Sara... commença-t-il.

— Non, le coupa-t-elle.

— Quoi ?

— Non. Ne gâche pas tout en me disant que

tu ne m'aimes pas. Je le sais et je n'ai pas envie de l'entendre.

Il ferma les yeux ; il ne voulait pas voir la douleur de Sara.

— Nous ne pouvons plus recommencer, fit-il d'une voix dure.

— Nous ne pouvons pas ? s'esclaffa-t-elle. Tu es bien plus en forme que n'importe quel homme !

Comment dire le contraire ? Il vibrait à nouveau de désir.

— D'accord, grogna-t-il entre ses dents. Mais nous ne devons pas le refaire.

— Pourquoi ?

— Je pourrais te mettre enceinte.

— Je n'en doute pas.

— Alors, je serais obligé de t'épouser, et...

— Pourquoi ? le coupa-t-elle.

Il la dévisagea comme si elle était devenue folle.

— Je suis une riche veuve, pas une pauvre vierge. En outre, la prochaine fois, j'utiliserai ce que m'a donné Lola.

— Il n'y aura pas de prochaine fois.

— Alors, ce n'est pas la grossesse qui te fait peur. Qu'y a-t-il ? Tu n'as pas aimé ?

Case serra les dents.

— Tu sais très bien que j'ai aimé. Plus même que je ne pourrais le dire.

— Alors je ne vois pas où est le problème, conclut-elle avec un grand sourire. Allez, paresseux. Allons goûter à la cuisine de Morgan. A moins que tu ne veuilles voir si nous faisons des progrès... ?

Avec un juron étouffé, Case bondit hors du lit

et s'habilla à la hâte, sous l'œil admiratif de Sara.

— Habille-toi vite, dit-il.

— Avez-vous vu Conner ? demanda Ute.

Etonnée, Sara leva les yeux de la marmite de haricots posée sur le feu. Elle venait d'y ajouter un oignon émincé et plusieurs des mortels piments verts de Ute.

— Je ne l'ai pas vu depuis le petit déjeuner. Pourquoi ?

— Le petit déjeuner ? fit-il.

— Et alors ?

Il haussa les épaules, mais elle ne s'y trompa pas. Elle savait lire sur le visage faussement angélique du vieux métis.

— Ute, dit-elle.

Inutile de rien ajouter.

— Il aurait dû être sur la crête, il y a deux heures. Ne me voyant pas revenir, Lola est venue voir ce qui se passait. Elle y est en ce moment ; elle a pris le tour de Conner pour que je puisse me reposer et manger.

Sara fronça les sourcils, remua les haricots et attisa le feu.

— Il fait peut-être du tir avec Case, dit-elle.

— Je ne l'ai pas vu.

— Ça ne lui ressemble pas de manquer son tour de guet !

— C'est bien mon avis.

— Où est Case ?

— Avec son frère. Ils cherchent un moyen de liquider les Culpepper.

— Et Morgan ?

— Il les espionne.

Elle ajouta une bûche, puis s'essuya les mains sur son tablier en toile.

— Je vais le chercher, décida-t-elle. Qui surveille les chèvres de Lola ?

— Fantôme.

— J'espère qu'il ne va pas de nouveau perdre la noir et blanc.

— C'était pas la faute du chien. Cette chèvre est contrariante. Il suffit que Fantôme poursuive une fuyarde pour qu'elle se débine de l'autre côté.

— Tu défends toujours ce chien.

— J'ai été vagabond, moi aussi. Dure existence !

La porte se referma derrière lui.

Sara s'abandonna à sa peur. Elle venait de se rappeler ce que son frère lui avait dit ce matin.

— Conner, murmura-t-elle, tu n'as pas été assez bête pour être parti espionner les Culpepper tout seul ?

D'un mouvement brusque, elle arracha son tablier et le pendit à un clou.

— Morgan épie les Culpepper, j'en suis sûre. Et j'espère qu'il va empêcher Conner de faire des bêtises.

Elle eut l'impression que ces mots résonnaient dans la pièce.

Elle sortit en courant. La porte claqua derrière elle. Elle ne sentit ni la morsure du vent ni les flocons glacés qui lui cinglaient le visage.

— Conner ? appela Sara. Où es-tu ?

Elle courut en toute hâte vers le bouquet de grandes sauges où son frère avait établi son couchage.

— Conner ? Conner !

A l'exception de la selle qui lui servait d'oreiller, le campement était vide.

— Conner ! Réponds-moi !

Pas d'autre réponse que celle du vent.

Des mèches de cheveux arrachées par une bourrasque lui fouettaient la figure.

— Où es-tu ? Conner ! Conner !

Elle criait encore le nom de son frère, lorsque Case la saisit par le bras.

— Du calme, chérie. Du calme. Reprends-toi et dis-moi ce qui ne va pas.

— Conner est avec toi ?

— Il est sur la crête.

— Tu en es sûr ? Tu l'y as vu ?

— Non, mais il connaît ses tours de guet.

— Il n'y est pas allé.

— Quoi ?

— Lola est de garde. Conner n'est pas monté.

— Hunter ? fit Case en tournant la tête.

— Je ne l'ai pas vu, dit son frère.

— Et toi, Morgan ?

— Non, mon colonel. Pas trace.

— Morgan ! s'exclama Sara en se dégageant des bras de Case. Pourquoi n'êtes-vous pas en train de surveiller les Culpepper ? Vous étiez censé le faire !

— Du calme, chérie, intervint Case. Morgan obéit aux ordres de Hunter.

— Est-ce qu'il ne vous a pas dit d'espionner les Culpepper ? demanda-t-elle en fermant les yeux.

— Conner ? fit Case.

Elle dut se maîtriser pour ne pas lui hurler qu'elle parlait bien évidemment de son frère.

— Oui, énonça-t-elle d'une voix haletante. Ce

matin... Ce matin, il a dit... qu'il avait une idée pour espionner les Culpepper.

Morgan marmonna quelque chose.

Hunter prit un air sombre.

— Morgan, fit-il.

— J'y vais.

— Je vais avec toi, dit Case.

— Moi aussi, déclara Sara.

Les deux hommes se retournèrent pour discuter.

Trois coups de feu tirés de la crête les arrêtèrent. Il y eut une pause, puis un quatrième coup.

— De la visite, annonça Case.

— Une seule, précisa-t-elle.

— Une en vue, rectifia Hunter. Case, reste avec elle. Morgan, viens avec moi.

— Ute prendra les cotonniers, dit Sara. C'est ce qu'il fait toujours quand Conner n'est pas là.

Armes à la main, Hunter et Morgan partirent en courant vers les taillis derrière la maison.

— Ne t'inquiète pas, dit Case. Hunter connaît son affaire.

— J'espère que Lola ne leur tirera pas dessus par erreur.

— Elle ne les verra même pas !

Sara frissonna.

— Où est ta veste ? demanda Case.

— Dans la maison.

— C'est malin ! marmonna-t-il en retirant la sienne. Mets ça.

Mais elle courait déjà vers la cabane.

Moins pour sa veste que pour son fusil ! pensa-t-il.

Il ne se trompait pas.

Lorsqu'elle réapparut, quelques instants plus tard, elle avait un fusil dans les mains, et sa veste, les poches bourrées de munitions, lui servait davantage de cartouchière que de protection contre le froid.

— Ne te montre pas, ordonna Case.

— Mais...

Entraînée malgré elle dans le couvert des buissons, elle s'interrompit.

— Morte, tu ne rendras pas service à Conner, ajouta-t-il.

Il sortit sa longue-vue et scruta la piste qui descendait de la crête. Sara attendait sans dire un mot.

— C'est Ab, dit-il.

— Seul ?

— Il me semble...

Quelque chose dans la voix de Case lui fit froid dans le dos. Un instant, elle croisa son regard, mais elle ne put rien y lire.

Il abaissa enfin la longue-vue et se tourna vers elle.

— Il a le chapeau de Conner.

Sara devint blême et vacilla. Il tendit vers elle une main qu'elle repoussa vivement.

— Je vais très bien, dit-elle d'une voix blanche.

— Ton frère est sûrement toujours en vie, sinon Ab ne viendrait pas parader ici, seul, avec son chapeau. Laisse-moi lui parler.

Elle hésita, puis acquiesça.

— Ne te montre pas, ajouta-t-il. Ab peut perdre la tête... à la vue de femmes ou d'enfants. Je me placerai de telle sorte que tu puisses viser Ab sans me tirer dessus.

— Ne t'éloigne pas trop, il faut que je sache où tu te trouves.

Il savait qu'elle partirait à sa recherche si elle

le perdait de vue, et ne pouvait pas l'en blâmer. Si Ab avait tenu entre ses mains le chapeau de Hunter, il aurait agi de la même manière.

Case traversa prestement le taillis et se posta près de l'endroit par où devait obligatoirement passer Ab pour se rendre à la cabane. Il chargea son fusil, l'arma et attendit.

Ab ne cherchait pas à se cacher. Il descendait crânement la piste, tenant le chapeau de Conner devant lui tel un bouclier.

Et il avait raison.

Personne ne toucherait Ab jusqu'à ce que l'on sût où était Conner et, surtout, quel était son sort.

Pourtant, si Dieu était de son côté, Conner serait son dernier otage.

— Arrête, dit Case. Dis ce que tu as à dire.

Ab prit tout son temps. Ses yeux bleu pâle scrutaient les buissons, mais il ne voyait pas l'homme qui avait parlé.

— Pas très amical, dit Ab.

— Aucune envie de l'être.

Ab sortit une carotte de tabac de sa poche, en coupa un morceau entre ses dents et se mit à le mâcher.

Case attendit.

Quelques minutes s'écoulèrent avant que le pillard ne prît la parole :

— Bon. J'ai son frère. Je veux son argent. On échange.

— Qu'est-ce qui te fait croire que Mme Kennedy a de l'argent ?

— On vous a suivis. On a fouillé tous les trous que vous aviez creusés. Vides.

Ab cracha dans la poussière.

— La dernière fois que j'ai remonté votre

piste, reprit-il, les empreintes de vos chevaux étaient très marquées. J'ai cherché partout sur votre trajet, mais vous avez dû tout emporter.

Case ne fut pas étonné par les propos de Ab. En voyant le chapeau de Conner, il avait compris ce que voulait le pillard.

— Nous vous donnons l'argent, nous récupérons Conner vivant, et toute votre bande de salauds déguerpit en Californie. D'accord ?

Le vent ébouriffait le taillis et faisait craquer les branches sèches.

— Elle apporte l'argent, dit enfin Ab.

— Non.

Silence et souffle du vent dans les broussailles.

— C'est donc un garçon mort, dit Ab avec indifférence.

— Il meurt, tu meurs.

— Non ! cria Sara du fourré. Je vous apporterai l'argent !

— C'est moi qui apporte l'argent, ou pas de marché, s'emporta Case.

— Qu'est-ce qui te fait dire que je t'apprécierai plus qu'une chaude petite caille ? se moqua Ab.

— Je suis un de ces sudistes qui te causent du souci, n'est-ce pas ?

Ab se figea.

— Quel coin du Texas ?

— La vallée du Ciel.

Ab grommela et prit une expression plus sinistre encore.

— C'est bien ce que je pensais, fit-il. Tu veux bien te montrer ? Ta voix me dit quelque chose.

— Ça ne m'étonne pas. Tu as cru que je travaillais pour toi dans les montagnes Ruby.

La mule efflanquée bondit, comme piquée par un aiguillon.

— Tu as assassiné mes cousins, dit sauvagement Ab.

— Je les ai tués. C'est différent.

— Mort, c'est mort.

— Tes cousins étaient des hommes, et ils étaient armés. Ils avaient le choix. Tu ne l'as laissé ni à nos enfants ni à nos femmes.

Ab regarda dans la direction d'où était partie la voix de Sara.

— Il peut remettre l'argent à votre place, lui dit Ab. Mais je veux que vous veniez tous les deux à l'aube à notre camp.

— Elle reste ici, persista Case.

— A son aise, dit Ab avant de cracher. Elle veut pas voir son frère vivant ?

— J'y vais ! cria Sara.

D'un mouvement brusque, il fit faire demi-tour à sa mule.

— Ab ? fit Case d'une voix mielleuse. Si tu touches à Conner, tu es perdu.

23

— Vas-tu enfin entendre raison ? demanda Case.

— Oui, si tu dis quelque chose de raisonnable, répliqua Sara.

— Reste à la maison.

— Que je laisse Conner être tué ? C'est ça, ton

idée de la raison ? Je m'étonne même que ton cheval t'écoute !

Bien qu'à l'extérieur de la cabane, Lola, Ute, Morgan et Hunter suivaient mot pour mot leur conversation. Ils essayaient de ne pas entendre l'homme et la femme qui s'affrontaient à l'intérieur, mais comment auraient-ils pu faire autrement alors que l'un et l'autre hurlaient si fort que les murs semblaient en trembler ?

— Dix dollars qu'elle y va, fit Lola en souriant.

Ute grommela et secoua la tête, refusant le pari.

— Et vous, les gars ? demanda-t-elle.

Morgan et Hunter se regardèrent. Aucun des deux ne voulait parier dix dollars sur l'issue de la dispute.

Lola lança un jet de jus de tabac, gloussa et se remit tranquillement à sa tâche. Elle était en train de carder la laine que Sara filerait, dès qu'elle aurait fini de se disputer en vain. Le panier qu'elle avait sur les genoux se remplissait rapidement de laine peignée et propre.

— Il a trouvé à qui parler, remarqua-t-elle au bout d'un moment. Il ne le sait pas encore, mais il devra s'y faire.

— Ne parie pas sur le long terme, dit Hunter. La guerre a changé Case. De chaleureux, il est devenu froid. Le silence chez lui a remplacé le rire. Tu l'as déjà vu sourire ?

Lola réfléchit, puis secoua la tête.

— Certains hommes ne savent pas s'amuser, conclut-elle avec un haussement d'épaules.

Hunter eut un sourire triste.

— Case était si joyeux avant... avant la guerre, répéta-t-il.

— Elle ira au canyon des Sources, affirma Lola.

— Ute pourrait la retenir ici, dit Morgan.

Le vieux hors-la-loi secoua la tête avec un sourire plus triste encore que celui de Hunter.

— Je voudrais pas être celui qui la retiendra ici.

— Bon. Je m'en charge, annonça Morgan.

— Je vous en empêcherai, dit Ute.

— Pour l'amour du ciel... marmonna Hunter. Pourquoi ?

— Je lui donne tout ce qu'elle veut.

— D'où le taureau de race avec les vaches sauvages.

— Il m'a suivi jusqu'ici, répliqua le vieux métis avec un large sourire.

— Je n'en doute pas, fit Hunter. Vous avez dû un peu l'aider... Comme les chevaux, n'est-ce pas ?

— Et la moitié des provisions et des outils... et tout ce qui se trouve ici et qui s'achète, acheva Lola. Sara a fini un jour par comprendre et y a mis le holà.

Lola s'arrêta de carder et leva vers Hunter ses yeux noirs et brillants :

— Ne perdez pas de temps à tenter de raisonner Ute. Il est fou de Sara. Cherchez plutôt comment l'utiliser pour la garder en vie.

— Là-dessus, j'ai une idée, dit Hunter. Si Ab croit que Sara apporte l'argent, autant la laisser y aller.

Morgan se tourna vers Hunter, jeta un regard à Ute, et sourit.

Il fallut plus de temps à ce dernier pour comprendre. Il écarquilla les yeux, puis se mit à rire.

Lola cracha.

— Je me demandais combien de temps il vous faudrait, à vous, hommes, pour voir ce qui se voit comme le nez au milieu de la figure, dit-elle.

— Vous croyez que mon frère a fini par lui faire entendre raison ? demanda Hunter en regardant vers la cabane soudain silencieuse.

— Vous n'y êtes pas du tout, tous autant que vous êtes, dit Lola. Cette fille est beaucoup plus dure à cuire qu'elle n'en a l'air.

Hunter eut un sourire qui réchauffa tout son visage, puis il adressa à la vieille femme un regard amusé.

— J'ai en effet découvert que certaines femmes sont plus fortes qu'elles ne le paraissent, dit-il d'un air entendu.

— C'est sa femme qui lui a donné quelques leçons, précisa Morgan.

— Ça n'a pas été facile — ni pour l'un ni pour l'autre, admit Hunter.

Lola cracha de nouveau et ramassa la laine qu'elle venait de carder.

— Lequel d'entre vous est assez courageux pour aller lui porter cette laine ? demanda-t-elle.

— Pas moi, m'dame, marmonna Morgan.

Ute grommela et garda les pouces dans sa ceinture.

Hunter tendit la main.

Lola lui donna le panier de laine.

— Elle mord pas, gloussa-t-elle. En tout cas, pas assez fort pour laisser des cicatrices.

Il souleva de nouveau son chapeau, puis se tourna vers Morgan :

— Assure-toi que Conner est toujours en vie. Ab a la réputation de tuer ses prisonniers.

— S'il est en vie, j'essaierai de le sortir de là.

— Seulement si tu es sûr de pouvoir t'en tirer sain et sauf. On a besoin de tout notre monde.

— Je serai silencieux comme une ombre.

— Sois de retour deux heures avant l'aube.

— Et si Conner est mort ?

— Reviens au plus vite.

— Pas de problème si je tranche quelques gorges au passage ?

— Reviens entier, c'est tout ce que je te demande.

— Faites-les griller, dit Ute. Le canyon des Sources n'a que deux issues. Deux hommes sur la crête à chaque bout. Des cibles faciles.

L'idée parut enchanter Morgan.

— Les Culpepper ont essayé de nous faire griller dans les Ruby. Il est temps que ces salauds aient leur compte.

— Deux heures avant l'aube, répéta Hunter. Va.

Sans ajouter un mot, il tourna les talons, se dirigea vers la cabane et frappa à la porte.

— C'est Hunter. J'ai de la laine pour Sara.

— La porte est ouverte. Entrez, dit-elle d'une voix coupante.

Il poussa un soupir, ouvrit la porte et se baissa pour entrer.

Sara remuait les haricots avec acharnement, comme si sa vie en dépendait. Case la contemplait avec un regard si bouleversé que Hunter en fut lui-même remué.

— Où voulez-vous que je pose la laine ? demanda Hunter.

— Loin du feu. Merci.

Il posa le panier dans un coin et se tourna vers Case et Sara.

— J'ai un plan, fit-il en s'éclaircissant la voix.

— Il y a intérêt à ce que je sois dedans.

— Il y a intérêt à ce qu'elle n'y soit pas.

— Vous serez tous les deux exaucés.

Sara et Case regardèrent Hunter avec la même attention et le même espoir. Mais la jeune femme semblait le plus déterminée.

— Vous ne connaissez pas ma femme, dit-il à Sara. J'espère que vous vous rencontrerez un jour. Vous êtes de la même trempe.

— Un jour... répéta-t-elle avec un sourire. Si nous sommes encore vivants demain.

— Tu le seras, dit Case.

— J'y vais.

— Tu res...

— Excusez-moi, l'interrompit Hunter. Le temps presse, et nous avons beaucoup de choses à mettre au point.

— Ce que je veux, moi, c'est qu'elle reste ici, insista son cadet.

— Réfléchis. Dès que Ab saura qu'elle n'est pas de l'expédition, il descendra Conner.

— Conner est peut-être déjà mort, fit remarquer Case, malgré la présence de Sara.

Elle tressaillit. Elle ne voulait pas songer à la mort de son frère, pourtant cette pensée l'obsédait.

— J'ai envoyé Morgan en éclaireur.

— J'aurais dû l'accompagner, dit Case.

— Pourquoi ? Il est aussi bon guetteur que toi.

— J'aurais pu en liquider quelques-uns.

— Morgan s'en chargera, surtout si Conner est mort.

— Ab ne tuera pas Conner avant d'avoir l'argent, protesta Sara.

— Probablement pas, admit Hunter.

— Mais une fois qu'il aura l'argent, dit Case, il tuera tout ce qu'il pourra, brûlera le reste et fichera le camp.

— Les Culpepper ne sont bons qu'à violer, tuer et fuir, approuva Hunter.

— J'ai peur pour mon frère, soupira Sara.

— Vous avez raison. Mais il est trop grand et trop fort pour éveiller ce qu'il y a de plus mauvais chez Ab, dit Hunter. Conner n'est plus un enfant.

La jeune femme ferma les yeux et essaya de retrouver son souffle. Lorsque Case la prit dans ses bras, elle ne protesta pas. Elle s'accrocha à lui et pria intérieurement pour que son frère fût encore en vie.

— Si Conner est mort... commença-t-il en regardant Hunter.

— Voici ce que nous projetons, le coupa ce dernier.

Sara leva la tête.

— Il vaut mieux que je sois dans le coup, dit-elle.

Hunter prit la parole avant même que Case ne commençât à discuter.

Sara fixait le feu d'un air sombre. L'heure du coucher était passée depuis longtemps, mais elle savait que, cette nuit, le sommeil ne serait pas au rendez-vous.

On n'entendait que le crépitement des flammes et le bruit du rouet. Sara jeta un coup d'œil sur le côté, et la présence du fusil, posé sur la table, à portée de la main, la rassura un peu. Sa veste était accrochée à une chaise, les poches pleines de cartouches.

A nouveau, elle tenta de se concentrer sur le feu qui brûlait dans la nuit.

— Sara ?

La voix douce la fit sursauter, mais elle ne s'empara pas du fusil.

— Entre, dit-elle.

La porte s'ouvrit et se referma. Case surgit de l'obscurité.

— J'ai senti de la fumée. Je savais donc que tu étais réveillée.

— Le feu... me réconforte.

— Morgan vient de rentrer.

Le cœur de Sara bondit dans sa poitrine. Elle regarda Case, comme si sa volonté seule pouvait apporter la réponse qu'elle espérait.

— Ton frère est vivant, déclara-t-il. Pas très en forme, mais vivant !

Elle éprouva un tel soulagement qu'elle s'effondra à côté du feu. D'un mouvement rapide, Case la souleva, la déposa sur sa couche, puis se mit à frotter ses mains glacées.

— Ça va, dit-elle.

— Hum, hum, fit-il, dubitatif.

— Je t'assure.

Case remarqua, soulagé, que son visage reprenait lentement quelques couleurs.

— Ne t'inquiète plus, dit-il.

Pour toute réponse, elle eut un rire nerveux.

Il chuchota son nom et l'attira dans ses bras.

— Conner te reviendra très vite. Je te le jure.

— M... mais...

— Chut ! Morgan est déjà reparti pour le canyon des Sources. Il croit pouvoir approcher suffisamment près pour protéger ton frère.

D'après ce qu'avait dit Morgan, Conner était attaché à un pieu comme une chèvre destinée au repas d'un tigre affamé. Il serait donc difficile de le libérer. Mais cela, il ne pouvait pas le dire à Sara.

— Ils ne s'attendront pas à nous voir surgir sur la crête avec le soleil dans le dos, dit Case d'une voix calme. Lola et Ute s'activent sur les *reales*, comme tu l'as demandé, bien que je ne comprenne pas pourquoi tu les veux astiqués.

Elle acquiesça, mais ne le regarda pas directement.

— Si tu ne dors pas, poursuivit-il, tu ne nous seras d'aucun secours demain. Nous comptons sur toi et Lola pour couvrir notre retraite.

C'était en tout cas ce qu'ils voulaient lui faire croire. Ils tenaient surtout à l'éloigner de la ligne de feu.

Sara acquiesça de nouveau, toujours sans le regarder.

— Dis quelque chose, la supplia-t-il. Tout à l'heure, tu n'arrêtais pas de parler.

— Que dire ?

Elle avait raison, il le savait. A quoi bon parler du lendemain ? Cela ne ferait que rendre l'attente plus longue.

— Si tu es enceinte, va dans les montagnes Ruby, dit-il. Hunter vous accueillera, toi et l'enfant.

Elle ne répondit pas. Elle en était incapable. Mais alors qu'il approchait sa bouche de la sienne, elle ne résista pas au réconfort qu'il lui offrait. Elle s'abandonna à lui avec une impatience qui égalait celle de Case.

Pour chaque baiser donné, elle en recevait deux. Pour chaque caresse, une intimité plus grande. Puis il plongea en elle avec une telle fougue qu'elle ne put retenir un cri de plaisir.

— Sara ?

— N'arrête pas, l'implora-t-elle. N'arrête jamais.

— La prochaine fois... dit-il d'une voix rauque. La prochaine fois, j'irai doucement. Tout doucement. Sara ? ajouta-t-il en la pénétrant plus profondément.

— Oui, fit-elle d'une voix étranglée.

Puis, emportée par la passion, elle cria son nom. Submergée et brûlante de désir, elle se sentit soudain entraînée avec lui jusqu'au septième ciel.

Fouettée par un vent froid, Sara regarda Ute et Case s'éloigner dans la nuit. Hunter était parti en avant, ce qui lui permettrait de couvrir la retraite de Conner.

Si retraite il y avait, bien sûr, songea-t-elle, soudain emplie d'inquiétude.

Une fine pellicule de neige craquait sous les pieds des deux chevaux de bât. Leurs sabots traversaient la neige et s'enfonçaient profondément dans le sol. Mais les bâts rebondis ne contenaient que des pierres. Uniquement des pierres, sauf un.

Ses propres sacoches étaient pleines d'argent. Les *reales* polis brilleraient comme des étoiles dans la nuit. Le reste des lingots se trouvait réparti sur le dos de six mustangs. Les femmes monteraient deux autres chevaux, munies de provisions pour une rude chevauchée.

Sara ne voulait pas songer aux raisons qui les poussaient à partir au plus noir de la nuit, avec de quoi survivre et bâtir une nouvelle vie. Les dernières paroles de Case résonnaient encore dans son esprit :

« Si tu es enceinte, va dans les montagnes Ruby. Hunter vous accueillera, toi et l'enfant. »

Sara avait fini par accepter. Mais comment aurait-elle pu imaginer un monde sans Case ?

Elle frissonna et s'enveloppa dans la veste de Ute. L'odeur de tabac froid et de sueur la rassura un peu. Puis elle pensa à Case qui, à leur première rencontre, sentait la pomme.

— Tu es réveillée, fillette ?

— Je suis réveillée, dit Sara en se tournant vers Lola.

— Je croyais que tu rêvais.

— Je me rappelais... Le jour où je l'ai rencontré, Case sentait la pomme.

Rire de Lola.

— Ute sentait la poudre brûlée, le whisky et la chèvre. Il était assis sur un tas de galets, soûl comme une grive, et tirait sur des mouches ! C'était il y a longtemps.

Sara sourit, malgré sa peur.

— Des années que je suis avec cet homme, dit Lola. Des années. Trop pour que je le laisse se faire tuer seul. Prends ces quatre poneys et file au Nevada. En cas de besoin, quelqu'un peut te rattraper et te ramener.

— Non.

— Ecoute, fillette, tu...

— Non, la coupa Sara.

Lola soupira et, d'un coup de dent, arracha un morceau de tabac.

— Et si tu changeais d'avis ! s'enquit-elle.

— Aucune chance.

Lola mâchouilla un moment sa carotte de tabac, l'air pensif, puis elle cracha.

— Tu as un plan, je suppose.

— Je connais le canyon des Sources mieux que personne.

Lola grommela.

— Ab Culpepper est peut-être vicieux comme un serpent, mais il n'est pas aveugle, dit Sara en enfourchant Shaker. Il ne se laissera pas longtemps duper par Ute.

Lola grimpa sur sa monture en jurant. Le mustang était si trapu qu'il devait être croisé avec un cheval de labour.

— Et ces bêtes de bât ? demanda-t-elle.

— Amène-les. J'ai un plan pour ces lingots.

— J'en avais bien peur. Les plans, c'est idiot.

Ce fut la dernière récrimination de Lola. Elle n'ajouta pas un mot et s'enfonça avec Sara dans la nuit glacée.

Sara ne se sentait pas en veine de conversation. Elle était songeuse, inquiète, et plus elle approchait du canyon des Sources, plus son plan lui semblait fou. Mais tout, plutôt que de ne rien faire et d'attendre, pensait-elle. Elle connaissait les lieux mieux que quiconque ; elle seule pouvait atteindre cette partie du canyon. Elle pouvait sauver la vie de Conner. Et celle de Case. Alors, après tout, elle avait peut-être raison...

Elle essayait de s'en convaincre, pendant que Shaker gravissait le flanc du canyon pour déboucher sur le vaste plateau balayé par les vents. Dans cette vallée poussaient de l'herbe, des saules et des cotonniers, et tout autour foisonnaient des centaines de petits canyons latéraux.

Dont le canyon des Sources.

Avant l'arrivée des pillards, Sara aimait à se

réfugier dans ce lieu de secret, de paix et de rêves. Elle y était allée bien souvent. Sur le flanc sud du canyon, à cinq mètres sous le rebord de la falaise, se trouvait une vaste niche abritant des ruines. Les anciennes pierres retournaient lentement à la poussière. Seuls quelques murs à demi écroulés se dressaient encore face à un ennemi mort depuis longtemps.

Six mètres plus bas jaillissaient les sources qui avaient permis aux anciennes tribus de construire leurs forteresses. Et trois mètres à peine en dessous de la crevasse moussue d'où suintait une eau pure et glacée, se tenait le camp des hors-la-loi.

Sara pouvait se rendre aux ruines les yeux fermés. Lorsque Hal était en crise éthylique, Conner et elle s'étaient souvent réfugiés dans cet endroit. Jamais son mari n'avait réussi à les retrouver. De toute façon, sa corpulence l'aurait empêché de se glisser à travers les passages secrets qu'elle avait découverts et qui menaient du plateau aux ruines.

Conner était maintenant trop grand. Elle était la seule personne à pouvoir se faufiler entre les fissures des pierres. C'était l'unique moyen d'accès à ces ruines, à moins de descendre le long d'une corde, à flanc de falaise. Hal l'avait fait une fois, au cours de sa chasse au trésor. Il n'avait rien trouvé, que poussière et éclats de poteries.

Sara dirigea sans hésitation son mustang sur une piste qu'elle n'avait pas prise depuis la mort de Hal, et qui était trop escarpée et dangereuse pour être empruntée en temps normal.

Surtout de nuit.

Mais c'était la nuit que Hal devenait fou. La nuit qu'elle était prête à tout pour lui échapper.

— Fillette, où diable vas-tu ? demanda Lola.

— Sur le plateau, et ensuite sur la crête du canyon des Sources.

— T'es complètement folle !

— Eh bien, reste ici.

— J'vais pas m'en priver.

En gravissant le dernier escarpement menant sur le plateau, les mustangs soufflaient. Aucun cheval de ranch n'aurait pu réussir cette ascension. Seul un animal élevé dans les canyons escarpés possédait cet étonnant sens de l'équilibre et des sabots assez durs pour s'accrocher à la piste.

Le vent hurlait autour d'elles.

— Lola ? Tu es toujours là ? cria Sara.

— Je te cause plus, fillette.

— Promis ?

— Merde.

— Tu vois cette gorge ? demanda Sara en pointant le bras contre le ciel étoilé.

Lola grommela.

— C'est l'entrée d'une vieille piste menant aux sources, dit Sara. Elle n'est pas assez large pour un cheval, mais tu n'as pas besoin d'aller plus loin.

La vieille femme siffla quelque chose et attendit.

— Environ quatre cents mètres plus bas, reprit Sara, il y a un endroit d'où l'on peut surveiller le canyon. Si j'étais Ab ou Moody, j'y mettrais un garde.

Lola grommela.

— Remplis ta poche d'argent, poursuivit

Sara. Si tu trouves un guetteur, dis-lui que tu as volé le reste et que tu demandes son aide.

— Le plomb, c'est moins cher !

— Plus bruyant, aussi.

— Plus radical, pourtant, ajouta Lola. Pourquoi préserver ce fils de pute ?

— Je ne veux pas le préserver. Seulement, je ne veux pas qu'on tire sur Case et Ute.

— D'accord, je serai silencieuse comme un couteau !

Sara approcha son cheval de Lola, étreignit celle-ci et la remercia tendrement.

— Pas besoin de remerciements, fillette. Mon homme est dans le même bain que le tien.

Puis Lola l'étreignit à son tour, avant de mettre pied à terre et de se diriger vers le défilé.

Après un regard inquiet vers l'est, Sara lança son mustang sur la piste menant aux ruines.

Cette piste suivait le lit des eaux qui, plus bas, plongeaient en une cascade saisonnière. Seul un voile de neige recouvrait cette déclivité. Le vent avait dénudé les rochers.

Ce même vent traversait la veste de Sara comme si la laine n'était qu'une fine mousseline. Frissonnant sans même s'en apercevoir, elle mit pied à terre et détacha les sacoches qui heurtèrent le sol avec un tintement métallique.

Le hurlement du vent couvrit le bruit, comme il couvrirait tous les sons, à l'exception des coups de feu.

Elle regarda de nouveau le ciel. Le cœur lui manqua.

L'est était un peu plus clair.

Il ne lui restait plus beaucoup de temps avant le lever du jour.

Les dents serrées, elle traîna les lourds sacs

sur la pente. Elle eut l'impression que cela durait une éternité. Puis le sol plongea sous ses pieds. Elle renonça à essayer de diriger les sacs et les laissa dégringoler à sa suite. Enfin, elle se trouva dans une étroite et profonde crevasse. A l'extérieur, les étoiles s'éteignaient déjà, et le ciel s'éclaircissait inexorablement.

Bientôt les hommes arriveraient sur la crête opposée.

Vite !

Haletante, tirant sur les sacs, essayant d'empêcher son fusil et sa carabine de heurter les rochers dont elle était entourée, Sara avançait centimètre par centimètre.

Encore un mètre.

Le ciel se teintait de jaune pâle et de rose, et bientôt même le fond du canyon serait envahi par la lumière du soleil levant.

Portées par le vent, les voix montaient du fond de la gorge, à douze mètres en contrebas de la crête est.

Des voix en colère.

— Merde, quoi, c'est l'aube, et je vois pas d'argent, merde. Pas de femme non plus, merde, quoi !

Les doléances de Moody furent reprises par plusieurs hommes.

— Y a pas de soleil, dit Kester.

— Merde, Ab a dit l'aube, pas le lever du jour, merde, quoi ! Tuez donc le gamin et allez chercher l'argent, que je dis.

Les hommes de Moody acquiescèrent en chœur.

— Y a pas de soleil, c'est pas l'aube, dit Kester.

— Mer...

— C'est pas l'aube, le coupa Kester.

Son fusil était plus persuasif que n'importe quel discours. Moody et ses hommes en furent réduits à marmonner des jurons.

Les silhouettes de Case et de Ute se fondaient aux arbres qui se détachaient sur la crête est du canyon. Derrière eux, sur le plateau désertique balayé par le vent, l'aube répandait des lueurs rouge et or.

— Ils s'impatientent, fit Ute à voix basse.

Case jeta un regard vers l'est. Le soleil n'avait pas encore surgi au-dessus du plateau.

— Ils devront attendre, dit-il.

— Ab est encore dans les saules avec Conner, juste sous la source ?

Case acquiesça d'un signe de tête.

— Vous voyez Morgan ? demanda Ute au bout d'un moment.

— Non. Mais il est en bas. Quelque part.

— Hunter ?

— Il est sur la crête sud, au poste de guet que tu lui as indiqué.

— Il y a probablement un guetteur.

— Il y en *avait* probablement un. Maintenant, il y a Hunter.

Le vieux hors-la-loi gloussa.

Le soleil montait inexorablement à l'est. Soudain, Case sortit de l'ombre. Les lourds sacs suspendus à ses épaules rendaient sa longue silhouette presque méconnaissable.

— Regardez ! cria un des hommes en contrebas. Là-haut, sur la crête est !

— Ab ! appela Kester.

— Je le vois !

Une autre silhouette, plus petite, apparut à

côté de Case. La veste et le chapeau étaient ceux de Sara. Le reste, y compris les cheveux grossièrement nattés, appartenait à Ute.

— Nous sommes ici ! cria Case. Libérez le garçon.

Des armes se levèrent sur les deux silhouettes.

— Nous avons des hommes avec des carabines sur la crête, dit Case. Si vous tirez, il ne restera personne pour enterrer les morts.

Kester regagna le couvert des buissons. Il fut immédiatement imité par un autre Culpepper.

— Ces Culpepper sont de vrais coyotes, marmonna Ute.

Les hommes de Moody étaient moins rusés et ne comprirent que trop tard la manœuvre des Culpepper. Ils étaient maintenant seuls, exposés au feu des carabines. Ils ne voyaient que les sacoches pendues aux épaules de Case.

— Baissez vos armes ! cria Ab au loin. On arrangera les choses après.

Sur un ordre bref de Moody, les canons s'écartèrent de la crête est.

— Montrez-nous cet argent ! cria Ab, caché derrière les saules.

— Pas avant que je sois sûr que Conner est en vie, dit Case. Libérez-le.

Un moment après, Conner sortit du couvert des arbres, titubant. Il avait les bras et les jambes raides. Des bouts de corde lui pendaient aux chevilles et aux poignets. Il avait le visage meurtri. Mais à mesure qu'il marchait, les forces lui revenaient.

— Le voilà ! cria Ab. Montrez-moi cet argent !

D'un mouvement d'épaules, Case fit tomber les sacs à ses pieds.

Le bruit des lingots eut un effet euphorisant

sur les hommes rassemblés en contrebas. Cependant, personne n'eut l'air de remarquer qu'il ne provenait que d'un seul des sacs.

— Il est ici ! cria Case. Dès que Conner sera sorti du canyon, nous vous lancerons les sacs.

Seul le silence lui répondit.

— J'espère que Conner trouvera un trou, dit Ute. Ça va être un vrai stand de tir !

Conner continuait à se faufiler entre les pillards rassemblés. Le couvert le plus proche se trouvait dix mètres plus loin, dans le tas de décombres qui couvrait le flanc est du canyon.

— C'est pas elle ! hurla Kester à l'adresse de Ab.

— Quoi ? fit ce dernier.

— C'est pas elle.

— Qu'est-ce que tu dégoises ?

— Imbécile ! hurla Kester. C'est pas elle, là-haut !

Dans un froissement de saules, Ab s'approcha de la bordure du fourré.

Conner hâtait le pas.

Les canons étincelèrent au loin.

— Vont pas tarder à s'activer, marmonna Ute.

— Nous devons gagner du temps pour Conner.

— Et si Ab a une longue-vue ?

— Ça donnera à Morgan une cible magnifique !

Ab avait sûrement songé à cela car le taillis de saules s'agita de nouveau, mais aucune lentille ne renvoya les rayons du soleil.

— Toi, là-haut ! cria Ab. Enlève ton chapeau et détache tes cheveux !

— A trois, murmura Case.

Lentement, il souleva son chapeau.

— Me...erde ! gronda Ab.

— Un, dit tout bas Case.

— Pas toi ! hurla Ab.

— Deux.

— L'autre !

— Ici ! cria Sara. C'est ça que vous cherchez ?

Les pillards se tournèrent vers la muraille sud du canyon. Les cheveux de Sara flamboyaient au milieu des anciennes ruines. Et plus irrésistibles encore que sa chevelure étaient les *reales* polis tombant en cascade dans le canyon.

Les hommes de Moody se ruèrent vers les pièces.

Case et Ute se jetèrent au sol en empoignant leurs carabines. Conner sauta sur le pillard le plus proche, lui arracha son six-coups et commença à faire feu.

Les Culpepper se mirent à tirer.

Des coups de feu partaient dans toutes les directions. Les premiers à mourir furent les hommes de Moody, touchés dans le dos par les Culpepper. Des balles sifflaient de la crête est, tandis que la bande de Ab dirigeait maintenant son feu sur Case et Ute. Bombardés d'éclats de rochers et de sable, les deux hommes rampèrent vers un couvert d'où ils pourraient riposter.

— Fichtre ! s'exclama Ute en crachant de la poussière. Ils visent bien.

Une autre carabine entra en action. Les coups étaient espacés, réguliers, froids comme le vent.

— C'est Hunter, dit Case. Il doit couvrir Conner.

Lorsqu'il comprit, au nombre de coups tirés, qu'il ne restait plus à son frère que quelques balles, il prit la relève. Comme lui, il couvrit la retraite de Conner en balayant la vallée d'un feu systématique.

Un fusil tira un coup, puis un deuxième, déchiquetant les saules où les Culpepper avaient trouvé refuge. Quelques instants plus tard, le fusil tira à nouveau deux coups. Conner en profita pour se ruer vers le fourré, où il disparut.

Le fusil tira encore, obligeant les pillards à rester plaqués au sol.

— C'est ma fille, dit Ute en souriant sur son canon. Lui ai appris à recharger vite.

— Lola ?

— Sara. A l'heure qu'il est, les Culpepper doivent prier pour que ça finisse.

— Ils seront exaucés.

Ute rit, puis pointa sa carabine vers un buisson qui bougeait bizarrement.

— On va se bousculer, en enfer, ce soir, dit le vieux hors-la-loi en visant.

Case avait remarqué le même mouvement. Les deux hommes tirèrent dans le buisson.

Rien ne bougea plus.

Le soleil s'éleva au-dessus du plateau, répandant dans le canyon une lumière dorée. La fumée des fusils, bleue, puis grise, montait vers la crête. Peu à peu, les coups de feu cessèrent et firent place au silence. Case coiffa de son chapeau le canon de sa carabine et le dressa au-dessus de la bordure du canyon.

Des tirs provenant des saules firent voler le chapeau.

Une longue salve y répondit. Puis, à nouveau, le silence se fit.

En contrebas, une alouette chanta. Case répondit. Puis Morgan.

Plus rien ne bougeait dans les saules.

Ute imita le cri perçant du faucon. Une réponse monta du couvert qui abritait Conner. Une autre réponse jaillit de l'ancienne piste menant aux sources, où était postée Lola.

Pas de réponse du côté des ruines.

— Sara ! appela Case.

— Sara ! hurla Conner en bondissant hors de sa cachette.

Un coup de feu partit des saules.

Conner trébucha et disparut de nouveau dans le fourré.

Des ruines sortit un cri. Sara appelait Conner. Il n'y avait pas de doute ; elle était vivante, Dieu soit loué !

Case poussa un soupir de soulagement, puis commença à tirer dans les saules. Il ne fut pas le seul. Un grondement de tonnerre qui n'avait rien de naturel ébranla le canyon jusqu'à ce que le sifflement perçant de Hunter déchirât l'air.

Les tirs cessèrent.

Case désarma sa carabine et commença à remplir le chargeur.

A contrecœur, Ute abaissa son arme.

— Vous êtes sûr qu'on les a eus ? demanda-t-il.

— Hunter et Morgan sont dans le taillis. Si ce n'est pas fini, ça le sera bientôt.

— J'espère que Conner n'est pas trop mal en point. Sara tient tellement à ce garçon !

— Je sais.

Case fourra une autre balle dans le chargeur, tout en espérant qu'il n'aurait plus à s'en servir. Puis il attendit. Il se passa une éternité, lui sembla-t-il, avant que le chant de l'alouette ne montât de nouveau de la vallée.

Hunter se mit à découvert et leva les yeux vers la crête où se trouvait son frère.

— C'est fini ! lui cria-t-il.

— Tous ?

— Jusqu'au dernier.

Lentement, Case se leva. Il tira de sa veste un avis de recherche défraîchi sur lequel ne restaient plus que quelques noms.

Il déchira l'avis puis jeta les morceaux dans le vide. Eclairés par les rayons du soleil, ils flottèrent comme des cendres, avant d'atteindre le fond du canyon.

— J'espère, Ted et Emilie, que vous reposez à présent tranquilles. Les vivants, eux, pourront enfin vivre en paix, murmura-t-il en fixant le vide.

24

Riant de surprise et de bonheur, Sara se rattrapa aux épaules de son frère qui la soulevait dans les airs.

— Conner Lawson, à peine t'ai-je fait ton pansement que tu te mets à gesticuler comme un beau diable ! Si tu continues, tes blessures vont se rouvrir ! J'aurais dû te laisser aux Culpepper !

— Mais tu ne l'as pas fait. Tu m'as tiré de là parce que tu m'aimes plus que tous les trésors du monde.

Il l'éleva plus haut encore et la fit tournoyer gaiement. S'il souffrait de ses blessures il ne le montrait pas.

Sa joie d'être en vie était trop forte pour qu'il se laissât aller à gémir ou à se plaindre. Malgré ses cernes sous les yeux, son front meurtri et sa peau trouée en deux endroits, il débordait d'énergie.

Sara sourit et prit le visage de son frère entre ses mains. Elle sentait sous ses paumes la légère rugosité de sa peau, révélatrice de l'homme qu'il était en train de devenir. Elle en éprouva un plaisir amer et plongea son regard dans les profonds yeux verts de Conner.

— Ecoute-moi, s'il te plaît. Prends ta part du trésor et va dans l'Est. Avec de l'instruction, tu pourras voyager n'importe où, faire ce que tu voudras.

L'expression du jeune homme changea. Il reposa sa sœur sur le sol et dit :

— Je sais. Dans quelques années, je le ferais peut-être. Mais je veux d'abord que le ranch soit en mesure de te faire vivre.

— Ma part y pourvoira.

Il la regarda bizarrement, et Sara pensa qu'il attendait sûrement une autre réponse.

— Et Case ? Tu l'aimes, non ? demanda-t-il brusquement.

Sara aurait aimé lui dire que cela ne le regardait pas. Ça n'était hélas pas le cas. Case et Conner avaient plus en commun que ce dernier n'aurait pu le croire.

Sur le plan matériel d'abord. Chacun d'eux possédait la moitié du ranch de la Rivière Perdue. Affectivement ensuite. Elle les aimait tous les deux, mais d'une manière différente. Elle aurait tout donné pour l'un ou pour l'autre.

Pourtant, il fallait expliquer à son frère sans qu'il prît Case en grippe que l'amour qu'elle portait à cet homme n'était malheureusement pas partagé.

— Oui, je l'aime, dit-elle. Mais mon amour ne suffit pas.

— Merde, il doit t'aimer, sinon... euh... enfin... merde !

Le sourire qu'elle adressa à son frère était aussi douloureux que ses pensées.

— Ce n'est pas comme ça pour un homme, dit-elle simplement.

— Quel genre d'homme... commença Conner avec colère.

— Un homme bon, le coupa-t-elle. Un homme tendre. Qui m'a guérie des blessures de mon passé. Mais un homme qui, en raison de son propre passé, a peur de l'amour.

— Case n'a peur de rien.

— Alors, il ne veut pas. Ou ne peut pas. Peu importe. Ce qui compte, c'est que Case ne m'aime pas.

— Comment peut-on ne pas t'aimer ?

Elle rit faiblement, alors qu'elle aurait plus volontiers pleuré, puis elle serra son frère très fort dans ses bras.

— Ça ne fait rien, lui assura-t-elle. Vraiment, Conner. Ne lui en veux pas. Il m'a donné plus que n'importe quel autre homme. Il m'a consolée de mes souffrances.

Soudain protecteur, Conner la serra contre lui.

— L'argent ne dure pas, dit-il enfin. Seule la terre dure. Quand j'aurai monté le ranch, tu n'auras plus besoin de rien. Tu seras aussi libre que ces faucons que tu aimes tant.

— C'est ce que je veux pour toi.

— Pour moi, la liberté est ici, pas dans une école de l'Est, répliqua-t-il avec assurance.

Le temps de la persuasion était terminé. Sara n'avait plus envie de discuter avec Conner ou de le convaincre. Ce qui restait de l'enfant en lui était mort pendant sa nuit de captivité et la fusillade qui avait suivi.

Conner était maintenant un homme, et il avait pris sa décision.

Sara poussa un long soupir et, se dressant sur la pointe des pieds, elle embrassa son frère sur la joue.

— Bon, dit-elle. C'est à toi de décider, pas à moi.

— Merci, fit-il en lui rendant son baiser.

— Tu es bien silencieux. Tu ne jettes pas ton chapeau en l'air en criant victoire ?

— Hier, je l'aurais peut-être fait. Mais pas aujourd'hui. Il me suffit d'être en vie. Je ne pensais pas revoir le soleil, après m'être fait capturer par les Culpepper.

Le visage de Conner prit une expression sombre. Jusque-là, ni lui ni sa sœur n'avaient évoqué la longue nuit et le combat qui avait eu lieu ensuite. Ils avaient rapporté les lingots au ranch, pendant que Case et son frère enterraient les Culpepper dans le canyon des Sources.

Malgré une balle dans le bras, Morgan avait insisté pour les aider. Il attendait ça depuis trop longtemps ! Même Lola avait voulu rester. Elle ne croirait, disait-elle, à la mort de Ab que lorsqu'elle le recouvrirait de terre.

— Qu'est-ce qui t'a pris de t'en aller faire le guet près des ruines ? demanda Sara.

— La même chose qu'à Hunter quand il y est allé, et à toi lorsque tu y as envoyé Lola. C'est le meilleur endroit pour surveiller le canyon des Sources. Ou pour tirer dedans.

— Tu n'aurais jamais dû y aller seul.

— C'est une erreur que je ne referai pas. Mais

j'aurais voulu être là quand Lola a trouvé Hunter, ajouta Conner avec un sourire.

— Elle ne l'a pas trouvé. Pas exactement. Elle a trouvé un Culpepper mort et en a déduit que Hunter ne devait pas être loin. Ou Morgan.

— Je n'ai aperçu Morgan que lorsqu'il a tiré sur le manchot qui allait me tirer dans le dos, dit Conner. Je n'ai jamais vu un tir aussi rapide.

— Morgan a passé la nuit dans le canyon à te guetter.

— Je lui dois une fière chandelle.

— Oui, fit Sara simplement.

Elle poussa un soupir à fendre l'âme puis, d'une main hésitante, effleura le visage de son frère comme si elle avait encore du mal à le croire vivant.

— Qu'est-ce que tu as ? demanda Conner, prenant sa sœur par les épaules.

— Juste... fatiguée. Subitement. Fatiguée.

— Tu devrais dormir. Tu as l'air épuisée.

La jeune femme se souvint soudain que sa mère, lorsqu'elle était enceinte, s'endormait à la première occasion. Mais elle n'en parla pas à Conner ; il était trop tôt pour être sûre de quoi que ce soit. En outre, il ne fallait surtout pas monter son frère contre l'homme qui possédait l'autre moitié du ranch de la Rivière Perdue.

Conner ne comprendrait pas pourquoi Case n'épousait pas sa sœur chérie. Sara, elle, le comprenait.

L'amour de la jeune femme ne faisait que troubler davantage Case. Et, si lui avait conjuré les peurs de Sara, elle n'avait pas pu cicatriser ses blessures.

Quand trouverait-il un peu de paix ? Bientôt,

peut-être, lorsqu'il aurait enterré les assassins d'Emilie et de Ted.

Mais Sara n'était plus sûre de rien. Elle savait seulement que son temps au ranch de la Rivière Perdue était désormais limité. Même si elle possédait encore un peu du ranch, elle ne pourrait pas y rester. Surtout si elle était enceinte.

— Sœurette ? fit Conner, inquiet. Tu devrais t'allonger.

— Plus tard, dit-elle avec un sourire forcé. Je vais d'abord mettre une marmite de haricots à cuire. Ensuite, j'irai peut-être voir les faucons voler dans le canyon du Cerf.

Mais au lieu d'aller admirer les faucons, Sara attendit que Conner fût endormi, puis se mit à faire ses bagages. Lorsqu'elle eut terminé, il y avait assez de place dans les deux sacoches pour quelques lingots d'argent. Tandis qu'elle sanglait les sacs, son regard tomba sur les tasses trouvées dans les ruines. En les prenant dans sa main, elle se rappela la tasse et la soucoupe minuscules que Lola avait découvertes dans les affaires de Case. Elle se demanda tristement si Case l'aurait aimée et acceptée avant la mort d'Emilie. S'ils s'étaient rencontrés avant le drame, que se serait-il passé ?

Elle remit les tasses à leur place, les caressa du bout du doigt et tourna les talons.

Lorsque tout le monde fut rentré du canyon des Sources, l'après-midi était déjà bien avancé. Lola alla s'occuper de ses chèvres. Une fois lavés, les hommes se retrouvèrent autour de la marmite de haricots et du pain de maïs chaud qui les attendaient.

Sara accueillit chacun avec un sourire et une assiette débordante.

— Il va falloir que je fabrique d'autres chaises, dit Case, debout près du feu, son assiette de haricots à la main. Mais je vais d'abord débiter des planches pour le parquet que j'ai promis à Sara.

Elle faillit laisser tomber l'assiette qu'elle tendait à Morgan.

— Attention, fit celui-ci en la rattrapant de justesse.

— Pardon. Je suis très maladroite aujourd'hui.

— Vous avez des excuses. Vous avez eu votre lot d'ennuis, ces derniers temps.

Elle croisa le regard compatissant de Morgan et lui adressa un sourire las.

— Pas autant que vous, ou Hunter, ou... Je ne sais vraiment pas comment vous remercier, acheva-t-elle, confuse.

— Y a pas de quoi.

— Je vous en prie, acceptez cet argent, dit-elle en lui tendant une poignée de *reales*.

Morgan commença par refuser, mais Case l'interrompit.

— Si j'étais toi, j'accepterais, dit-il. Cette jolie fille que tu as laissée là-bas sera sûrement plus indulgente avec toi lorsqu'elle te reverra. Rappelle-toi que tu es parti sans donner signe de vie pendant près d'un an. Un peu d'argent arrangerait peut-être ta situation ?

— C'est pas de l'argent qu'elle attend de voir surgir de cette piste poussiéreuse, dit Morgan avec un large sourire.

— Tu crois qu'un anneau d'or et un petit ranch ne lui plairaient pas ? demanda Case.

— Y a d'autres façons de plaire à Letty !

Ute s'étrangla de rire et, se levant avec raideur, posa son assiette vide. Il se tourna vers Morgan.

— Morgan Nueces, dit-il, m'oblige pas à aller jusqu'au Texas juste pa'c'que t'es une bourrique.

— Ça veut dire ? fit Morgan d'une voix traînante.

— Ça veut dire que je fais ce que Sara veut. Ou bien tu prends ce foutu argent, ou je te suis jusqu'au Texas avec un fusil chargé et deux sacoches pleines de *reales*.

— Prends l'argent, lui conseilla Hunter en se levant.

— Vous le feriez ? rétorqua Morgan.

— Si je devais choisir entre l'argent et Ute à mes trousses, je prendrais l'argent.

— Mon colonel, dit Morgan avec un large sourire, vous en prenez une moitié, et moi l'autre.

— Attends, je n'ai pas...

— Il t'a eu, dit Case à son frère.

Hunter marmonna quelque chose et se tourna vers Sara.

— Madame, vous avez mieux à faire avec cet argent que de le distribuer.

Elle secoua la tête.

— Conner ? fit Hunter.

— Je fais toujours ce que dit ma sœur, avoua-t-il avec de grands yeux innocents. Demandez-lui.

— Bon. Partage l'argent, dit Hunter à Morgan. Je pars demain à l'aube. J'ai hâte d'annoncer à Elissa que Case est vivant.

— Elle sera surtout soulagée de te savoir entier, répliqua ce dernier.

Hunter se contenta de sourire.

— Pourriez-vous m'accompagner jusqu'à la diligence ou à la gare la plus proche ? lui demanda brusquement Sara.

— Qu'est-ce que tu racontes ? s'énerva Case.

— Je pars en voyage.

— Si c'est pour porter l'argent dans une banque, je le ferai à ta place.

— Merci. Voilà un souci de moins. Si vous voulez regagner le Nevada aussi vite que vous en êtes venu, poursuivit-elle en se tournant vers Hunter, je peux dormir sur la selle. Je ne vous ralentirai pas.

— Parlez-en avec Case. Ensuite, si vous voulez toujours partir avec moi, je vous escorterai où vous voudrez.

— Ce n'est pas nécessaire. Simplement jusqu'à la plus proche...

— Où vous voudrez, la coupa Hunter. C'est le moins que je puisse faire pour la femme qui a sauvé la vie de mon frère.

— J'en ai été amplement récompensée.

— Ute, Conner, venez avec moi, dit Hunter. Nous sommes de trop.

Sara voulut protester, puis haussa les épaules.

— Sœurette ?

— Va avec Ute et Hunter, ordonna-t-elle à son frère. Je vous rejoins immédiatement.

— Je vais seller une des mules, dit Hunter.

Elle regarda les trois hommes sortir l'un derrière l'autre, la laissant seule avec celui qu'elle aimait.

Mais qui ne l'aimait pas.

— Qu'est-ce qui te prend ? demanda Case.

— Je vais acheter de la terre et élever des chevaux. En Californie, je crois. Peut-être dans l'Oregon.

— Tu dis des bêtises.

— Pas du tout. J'aime l'élevage.

— Tu as ici ce qu'il faut pour créer un bon ranch. Si tu veux élever des chevaux, tu ne trouveras pas meilleur étalon que Grillon.

— Le ranch de la Rivière Perdue ne m'appartient plus.

— La moitié...

— ... t'appartient. L'autre moitié appartient à Conner.

— Quoi ?

En d'autres circonstances, l'expression atterrée de Case aurait amusé Sara. A présent, elle en était peinée.

— J'ai donné à Conner la moitié du ranch après qu'il... après la mort de Hal, dit-elle.

— Tu savais qu'il avait tué ton mari ?

Elle tressaillit.

— Je sais seulement qu'un seul des deux est revenu au ranch. Ce fut Conner... j'en remercie Dieu tous les jours, dit-elle d'une voix étranglée.

— Hal essayait de le frapper avec son revolver. Conner s'est défendu. Le coup est parti. C'était un accident.

— Merci, murmura-t-elle. J'ai toujours espéré que mon frère ne l'avait pas tué pour moi, mais j'étais si reconnaissante...

Case avança d'un pas et la prit par les épaules.

— Oublie cette idée de départ, dit-il rudement. Conner et moi nous contenterons d'un tiers du ranch chacun.

— Non.

Plissant les paupières, il scruta son regard. Elle avait maintenant les yeux de la couleur d'un ciel d'orage. Un orage prêt d'éclater.

— Pourquoi non ? demanda-t-il. Conner serait le premier à le proposer.

— Comment envisages-tu l'avenir ? Toutes les... euh... sécurités d'un foyer et aucune des responsabilités ?

Il la lâcha et s'écarta d'elle brutalement.

— Ce n'est pas ce que je voulais dire.

— Que voulais-tu dire ?

Dans un geste d'impuissance, il passa les doigts dans ses cheveux noirs. Sara en fut bouleversée, mais n'en montra rien.

— Je ne veux pas que tu partes.

— Tu ne sais pas ce que tu dis.

— Et toi, tu le sais ?

— Oui. Tu ne veux pas de mariage, parce que le mariage signifie avoir des enfants. Tu ne veux pas non plus d'une liaison, parce que tôt ou tard je serai enceinte.

Case se figea.

— Nous ne pouvons pas prétendre ne jamais avoir été amants, poursuivit-elle. En tout cas, pas moi. Ce que tu m'as donné, c'est... le vol du faucon indompté. Je ne pourrais pas supporter d'être à portée de ce ravissement et de ne jamais plus pouvoir l'atteindre.

— Sara, murmura-t-il.

Espérant contre tout espoir, elle attendit.

Il n'ajouta rien.

Il n'avait pas besoin de le faire. Les mots qu'il avait un jour prononcés étaient à jamais gravés dans la mémoire de Sara. Il avait dit qu'il ne voulait plus d'amour et que jamais plus il n'aimerait quiconque.

— Tu comprends maintenant pourquoi je ne peux pas rester, dit-elle en se détournant. Je peux vivre sans être aimée de toi, mais je ne pourrais pas supporter ta haine. Dis à Hunter que je suis prête à partir.

— Au diable Hunter. Et Conner ?

— Tu avais raison. Il ne veut pas aller à l'école.

— Ce n'est pas ce que je voulais dire.

— Mon frère ne sera pas surpris par mon départ. Il sait que tu ne m'aimes pas.

— Je voulais dire que Conner est encore un enfant. Il a besoin de toi.

— Ce n'est plus un enfant. Tu le sais mieux que moi. D'ailleurs, c'est toi qui me l'as fait remarquer. Il a besoin de sortir de mes jupons, c'est tout. Ça aussi, tu me l'as dit, si je me rappelle bien !

— Tu veux me piéger.

— Non, je te libère.

Sara ouvrit les mains comme pour montrer à Case qu'elle ne le retenait pas non plus.

Il gardait des yeux farouches.

Les yeux d'un faucon captif.

— Envole-toi, chuchota-t-elle. Tu es libre.

Case jura, passa de nouveau les doigts dans son épaisse chevelure et ouvrit violemment la porte de la cabane.

— Fais ce que tu veux, dit-il. Ça ne me concerne pas.

La porte claqua derrière lui.

Hunter, Ute et Conner attendaient à une trentaine de mètres. Le ciel à l'ouest était jaune pâle.

Au moment où Case passa à côté d'eux, Conner voulut dire quelque chose.

— Plus tard, conseilla Hunter. Pour l'instant, mon frère cherche la bagarre. Attends un peu, ça vaudra mieux pour toi.

Case se tourna brusquement vers Hunter :

— Qu'est-ce que ça signifie ?

— Je te répéterai ce que tu m'as dit, il y a quelques mois : Va discuter avec ton cheval. Il a plus de bon sens que toi.

— Ou que vous tous réunis !

Hunter sourit.

Case s'avança vers son frère, puis s'arrêta.

— Bien, dit l'aîné. Me taper dessus ne modifiera rien en la situation. Si je pensais qu'une bonne raclée te changerait, à l'heure qu'il est, nous roulerions dans la poussière.

Pour toute réponse, Case émit un sifflement aigu qui déchira la nuit. Quelques instants plus tard, Grillon arrivait au trot.

Sans s'embarrasser d'une selle ou d'une bride, il sauta sur son cheval et s'enfonça dans la nuit.

Autour de lui, les cotonniers levaient leurs branches dénudées. L'air froid, pur, concentrait espace et temps dans un silence glacial. Au-delà de la rivière, les falaises d'ébène se dressaient dans la nuit.

Case attendit, essayant de s'apaiser au contact de la nature. Toutefois il n'éprouva aucun plaisir à se dire qu'il possédait la moitié de cette terre sauvage. Le prix à payer était plus élevé qu'il ne l'avait cru auparavant.

Sara aimait cette terre autant que lui. Les paroles qu'elle lui avait dites hantaient son esprit comme un remords lancinant.

« Le ranch de la Rivière Perdue me suffit. Je m'y plais plus que n'importe où au monde. »

Pourtant elle le quittait.

A cause de lui.

Case chevauchait aveuglément dans la nuit, seul avec un tourment qu'il ne pouvait ni supporter ni ignorer.

Le clair de lune glissa sur la Rivière Perdue en tourbillons d'argent. Il pensa aussitôt aux yeux de Sara, à leur mystère et à leur éclat. Et le murmure de l'eau était comme son rire, lorsqu'ils restaient longuement enlacés après l'amour.

A ce souvenir, il se sentit ébranlé, irrésistiblement attiré par elle. Mais non, il ne le devait pas.

Il ne pouvait pas revivre ça, l'amour et la perte. Il n'en aurait plus la force. Au moins la souffrance lui avait-elle appris à éviter de nouvelles et inutiles douleurs...

Il n'en était pas de même pour Sara. La souffrance, comme le plaisir, faisait partie de la vie.

Sara qui était un feu au milieu de sa vie glacée. Sans elle, il n'y aurait pas de chaleur.

Seulement l'hiver...

Déchiré de douleur, Case arrivait à peine à respirer. Son tourment était comparable à celui qu'il avait éprouvé à la mort de sa nièce.

Il n'avait pas pleuré alors.

Il pleurait à présent.

Sara ne voulait pas se réveiller. Cela voudrait dire que c'était le matin et qu'elle allait partir, quitter tout ce qu'elle aimait.

Elle gémissait dans son sommeil et s'agitait, essayant d'échapper à l'aube et au réveil. Brusquement, de tendres baisers la calmèrent. Des bras puissants l'étreignirent et une douce tiédeur la pénétra. Instinctivement, elle se rapprocha de la source de chaleur. Elle s'en enveloppa, s'y baigna... Elle ne voulait surtout pas ouvrir les yeux, surtout pas s'éveiller.

La pointe d'une langue effleura ses lèvres. Elle sourit et savoura ce rêve délicieux. La caresse du soleil...

— Case !

Sara se dressa sur son séant. La lampe à huile brûlait toujours sur la table, mais le feu était maintenant éteint.

Et elle était nue, ce qui ne fit qu'ajouter à sa confusion.

— Je me suis endormie assise à table, dit-elle, abasourdie.

Un long bras sortit des couvertures et la ramena dans la chaleur de sa couche.

— Je t'ai portée dans ton lit, murmura-t-il.

Il l'attira contre lui, peau contre peau.

— J'étais habillée, dit-elle, essayant toujours de comprendre.

— Je t'ai déshabillée.

Il lui mordilla délicatement le lobe de l'oreille. Elle faillit en perdre la raison.

— Je rêve toujours, chuchota-t-elle.

Cela expliquait tout !

Tout en riant, il lui embrassa le cou, puis les seins.

— Maintenant, je sais que je rêve, dit-elle, la voix endormie.

— Pourquoi ?

— Tu ne ris que dans mes rêves.

— Tu t'y habitueras.

Il baisa le bout d'un sein, puis l'autre.

Les yeux fermés, elle s'étira langoureusement, puis poussa un soupir et s'abandonna entièrement à ce rêve merveilleux.

— Sara ?

— Ne me réveille pas. Je ne veux plus jamais me réveiller.

Les doigts délicats de Case glissèrent sur son ventre, s'attardèrent entre les cuisses de la jeune femme.

— Certaines choses sont parfois meilleures quand on est réveillé.

Pour toute réponse, Sara s'ouvrit à ses caresses. Puis elle s'abandonna de tout son être à l'homme qui la pénétrait et, lui aussi, se donnait à elle.

Il resta longtemps silencieux puis, enfin, il lui parla :

— A ce rythme, tu vas sûrement être enceinte, chuchota-t-il.

— Je ne peux pas.

— Pourquoi ?

— Je le suis déjà.

— Quoi ?

— Oh, ce n'était donc pas un rêve, dit-elle en ouvrant les yeux.

— Tu es sûre ?

— Presque. J'ai tout le temps sommeil, comme ma mère quand elle était enceinte.

Un long frisson le parcourut, et il enfouit le visage entre les seins de Sara.

— Tu me combles, dit-il d'une voix rauque.

Elle glissa les doigts dans les cheveux de Case et souleva doucement son visage.

— Qu'as-tu dit ? murmura-t-elle.

Il sourit.

Des larmes embuèrent les yeux de Sara.

— Je croyais que c'était la terre qui m'attirait, dit-il. Mais c'était toi. Un feu au milieu de l'hiver... C'est toi, Sara.

— Case...

— Je t'aime, dit-il en effleurant ses lèvres. Et c'est chez le pasteur le plus proche que tu iras demain.

Sara l'embrassa.

— Tu ne discutes pas ? demanda-t-il. Ce n'est pas ton genre !

— Pourquoi discuterais-je avec l'homme que j'aime ? Surtout lorsqu'il tient enfin des propos sensés.

Case n'avait plus de mots en lui, rien qui fût à la hauteur de son amour. Alors, il serra Sara contre lui et s'endormit en souriant.

ÉPILOGUE

Emilie Jane Maxwell naquit en automne, lorsque les feuilles des cotonniers s'enflamment. Case fabriqua un berceau du même bois doré que celui de la maison. Le premier souvenir d'Emilie fut le rire de son père quand il la prenait dans ses bras et la faisait tournoyer doucement.

Dans les années qui suivirent, d'autres enfants naquirent. Deux autres filles aux mains habiles et à la langue acérée. Trois grands garçons qui se plaisaient à taquiner gentiment leurs sœurs.

Conner quitta ses neveux et nièces le temps d'acquérir l'éducation que Sara souhaitait pour lui. Puis un beau jour il revint au ranch de la Rivière Perdue avec une fiancée. La vallée s'emplit bientôt de nouveaux rires d'enfants.

A travers les joies et les tristesses de la vie, l'amour de Case et de Sara ne fit que croître. Leur union était en toute saison un feu doux et violent, intense et serein qui réchauffait et donnait vie à tout ce qu'il touchait.

Rendez-vous le mois prochain
avec trois nouveaux romans de la collection

Aventures et Passions

La rebelle flamboyante
de Heather Graham (n°4714)

Floride, 1837. Tina Warren, belle-fille du colonel Warren, un militaire implacable, sinistrement réputé pour sa cruauté envers les Indiens, arrive en Floride alors que la guerre contre les Séminoles fait rage. Elle rencontre James MacKenzie, un sang-mêlé d'une grande beauté qui voue une haine farouche au colonel Warren. Dès le premier regard, Tina et James s'attirent autant qu'ils se détestent...

Le rival
de Patricia Potter (n°4561)

Deux saloons peuvent-ils cohabiter dans la même rue de San Francisco ? Non, pense Catalina qui s'acharne depuis des années à ruiner tous les propriétaires du saloon d'en face. Oui, pense Steven, bien décidé à relever le défi. Folle de rage, Catalina déclare la guerre à son voisin. Ça tombe bien, Steven rêvait de se mesurer de près à Catalina. De très près même...

Pour une nuit de passion...
de Nelle McFather (n°4716)

Tennessee, 1988 et 1859. Jade Devereux appartient à une grande famille sudiste. Elle est fascinée par la vie de Deidre, son ancêtre irlandaise. Au point de se retrouver transportée en 1859 et de revivre les aventures de son ancêtre : abandonnée par sa famille, elle se retrouve enceinte après une nuit d'amour avec Quentin Devereux. A la suite d'un quiproquo, ils se séparent et, par dépit, elle épouse le premier venu...

Aventures et Passions

Quand l'amour s'aventure très loin, il devient passion

A jamais séduite
de Linda Lael Miller (n° 4588)

Megan est une fillette de cinq ans en proie à de terribles maux de tête. Lors d'une crise particulièrement aiguë, elle perd connaissance et se retrouve... au XIIIe siècle, attendant le retour de son fiancé parti en croisade. Mais quand le beau Dane St. Gregory revient, il est accompagné d'une autre et veut faire annuler ses fiançailles...

Pour ne plus jamais te perdre
de Shelly Thacker (n° 4610)

En l'an 1300, Gaston de Varennes combat le duc de Tourelle qui a lâchement fait assassiner son père et son frère pour obtenir leurs terres. Mais le roi ordonne à ses vassaux de faire la paix et oblige Gaston à épouser la protégée de Tourelle, Christiane Fontaine. Parallèlement, de nos jours, la belle et riche Céline Fontaine doit être opérée en urgence après avoir été blessée par une balle. Mais, la nuit du nouvel an, une éclipse de Lune se produit et Céline se réveille dans la peau de Christiane, la fiancée que le roi impose à Gaston de Varennes...

Captive du temps
de Brenda Joyce (n° 4637)

1996. Alex est une jeune étudiante d'histoire. Lors d'un voyage d'étude à Tripoli, elle achète une lampe qui la transporte en plein 18ème siècle. Vêtue étrangement, l'air perdu, elle est ramassée dans la rue et vendue comme seconde épouse au fils du sultan ! Arrive Blackwell, un marin anglais fait prisonnier par le sultan. Grâce à ses études, Alex sait qu'il parviendra à s'échapper des geôles du sultan. Elle le rencontre, c'est le coup de foudre...

4668

Composition Nord Compo
Achevé d'imprimer en Europe (Angleterre)
par Cox and Wyman à Reading
le 18 novembre 1997.
Dépôt légal novembre 1997. ISBN 2-290-04668-X
Éditions J'ai lu
84, rue de Grenelle, 75007 Paris
Diffusion France et étranger : Flammarion